浙江文叢

傅雲龍集

〔第四册〕

籑喜廬文二集（一）

〔清〕傅雲龍 著　傅訓成 點校

浙江出版聯合集團
浙江古籍出版社

簣喜廬文二集

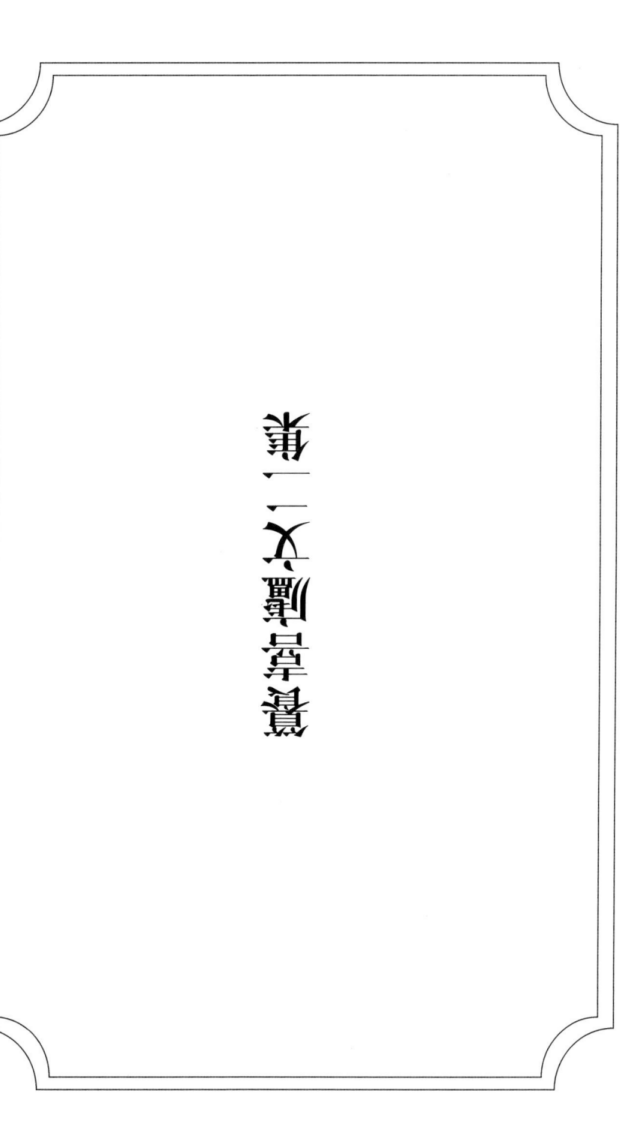

饕喜廬文二集目録

饕喜廬文二集卷一

寢衣説……（九七三）
明衣説……（九七三）
舉案説……（九七三）
墮髻説……（九七四）
衛生説……（九七四）
美利加密士昔比河工説……（九七五）
美利加水師阻道説……（九八〇）
美利加礮臺經驗説……（九八七）
美利加船礮經驗説……（九九五）
古巴圖説……（九九七）
記中國自明代以來與西洋交涉大略……（九九八）
附：鐵道論殘稿……（一〇〇二）
出使日本大臣公廨題名記……（一〇〇三）
游桂宫記……（一〇〇三）
游日本江島記……（一〇〇四）
舊金山中華會館記……（一〇〇六）
五大洲第一瀑布記……（一〇〇七）
游基格納山記……（一〇〇九）
無垢淨光陀羅尼塔記……（一〇一一）
智利國記……（一〇一三）
檀香山記……（一〇一八）
日本税記……（一〇二一）
日本疆域……（一〇二五）
日本疆域險要……（一〇二八）
日本攷工……（一〇三一）

日本兵制沿革……（一〇三八）
中國交涉日本前事……（一〇四四）
日本往籍交際條目坿交際詩目……（一〇五四）
日本學派源流……（一〇七三）
日本音學考……（一〇七七）
五聲十五韵新譜……（一〇八五）

饕喜廬文二集卷二

美利加畺域原始……（一〇九五）
美利加合衆國沿革……（一一〇五）
美利加攷工源流……（一一二〇）
美利加鐵道攷工……（一一七四）
美利加輪船攷工……（一一九八）
美利加兵制……（一二一〇）

饕喜廬文二集卷三

美利加兵事……（一二三一）
美利加水雷……（一二五四）
美利加學派……（一二七六）
美利加電學……（一二八二）
美利加學目……（一二八九）
加納大沿革……（一二九一）
加納大兵要……（一三〇一）
古巴沿革……（一三一九）
古巴險要……（一三二〇）
古巴攷工……（一三二一）
古巴兵事……（一三二三）
秘魯沿革……（一三二四）
秘魯兵略……（一三二五）
巴西沿革……（一三二八）
墨加禱圖法攷……（一三二九）

饕喜廬文二集卷四

日本沿革表……（一三三一）
日本府縣分畺表……（一三七八）

日本海道險要表……（一三八八）
日本貨幣表……（一三九三）
日本文表……（一三九八）
附録：日本異字……（一四〇三）
中國日本較時里差表……（一四〇四）
中國美利加較時里差表……（一四〇五）
中國加納大較時里差表……（一四〇八）
中國古巴較時里差表……（一四〇九）
中國秘魯較時差里表……（一四一〇）
中國巴西較時差里表……（一四一一）
中國日本度量衡比較表……（一四一三）
中國美利加度量衡比較表……（一四二一）
中國巴西度量衡比較表……（一四二五）

饔喜廬文二集卷五

遊歷日本圖經敘……（一四二九）
日本經緯表小敘……（一四三七）
中國日本月朔表小敘……（一四三八）
日本晴雨寒暖表小敘……（一四三九）
日本沿海氣候表小敘……（一四三九）
日本偏多風方向表小敘……（一四四〇）
日本沿海偏盛風表小敘……（一四四〇）
日本潮候表小敘……（一四四一）
日本地圖小敘……（一四四一）
日本四至八到表小敘……（一四四二）
日本郡邨繫國表小敘……（一四四二）
日本港灣測深表小敘……（一四四二）
日本燈臺表小敘……（一四四三）
日本晝標表小敘……（一四四三）
日本民設舊燈明臺表小敘……（一四四四）
日本暴風信號標表小敘……（一四四四）
日本國都表小敘……（一四四四）
日本宮室表小敘……（一四四五）

日本官署表小敘……（一四四五）
日本東京街道表小敘……（一四四六）
日本府縣廳至東京里表小敘……（一四四六）
日本府縣廳孔道支道表小敘……（一四四七）
日本北海道關路表小敘……（一四四七）
日本商港繫年表小敘……（一四四七）
日本中外名港里表小敘……（一四四八）
日本島表小敘……（一四四八）
日本山表小敘……（一四四九）
日本火山表小敘……（一四五〇）
日本河渠志小敘……（一四五一）
日本水道分合表小敘……（一四五一）
日本東京神奈川引用水道表小敘……（一四五二）
日本鑛泉表小敘……（一四五二）
日本湖沼表小敘……（一四五三）
日本瀑布小敘……（一四五三）
日本橋梁小敘……（一四五四）
日本世系表小敘……（一四五四）
日本權臣柄政年表小敘……（一四五五）
日本藩國表小敘……（一四五七）
日本風俗志人情小敘……（一四五八）
日本風俗志形體小敘……（一四五八）
日本風俗志族類小敘……（一四五九）
日本風俗志黨目小敘……（一四五九）
日本風俗志服飾小敘……（一四六〇）
日本風俗志飲食小敘……（一四六〇）
日本風俗志居處小敘……（一四六一）
日本風俗志俗禮小敘……（一四六一）
日本風俗志歌舞小敘……（一四六一）
日本風俗志歲時小敘……（一四六二）
日本風俗志方言小敘……（一四六二）

日本前代人口表小敘……（一四六三）
日本户口表小敘……（一四六三）
日本北海道土人表小敘……（一四六四）
日本北海道屯田兵表小敘……（一四六四）
日本官民地表小敘……（一四六五）
日本地租表小敘……（一四六五）
日本物産小敘……（一四六五）
日本動植物大要表小敘……（一四六六）
日本造幣局金銀料小敘……（一四六六）
日本造幣機器表小敘……（一四六七）
日本貨幣鑄發表小敘……（一四六七）
日本貨幣出入表小敘……（一四六八）
日本紙幣表小敘……（一四六八）
日本通商物值增減表小敘……（一四六九）
中國出入日本物值表小敘……（一四六九）
日本出入物值繫地表小敘……（一四六九）
日本八港税關物值表小敘……（一四七〇）
日本銀行表小敘……（一四七〇）
日本民立銀行分類表小敘……（一四七一）
日本商賈數表小敘……（一四七一）
日本商標表小敘……（一四七一）
日本許專賣表小敘……（一四七二）
日本農表小敘……（一四七二）
日本蠶絲表小敘……（一四七二）
日本鹽法表小敘……（一四七三）
日本茶表小敘……（一四七三）
日本酒表小敘……（一四七四）
日本糖表小敘……（一四七四）
日本淡巴菰工商表小敘……（一四七五）
日本舟表小敘……（一四七五）
日本車表小敘……（一四七六）
日本瓦斯燈表小敘……（一四七六）

日本漁獵表小敘……（一四七六）
日本礦表小敘……（一四七七）
日本官礦表小敘……（一四七七）
日本官礦工表小敘……（一四七七）
日本官礦售數年表小敘……（一四七八）
日本官礦出入表小敘……（一四七八）
日本民礦金屬非金屬表小敘……（一四七八）
日本民礦出入表小敘……（一四七九）
日本官民礦行合表小敘……（一四七九）
日本備荒表小敘……（一四七九）
日本保險表小敘……（一四八〇）
日本博物館博覽共進會表小敘……（一四八〇）
日本土木費表小敘……（一四八一）
日本國債表小敘……（一四八一）
日本歲計出入表小敘……（一四八二）
日本歲計比較表小敘……（一四八二）
日本官工表小敘……（一四八二）
日本工器表小敘……（一四八三）
日本工直表小敘……（一四八三）
日本罪人工表小敘……（一四八四）
日本製度量衡工表小敘……（一四八四）
日本横須賀造船所表小敘……（一四八四）
日本鐵道費計里表小敘……（一四八六）
日本鐵道資本表小敘……（一四八七）
日本官立鐵道局費表小敘……（一四八七）
日本民立鐵道會社費表小敘……（一四八七）
日本停車里數表小敘……（一四八七）
日本鐵道車數表小敘……（一四八八）
日本鐵道計入表小敘……（一四八八）
日本鐵道年表小敘……（一四八九）
日本徵兵已未入伍表小敘……（一四九〇）
日本徵兵分類表小敘……（一四九〇）

日本徵兵志願表小敘……（一四九〇）
日本徵兵身格表小敘……（一四九一）
日本徵兵本業表小敘……（一四九一）
日本陸軍分管表小敘……（一四九一）
日本陸軍人屬表小敘……（一四九二）
日本陸軍隊表小敘……（一四九二）
日本陸軍士卒生徒表小敘……（一四九三）
日本豫備後備士卒合表小敘……（一四九三）
日本豫備後備兵分數表小敘……（一四九三）
日本憲兵表小敘……（一四九四）
日本軍馬表小敘……（一四九四）
日本海軍人屬表小敘……（一四九四）
日本海軍士卒生徒表小敘……（一四九五）
日本兵船表小敘……（一四九五）
日本礮臺表小敘……（一四九五）
日本職官舊制小敘……（一四九六）
日本官制小敘……（一四九八）
日本官禄表小敘……（一四九八）
日本武官禄表小敘……（一五〇〇）
日本爵表小敘……（一五〇〇）
日本有位人表小敘……（一五〇〇）
日本交際文小敘……（一五〇〇）
日本與中外定約通商年表小敘……（一五〇一）
中國駐日本使臣表小敘……（一五〇二）
別國使日本表小敘……（一五〇二）
日本使別國表小敘……（一五〇二）
中國人流寓日本表小敘……（一五〇三）
別國人在日本表小敘……（一五〇三）
日本人在別國表小敘……（一五〇三）
日本互受勳章表小敘……（一五〇四）
日本大事編年表小敘……（一五〇四）
日本郵便表小敘……（一五一三）

日本電信局數線路表小敘……（一五一四）
日本刑略小敘……（一五一四）
日本學校合表小敘……（一五一五）
日本已未入學表小敘……（一五一五）
日本小學校師弟子表小敘……（一五一六）
日本尋常中學校表小敘……（一五一六）
日本尋常師范學校表小敘……（一五一七）
日本專門學校表小敘……（一五一七）
日本高等女學校表小敘……（一五一八）
日本官立學校表小敘……（一五一八）
日本雜學校表小敘……（一五一八）
日本雜學校科表小敘……（一五一九）
日本幼穉園表小敘……（一五一九）
日本書籍館表小敘……（一五一九）
日本人留學別國計費表小敘……（一五一九）
日本公學費歲入表小敘……（一五二〇）
日本公學費歲出表小敘……（一五二〇）
日本藝文志小敘……（一五二〇）
附録：中國人記録日本事之書……（一五二一）
日本人著述存序……（一五二一）
中國逸藝文志小敘……（一五二二）
日本金石志小敘……（一五二三）
日本金石文附録小敘……（一五二四）
日本印志小敘……（一五二四）
日本金石年表小敘……（一五二五）
日本刀劍志小敘……（一五二六）
日本文徵小敘……（一五二六）

饕喜廬文二集卷六

遊歷美利加圖經敘……（一五二九）
美利加經緯表小敘……（一五三八）
中國美利加月朔表小敘……（一五三八）

美利加寒暖平均表小敘……………（一五三九）
美利加晴雨表小敘……………（一五四〇）
美利加地理圖小敘……………（一五四〇）
美利加合衆國方里表小敘……………（一五四一）
美利加四至八到表小敘……………（一五四一）
美利加合衆國名稱歸一表小敘……（一五四一）
美利加邦部方類小敘……………（一五四二）
美利加合衆國形勢小敘……………（一五四二）
美利加合衆國都小敘……………（一五四三）
美利加通都大邑小敘……………（一五四四）
美利加合衆國邑表小敘……………（一五四四）
美利加海灣表小敘……………（一五四五）
美利加海濱雜識小敘……………（一五四五）
美利加島表小敘……………（一五四五）
美利加山小敘……………（一五四六）
美利加地輿雜識小敘……………（一五四六）
美利加水道小敘……………（一五四六）
美利加水道合流表小敘……………（一五四七）
美利加湖表小敘……………（一五四七）
美利加水道雜識小敘……………（一五四九）
美利加密士昔比河河水測量表小敘……………（一五四九）
美利加渠工表小敘……………（一五五〇）
美利加水利雜識小敘……………（一五五一）
美利加世系表小敘……………（一五五一）
美利加副伯理壐天德表小敘……………（一五五二）
美利加風俗志小敘……………（一五五二）
美利加民數表小敘……………（一五五二）
美利加民業表小敘……………（一五五五）
美利加民業雜識小敘……………（一五五五）
美利加邦部分地表小敘……………（一五五五）
美利加五萬人以上地表小敘……（一五五六）

美利加地值表小敘……（一五五六）
美利加物産小敘……（一五五七）
美利加農産表小敘……（一五五八）
美利加食貨表小敘……（一五五八）
美利加財産十年一計表小敘……（一五五九）
美利加鹽表小敘……（一五五九）
美利加鹽法雜識小敘……（一五六〇）
美利加糖表小敘……（一五六〇）
美利加酒表小敘……（一五六二）
美利加淡巴菰表小敘……（一五六二）
美利加油表小敘……（一五六二）
美利加棉表小敘……（一五六三）
美利加絲表小敘……（一五六三）
美利加羊毳表小敘……（一五六四）
美利加鑛類繫地表小敘……（一五六四）
美利加金銀鑛産繫地表小敘……（一五六五）
美利加煤鑛表小敘……（一五六五）
美利加鑛物雜識小敘……（一五六五）
美利加紐約金值低昂月表小敘……（一五六六）
美利加造幣金銀表小敘……（一五六六）
美利加合衆國紙幣表小敘……（一五六七）
美利加官局印紙表小敘……（一五六七）
美利加銀鈔表小敘……（一五六八）
美利加銀行表小敘……（一五六八）
美利加國債年表小敘……（一五六八）
美利加利率異同表小敘……（一五六九）
美利加出入表小敘……（一五七〇）
美利加國費總目表小敘……（一五七〇）
美利加内税表小敘……（一五七〇）
美利加邦部互出食貨表小敘……（一五七一）
美利加輸出輸入年表小敘……（一五七一）
美利加食貨輸出比較表小敘……（一五七一）

美利加三十年間食貨出入比較表
小敘……………………（一五七二）
美利加合衆國損本商表小敘……（一五七二）
美利加許專售年表小敘…………（一五七二）
美利加工廠合表小敘……………（一五七三）
美利加工類表小敘………………（一五七三）
美利加新英邦工廠利率表小敘…（一五七四）
美利加土木工費繫地表小敘……（一五七四）
美利加鐵道繫部表小敘…………（一五七五）
美利加鐵道年表小敘……………（一五七六）
美利加鐵道增人百分率表小敘…（一五七八）
美利加鐵道費表小敘……………（一五七八）
美利加鐵軌表小敘………………（一五七八）
美利加鋼鐵比較表小敘…………（一五七九）
美利加鐵道枕木表小敘…………（一五八〇）
美利加鐵道舛軌表小敘…………（一五八一）
美利加鐵道計入年表小敘………（一五八一）
美利加與它國鐵道運值比較表
小敘……………………（一五八二）
美利加火車街車工表小敘………（一五八二）
美利加船表小敘…………………（一五八三）
美利加輪船年表小敘……………（一五八三）
美利加輪船分部頓數表小敘……（一五八三）
美利加工廠水力瀛力繫地表
小敘……………………（一五八四）
美利加工廠水瀛馬力比較表
小敘……………………（一五八四）
美利加水力瀛力繫工表小敘……（一五八四）
美利加水力瀛力巨工繫地表
小敘……………………（一五八五）
美利加陸軍礮局試驗礮鋼表
小敘……………………（一五八五）

美利加鐵條工年表小敘 ……………（一五八六）
美利加棉花工器十年一計表
小敘 ……………………………（一五八七）
美利加紐約治絲分類表小敘 ……（一五八七）
美利加化學藥物工表小敘 ………（一五八七）
美利加電工繫地表小敘 …………（一五八八）
美利加酒工繫地表小敘 …………（一五八八）
美利加雜工繫地表小敘 …………（一五八九）
美利加陸軍選兵表小敘 …………（一五九〇）
美利加十三邦陸軍表小敘 ………（一五九〇）
美利加陸軍官禄表小敘 …………（一五九一）
美利加陸軍繫地表小敘 …………（一五九一）
美利加海軍官弁表小敘 …………（一五九二）
美利加卹戰士身家十八局表
小敘 ……………………………（一五九二）
美利加陸軍營房表小敘 …………（一五九三）
美利加兵器局表小敘 ……………（一五九四）
美利加兵船表小敘 ………………（一五九四）
美利加兵船雜識小敘 ……………（一五九六）
美利加營燈小敘 …………………（一五九六）
美利加中國約表小敘 ……………（一五九七）
美利加中國使臣表小敘 …………（一五九七）
美利加別國使美利加表小敘 ……（一五九七）
美利加中國人至美利加年表
小敘 ……………………………（一五九八）
美利加合衆國制小敘 ……………（一五九八）
美利加官制小敘 …………………（一五九九）
美利加刑略小敘 …………………（一五九九）
美利加大事編年表小敘 …………（一六〇〇）
美利加郵便繫年表小敘 …………（一六〇〇）
美利加電線年表小敘 ……………（一六〇一）
美利加電話機繫地表小敘 ………（一六〇二）

美利加新聞紙繫地表小敘 ……… （一六〇二）
美利加雜事小敘 ……………… （一六〇三）
美利加字母表小敘 …………… （一六〇三）
美利加大學校表小敘 ………… （一六〇四）
美利加學期表小敘 …………… （一六〇四）
美利加官學校學生課日表小敘 … （一六〇四）
美利加師范校及習師會表小敘 … （一六〇五）
美利加學校師生繫地表小敘 …… （一六〇五）
美利加學費表小敘 …………… （一六〇六）
美利加學師薪水繫地表小敘 …… （一六〇六）
美利加非官立學校師增減表
小敘 ……………………… （一六〇六）
美利加小學校表小敘 ………… （一六〇七）
美利加不學人表小敘 ………… （一六〇七）
美利加藝文小敘 ……………… （一六〇七）
美利加金石小敘 ……………… （一六〇八）

饕喜廬文二集卷七

遊歷加納大圖經敘 …………… （一六〇九）
加納大經緯表小敘 …………… （一六一〇）
加納大分測經緯地備較表小敘 … （一六一〇）
加納大氣候表小敘 …………… （一六一一）
加納大地理圖小敘 …………… （一六一三）
加納大疆域小敘 ……………… （一六一四）
加納大地勢較高海面表小敘 …… （一六一五）
加納大四至八到表小敘 ……… （一六一六）
加納大部落名稱歸一表小敘 …… （一六一六）
加納大山島岬峽表小敘 ……… （一六一六）
加納大河表小敘 ……………… （一六一七）
加納大湖表小敘 ……………… （一六一七）
加納大海灣海灘表小敘 ……… （一六一八）
加納大風俗小敘 ……………… （一六一八）
加納大民數表小敘 …………… （一六一九）

加納大物産小敘……（一六二〇）
加納大農産大宗表小敘……（一六二〇）
加納大食畜表小敘……（一六二一）
加納大東南鑛金年表小敘……（一六二一）
加納大輸出表小敘……（一六二二）
加納大輸入表小敘……（一六二二）
加納大海關税銀年表小敘……（一六二三）
加納大互市美利加物表小敘……（一六二三）
加納大農産互市美利加表小敘……（一六二四）
加納大互市百分率表小敘……（一六二四）
加納大商物備較表小敘……（一六二四）
加納大鉅商本利表小敘……（一六二五）
加納大漁業大宗表小敘……（一六二五）
加納大夢奪里耳商舶表小敘……（一六二六）
加納大商船出入頓數年表小敘……（一六二六）
加納大出入輪船帆船繫地表小敘……（一六二七）
加納大銀行表小敘……（一六二七）
加納大公債年表小敘……（一六二八）
加納大鐵道歲修增里表小敘……（一六二八）
加納大鐵道費年表小敘……（一六三一）
加納大官工經費出入年表小敘……（一六三一）
加納大考工雜識小敘……（一六三二）
加納大政制小敘……（一六三二）
加納大官制小敘……（一六三三）
加納大學校表小敘……（一六三三）
加納大大事編年表小敘……（一六三四）
加納大電報表小敘……（一六三四）
加納大雜事小敘……（一六三五）
加納大郵政表小敘……（一六三五）
遊歷古巴圖經敘……（一六三六）
古巴經緯表小敘……（一六三六）

古巴寒暑表小敘……（一六三七）
古巴分疆表小敘……（一六三七）
古巴四至八到表小敘……（一六三八）
古巴部落名稱歸一表小敘……（一六三八）
古巴城市小敘……（一六三八）
古巴島山合表小敘……（一六三九）
古巴水表小敘……（一六三九）
古巴疆域雜識小敘……（一六三九）
古巴風俗小敘……（一六四〇）
古巴人數表小敘……（一六四〇）
古巴華人往還表小敘……（一六四一）
古巴物産小敘……（一六四二）
古巴錢法表小敘……（一六四二）
古巴税略小敘……（一六四三）
古巴人税表小敘……（一六四三）
古巴通商物值表小敘……（一六四三）
古巴銀行表小敘……（一六四四）
古巴鑛表小敘……（一六四四）
古巴鐵道火車表小敘……（一六四五）
古巴陸軍表小敘……（一六四五）
古巴水師礮船表小敘……（一六四六）
古巴礮臺表小敘……（一六四七）
古巴兵事小敘……（一六四七）
古巴疆吏表小敘……（一六四七）
中國駐古巴總領事等官表小敘……（一六四八）
駐古巴各國領事表小敘……（一六四八）
古巴刑略小敘……（一六四九）
古巴雜事小敘……（一六四九）
古巴學校表小敘……（一六四九）
古巴藝文小敘……（一六四九）
古巴金石小敘……（一六五〇）
游歷秘魯圖經敘……（一六五〇）

秘魯經緯表小敘……………………（一六五二）
秘魯氣候小敘……………………（一六五三）
秘魯地理圖小敘……………………（一六五三）
秘魯分疆表小敘……………………（一六五四）
秘魯四至八到表小敘……………………（一六五四）
秘魯海埠舉要表小敘……………………（一六五五）
秘魯國部落名稱歸一表小敘……（一六五五）
秘魯海道大要表小敘……………………（一六五六）
秘魯海濱雜識小敘……………………（一六五六）
秘魯山小敘……………………（一六五六）
秘魯水小敘……………………（一六五七）
秘魯地理雜識小敘……………………（一六五七）
秘魯立國以前代系表小敘……（一六五七）
秘魯國系表小敘……………………（一六五八）
秘魯風俗類識小敘……………………（一六五八）
秘魯人數繫地表小敘……………………（一六五九）
秘魯民數分類表小敘……………………（一六五九）
秘魯物産小敘……………………（一六五九）
秘魯鑛産小敘……………………（一六六〇）
秘魯錢法表小敘……………………（一六六〇）
秘魯國債表小敘……………………（一六六一）
秘魯國計小敘……………………（一六六一）
秘魯商務雜識小敘……………………（一六六一）
秘魯田寮工表小敘……………………（一六六二）
秘魯考工小敘……………………（一六六二）
秘魯鐵道表小敘……………………（一六六二）
秘魯鐵道分數異同表小敘……（一六六三）
秘魯與別國鐵道比較表小敘……（一六六三）
中國駐秘魯使臣以次表小敘……（一六六四）
別國駐秘魯使臣領事表小敘……（一六六四）
秘魯使別國表小敘……………………（一六六四）
秘魯大事編年表小敘……………………（一六六五）

秘魯刑略小敘……（一六六五）
秘魯郵表小敘……（一六六五）
秘魯雜事小敘……（一六六六）
秘魯學略小敘……（一六六六）
秘魯藝文小敘……（一六六六）
秘魯金石小敘……（一六六七）

簣喜廬文二集卷八

游歷巴西圖經敘……（一六六九）
巴西經緯表小敘……（一六七三）
巴西氣候小敘……（一六七三）
巴西地理圖小敘……（一六七三）
巴西形勢表小敘……（一六七四）
巴西部落表小敘……（一六七四）
巴西邑表小敘……（一六七五）
巴西四至八到表小敘……（一六七五）
巴西部落名稱歸一表小敘……（一六七六）
巴西山小敘……（一六七六）
巴西島表小敘……（一六七六）
巴西水小敘……（一六七七）
巴西通舟河道表小敘……（一六七八）
巴西渠小敘……（一六七九）
巴西鑛泉小敘……（一六七九）
巴西海濱雜識小敘……（一六七九）
巴西國系小敘……（一六八〇）
巴西風俗類識小敘……（一六八〇）
巴西人數繫地表小敘……（一六八一）
巴西物產小敘……（一六八一）
巴西鑛產小敘……（一六八二）
巴西農務小敘……（一六八三）
巴西商略小敘……（一六八三）
巴西進口出口貨值表小敘……（一六八四）
巴西別國商物比數表小敘……（一六八五）

巴西海關出口物税表小敘……（一六八五）
巴西財用小敘……（一六八五）
巴西金銀銅錢比較表小敘……（一六八六）
巴西國債繫地表小敘……（一六八七）
巴西食貨雜識小敘……（一六八八）
巴西兵器工小敘……（一六八九）
巴西鐵道官工民工表小敘……（一六八九）
巴西考工類識小敘……（一六九〇）
巴西海陸兵制小敘……（一六九一）
巴西海陸軍學小敘……（一六九二）
巴西兵船表小敘……（一六九二）
巴西新疆戍兵小敘……（一六九三）
巴西政制小敘……（一六九四）
巴西官禄表小敘……（一六九四）
巴西外交小敘……（一六九五）
巴西大事編年表小敘……（一六九六）
巴西刑略小敘……（一六九六）
巴西電報表小敘……（一六九六）
巴西郵表小敘……（一六九七）
巴西雜事小敘……（一六九八）
巴西學校師生表小敘……（一六九九）
巴西問學類識小敘……（一七〇〇）
遊歷地球圖敘……（一七〇〇）
遊歷天時地理合表敘……（一七〇一）
遊歷日本圖經餘紀前編敘……（一七〇二）
遊歷美利加圖經餘紀前編敘……（一七〇三）
游歷英屬地加納大圖經餘紀敘……（一七〇三）
遊歷美利加圖經餘紀二編敘……（一七〇四）
遊歷古巴圖經餘紀敘……（一七〇四）
游歷秘魯圖經餘紀敘……（一七〇五）
游歷巴西圖經餘紀敘……（一七〇五）
遊歷美利加圖經餘紀後編敘……（一七〇五）

遊歷日本圖經餘紀後編敘……（一七〇六）
遊歷圖經餘紀敘……（一七〇六）
遊日本詩變前編敘……（一七〇八）
游古巴詩董敘……（一七〇九）
游秘魯詩鑑敘……（一七〇九）
游巴西詩志敘……（一七〇九）
景日本延喜本文選第五殘卷敘……（一七一〇）
景唐刊卷子本陶文敘……（一七一一）
二李唱和集跋……（一七一二）
映雪樓雜著敘……（一七一三）
中井兼之篆體正變敘……（一七一三）
中村敬宇文集敘……（一七一五）
偉人傳敘……（一七一六）
元田永孚詩集敘……（一七一七）
高島易斷敘……（一七一八）
診病奇侅敘……（一七一九）
海南遺稿敘……（一七一九）
儒學本論敘……（一七二一）
慊堂文集敘……（一七二二）
星崗山記敘……（一七二二）

簷喜廬文二集卷九

日本傳國三神器跋……（一七二三）
日本天璽瑞寶十種跋……（一七二四）
日本伊豫道後碑跋……（一七二四）
日本如意輪觀音大士造像記跋……（一七二五）
日本金堂藥師造像記跋……（一七二六）
日本上太子藏聖德太子瑪瑙石記跋……（一七二六）
日本宇治橋斷碑跋……（一七二七）
日本釋迦佛造像記跋……（一七二七）
日本法隆寺釋迦銅立像背銘跋……（一七二七）
日本二天造像記跋……（一七二八）

日本敦賀常宮鐘銘跋……（一七二九）
日本船首王後墓誌跋……（一七二九）
日本小野朝臣毛人墓誌跋……（一七三〇）
日本新田部碑跋……（一七三〇）
日本那須直韋提碑跋……（一七三〇）
日本采女墓所碑跋……（一七三一）
日本藥師寺東塔擦銘跋……（一七三二）
日本妙心寺鐘款識跋……（一七三三）
日本威奈大邨墓誌跋……（一七三三）
日本文忌寸禰麻呂墓版跋……（一七三四）
日本穗積碑跋……（一七三四）
日本伊福吉部臣德足比賣墓誌跋……（一七三四）
日本建多胡郡辨官苻碑跋……（一七三五）
日本粟原寺塔鑪盤銘跋……（一七三五）
日本近江新田邨碑跋……（一七三六）
日本元明御陵碑跋……（一七三六）
日本上野下贊鄉碑跋……（一七三七）
日本興福寺觀禪堂鐘銘跋……（一七三八）
日本天平銅鏡識跋……（一七三八）
日本武智麻呂墓誌跋……（一七三九）
日本石浮圖文跋……（一七三九）
日本山名邨碑跋……（一七三九）
日本楊貴氏墓誌跋……（一七四〇）
日本八幡宮鐘銘跋……（一七四〇）
日本竹野王墓碑跋……（一七四一）
日本佛足石圖記跋……（一七四一）
日本東大寺聖武銅版敕書跋……（一七四三）
又銅版敕書跋……（一七四四）
日本天平勝寶驛鈴識跋……（一七四五）
日本東大寺枚幡鎮鐸款識跋……（一七四五）
日本修造多賀城碑跋……（一七四六）

日本鑑真和尚墓誌跋……（一七四六）
東大寺甲銀壺銘跋……（一七四七）
東大寺乙銀壺銘跋……（一七四七）
日本織田邨鐘款識跋……（一七四八）
日本高屋連枚人墓誌跋……（一七四八）
日本涅槃經摩崖跋……（一七四八）
日本紀廣純女吉繼墓誌跋……（一七四九）
日本陸奧國大元帥社碑跋……（一七四九）
日本沙門勝道上補陀洛山碑跋……（一七五〇）
日本南圓堂銅燈臺銘跋……（一七五一）
日本慈尊院邨斷碑跋……（一七五一）
日本益山寺花盤款識跋……（一七五一）
日本大和州益田池碑銘跋……（一七五二）
日本僧空海所造陶佛掌圖款識
跋……（一七五二）
日本天長經筒跋……（一七五三）
日本陸奧介高道墓碑跋……（一七五三）
日本神護寺鐘銘跋……（一七五三）
日本牛島牛御前社造碑跋……（一七五四）
日本菅原道真鐘劍三銘跋……（一七五四）
日本昌泰經筒跋……（一七五四）
日本鐵鉾款識跋……（一七五四）
日本東大寺銅鉢款識跋……（一七五五）
日本道澄寺鐘銘跋……（一七五五）
日本遠江長福寺鐘款識跋……（一七五六）
日本佛足石和歌跋……（一七五六）
日本室生山畑中碑跋……（一七五七）
日本三城目邨碑跋……（一七五七）
日本大重院碑跋……（一七五八）
日本三鈷寺門碑跋……（一七五八）
日本白峯寺古瓦款識跋……（一七五九）
日本天養瓦經跋……（一七五九）

日本高藏寺鐘銘跋……（一七六〇）
日本廣隆寺鐘銘跋……（一七六〇）
日本基衡室安倍宗任女墓碑跋……（一七六一）
日本中川寺鐘銘跋……（一七六一）
日本伊都岐島鐘銘跋……（一七六一）
日本八幡神宮寺鐘款識跋……（一七六二）
日本平重盛公墓志跋……（一七六二）
日本法然山人行業碑跋……（一七六二）
日本如法寺碑跋……（一七六三）
日本建保磁鈴款識跋……（一七六三）
日本鹽竈鐵燈識跋……（一七六三）
日本譽田八幡宮鐘款識跋……（一七六四）
日本極樂寺鐘銘跋……（一七六四）
日本日光山中禪寺鐘銘跋……（一七六四）
日本如法寺釜堂碑跋……（一七六五）
日本千光院鐘銘跋……（一七六五）
日本光德寺雁林堂鐘銘跋……（一七六五）
日本觀心寺鐵鐙鑪銘跋……（一七六六）
日本日光山新宮佛器款識跋……（一七六六）
日本鴻橋寺鐘銘跋……（一七六六）
日本世尊寺鐘銘跋……（一七六七）
日本金剛山寺鐘銘跋……（一七六七）
日本驛鈴款識跋……（一七六七）
日本建長寺鐘銘跋……（一七六八）
日本般若寺碑銘跋……（一七六八）
日本六所明神鐵佛銘跋……（一七六八）
日本野本寺鐘銘跋……（一七六九）
日本建長寺鐘銘跋……（一七六九）
日本法性寺廢趾鐵燈款識跋……（一七六九）
日本北條寺時賴墓誌跋……（一七七〇）
日本真言院鐘銘跋……（一七七〇）
日本新長谷寺鐘銘跋……（一七七〇）

日本金峰山藏王堂鐘款識跋……（一七七一）
日本秩父碑銘跋……（一七七一）
日本法華堂二銅瓶款識跋……（一七七一）
日本般若寺鐘銘跋……（一七七二）
日本如法寺碑文跋……（一七七二）
日本高野山天野道知碑跋……（一七七二）
日本陸奥山王社碑跋……（一七七三）
日本瑞泉寺碑跋……（一七七三）
日本野火留平林寺碑跋……（一七七三）
日本燕澤碑跋……（一七七三）
日本一宫燈臺款識跋……（一七七四）
日本榮山寺燈臺款識跋……（一七七四）
日本蓮華寺鐘銘跋……（一七七五）
日本弘安信田小太郎古館跡碑跋……（一七七五）
日本長福寺鐘款識跋……（一七七五）
日本慈雲寺碑跋……（一七七六）
日本永仁信田小太郎古館跡碑跋……（一七七六）
日本筥根山鐘銘跋……（一七七六）
日本稱念寺鐘銘跋……（一七七七）
日本陸奥守山堂阪妙音寺碑跋……（一七七七）
日本圓覺寺鐘銘跋……（一七七七）
日本定仙和尚塔碑跋……（一七七七）
日本陸奥天王寺碑跋……（一七七八）
日本相應寺碑跋……（一七七八）
日本海藏寺造像碑跋……（一七七九）
日本御島碑跋……（一七七九）
日本長勝寺鐘銘跋……（一七七九）
日本山目邨碑跋……（一七八〇）
日本蓮花寺鐘銘跋……（一七八〇）
日本鎌倉八幡宫燈臺銘跋……（一七八〇）

日本清巖寺鐵碑跋……………（一七八一）
日本愛宕山碑跋……………（一七八一）
日本醫王寺碑跋……………（一七八二）
日本巨竈山清見寺鐘銘跋……………（一七八二）
日本鶴崗八幡宮鐘銘跋……………（一七八二）
日本安福寺鐘款識跋……………（一七八三）
日本椎津郵古墟碑跋……………（一七八三）
日本如法寺碑跋……………（一七八三）
日本下總國八幡宮鐘銘跋……………（一七八四）
日本和田郵碑跋……………（一七八四）
日本日蓮書名號碑跋……………（一七八四）
日本奈良招提寺金堂鮪字跋……………（一七八五）
日本天王寺碑跋……………（一七八五）
日本善願上人舍利瓶記跋……………（一七八六）
日本松浦碑跋……………（一七八六）
日本潮來長勝寺鐘銘跋……………（一七八六）
日本橘正成鏡銘跋……………（一七八七）
日本久米郵將軍塚碑跋……………（一七八七）
日本東明寺鐘銘跋……………（一七八八）
日本東慶寺鐘銘跋……………（一七八八）
日本金色院鐘款識跋……………（一七八八）
日本西念寺鐘銘跋……………（一七八九）
日本馬場近津明神地内碑跋……………（一七八九）
日本多福院山吉野碑跋……………（一七八九）
日本泉福真福二寺鐘銘跋……………（一七九〇）
日本供養碑跋……………（一七九〇）
日本掘氏所藏鐘款識跋……………（一七九〇）
日本僧大鑑舍利塔銘跋……………（一七九一）
日本陸奥中尊寺鐘銘跋……………（一七九一）
日本高野山佛號碑跋……………（一七九一）
日本中禪寺貞和釜款識跋……………（一七九二）
日本地藏堂石階銘跋……………（一七九二）

日本久米邨碑跋……（一七九二）
日本法明碑跋……（一七九二）
日本南都水屋長尾石水船款識跋……（一七九三）
日本毛越寺鐵燈款識跋……（一七九三）
日本延福寺鐘銘跋……（一七九三）
日本藤澤寺鐘銘跋……（一七九四）
日本稻邨碑跋……（一七九四）
日本勝願寺舊地碑跋……（一七九四）
日本酒見寺鐘銘跋……（一七九五）
日本地藏堂鐘銘跋……（一七九五）
日本三島社鐘銘跋……（一七九五）
日本密寺鐵燈扉識跋……（一七九六）
日本爲尼上智造石塔款識跋……（一七九六）
日本布留社鐘款跋……（一七九六）
日本行者講田碑跋……（一七九六）
日本盛福寺鐘銘跋……（一七九七）
日本淺草寺鐘銘跋……（一七九七）
日本清澄寺鐘銘跋……（一七九七）
日本東明寺鐘銘跋……（一七九八）
日本藏王權現鐘銘跋……（一七九八）
日本廣國寺鐘銘跋……（一七九八）
日本妙覺寺鐘銘跋……（一七九八）
日本棚倉馬場鐘銘跋……（一七九九）
日本觀音院鐘銘跋……（一七九九）
明成祖日本壽安鎮國山碑跋……（一七九九）
日本僧佛光塔銘跋……（一七九九）
日本岩峰寺鐘款識跋……（一八〇〇）
日本明王院鐘銘跋……（一八〇〇）
日本鉢峰山長福寺石燈款識跋……（一八〇〇）
日本西琳寺鐘款識跋……（一八〇一）
日本中禪寺應永釜款識跋……（一八〇一）
日本勝尾寺石塔銘跋……（一八〇一）

日本南都藥師寺銅佛背款識跋……（一八〇一）
日本舛屋重芳藏半鐘識跋……（一八〇二）
日本新熊野山鐘銘跋……（一八〇二）
日本普照寺鐘銘跋……（一八〇二）
日本藏王堂鐵燈款識跋……（一八〇二）
日本清水寺鏡銘跋……（一八〇三）
日本南都般若寺鐘款識跋……（一八〇三）
日本鹽竈宫鐘銘跋……（一八〇三）
日本青砥邨古城跡碑跋……（一八〇三）
日本光明院碑跋……（一八〇四）
日本辻地藏碑跋……（一八〇四）
日本一品吉備津宫鐘銘跋……（一八〇四）
日本最勝寺鐘款識跋……（一八〇四）
日本舛屋水鉢識跋……（一八〇五）
日本龍華寺鐘銘跋……（一八〇五）
日本道明寺鐘銘跋……（一八〇五）
日本三條橋銅柱銘跋……（一八〇五）
日本藤原肅五銘跋……（一八〇六）
日本上太子叡福寺鐘款識跋……（一八〇六）
日本南都東大寺燈臺銘跋……（一八〇六）
日本古碑跋……（一八〇七）
日本忍海原連魚養碑跋……（一八〇七）
日本勝手明神古鐘銘跋……（一八〇七）
日本猿丸太夫墓誌跋……（一八〇七）
日本苔清水碑跋……（一八〇八）
日本二階堂墓誌跋……（一八〇八）
日本法隆寺銅斗識跋……（一八〇八）
日本永手墓誌跋……（一八〇八）
日本宇知川磨崖跋……（一八〇九）
日本江島碑跋……（一八〇九）
日本桃尾山門院石壁銘跋……（一八〇九）
明朱之瑜日本楠正成墓碑跋……（一八一〇）

明朱之瑜日本六銘跋……（一八一〇）
日本阿彌陀寺阿彌陀經碑跋……（一八一〇）
日本肥後石敢當碑跋……（一八一〇）
日本佛頭山碑跋……（一八一一）
日本高貴寺下乘碑跋……（一八一一）
日本高野山町石縮圖文跋……（一八一一）
日本八稜驛鈴字六稜驛鈴字跋……（一八一一）
日本駒谷邨碑跋……（一八一二）
日本陸奧宮城郡坪碑跋……（一八一二）
日本弘川寺下馬碑跋……（一八一二）
日本鍔口款識五跋……（一八一二）
日本研款識十三跋……（一八一三）
日本瓦當文十七跋……（一八一四）
漢委奴國王印跋……（一八一五）
親魏倭王印跋……（一八一六）
日本三百八十九璽印跋……（一八一六）
美利加鑛局所藏日本鐘銘跋……（一八一七）
美利加吊戰兵詩鐵碑跋……（一八一七）
美利加繪畫石院銅人字跋……（一八一八）
美利加伯理璽天德華盛頓紀功石幢字跋……（一八一八）
美利加南北兵骨石塔字跋……（一八一八）
美利加華盛頓石像銘跋……（一八一九）
美利加沃費多石像字跋……（一八一九）
美利加華盛頓紀功碑跋……（一八一九）
美利加諾司波因奪戰功碑跋……（一八一九）
美利加英美兵戰紀念碑跋……（一八二〇）
美利加紐約徙立埃及紀念石幢跋……（一八二〇）
美利加重鐫埃及紀念石跋……（一八二一）
古巴科侖波墓堂詩碣跋……（一八二一）
古巴馬丹薩洞字跋……（一八二二）

古巴科侖波石像文跋……（一八二二）
古巴第二曰薩比亞石像跋……（一八二二）
勾麗古碑跋……（一八二三）
日本竹野王墓碑跋……（一八二八）

籑喜廬文二集卷十

日本計里總圖跋……（一八二九）
又跋……（一八二九）
宋本歷代帝王紹運圖跋……（一八三〇）
覆刊唐卷子本論語跋……（一八三〇）
覆刊唐卷子本新修本草跋……（一八三一）
又跋……（一八三二）
日本聖武寫經跋……（一八三三）
大東攬勝圖記跋……（一八三四）
奇門圖説跋……（一八三五）
覆瓿餘稿跋……（一八三五）
夷牢亭圖記書後……（一八三五）
藤野真子文書後……（一八三六）
遊歷日本圖經凡例……（一八三七）
遊歷日本圖經專例……（一八三七）
遊歷美利加圖經凡例補……（一八三八）
遊歷美利加圖經專例……（一八三八）
遊歷加納大圖經專例……（一八三九）
遊歷古巴圖經專例……（一八四〇）
游歷秘魯圖經專例……（一八四〇）
游歷巴西圖經專例……（一八四一）
遊歷圖經餘紀專例……（一八四二）
跋日本大藏省石印道風書……（一八四二）
華盛頓傳……（一八四三）
中西學堂讚……（一八四六）
觀我箴……（一八四七）
紫石研銘……（一八四七）
白貞烈女墓表……（一八四八）

簑喜廬文二集卷一

寢衣説

寢衣，《論語》云『長一身有半』，孔安國曰：『今之被也。』《説文》：『被，寢衣也。』雲龍今游日本益信。被首有領有褏，其下與中國今製無異，與長一身有半正合。寢衣古製猶存，非耳食矣，可證宋儒解經之誤。或曰日本人寢著單衣，安知非寢衣耶？曰：『非也，其長未及一身。』

明衣説

按明衣，即《論語》所謂『齋必有明衣布也』。孔安國曰：『以布爲沐浴之衣也。』日本布浴衣猶存古制，可以證經。

舉案説

日本食案猶存古制，席地，侍者跽，進食舉案。古所謂舉案齊眉，殆偕食同志之誼歟？舉案而與眉齊，於日本見之。

墮髻説

《宋史》曰『日本婦人皆被髮』，是指未結髮時言也。《日本書紀》神代有所謂髻鬘者，弘仁先説解之曰：『御以那，惰吉異稱。』《日本傳》曰：『御以那，御結長也，惰吉即墮髻義，今散髻也。』據此知《中華古今注》『倭墮髻，一云墮馬之餘形』，非臆説矣。然近時其國老媪且有斷髮者，微獨男子已也，又微獨北海道土人已也據中根淑論。先是天武十一年四月二十三日議，男女悉結髮，其年六月六日始結髮，見《日本紀》。然則其國髮始被，而結，而斷，凡三變。北海道千島土人男或芟髮，或薙須，女髮或結或斷。

衛生説

光緒十三年十月二十九日，即明治二十年十二月十三日。日本内務省衛生局長兼元老院議官、從四位勳三等長與君專齋導雲龍游歷衛生試驗所，執盞語雲龍曰：『衛生之目當否？願論定之。』爲述《衛生説》。

衛與醫，皆所以遂其生也，意將毋同，然而説異。醫恒施於已疾，衛則在於未疾也。先是明治八年設司藥場，司藥、醫學一端耳。十六年，易名衛生試驗所，表飲食之比較，圖服用之損益，固合化學、算學、醫學、物理學，而自成一衞生學矣。長與氏猶慮名實未符，問雲龍至再。按《説文解字》：『衞，宿衞也，從韋、帀，從行。』行，列衞也，帀之言周。《史記》衞令曰『周廬以此』，然則衞生云者，有護中意，有捍外意，不使利生之理有時而出，不使害生之物乘間而入。穢者，潔之讐也，去穢即以衞潔。贋者，真之賊也，辨贋即以衞真。過者、不及者，中之弊也，退過進不及，即以衞中。潔也，真也，中也，皆所以生也，獨醫云乎哉！或謂何不曰養？曰養難言也。以心以氣曰養，有自然之道，以力以物曰衞，有勉然之功。今日之勉然，未始非自然基，然以學言，則不必高言養也。目以衞生，誰曰不宜！

美利加密士昔比河工説

美利加河工莫密士昔比河若矣。説者謂密士昔比河居五大洲第二，中國黄河則居第六，殆就長短言歟！其長説亦靡定。或曰二千英里，或曰二千七百英里，廣東人所著《地理全志》則謂一萬三千二百里。今詢河官，參以圖册，約華里一萬一百有奇。然河之長短，未足定工之難易，又安知其同耶異耶！

雲龍舟車所至，既於密士昔比河窮源溯流，述厥水道，復履隄諏工，罔敢遺力，意者其有合乎？耳之目之，知難概同。蓋其河本清流也，受密蘇蠤河水挾泥而濁，然平均量泥僅居水二十之一耳，黄河則沙居十之二，其異一。以本流之清刷受泥之濁，宜乎行窄河底法，水暢中流，泥歸兩側，而事半功倍。黃河旋濬旋淤，流沙靡定，其異二。密士昔比河易汜之由，在水道往往高於地面，然其泥性膠，濬深即以築高。雲龍歷視厥隄，僅於水流急處立樁障板，編柳雜石，即所謂埽堤也。餘則兩邊斜下丈許，種草護根，隄上行路寬裁二三尺，河泥而外，不假它物。黃河之沙，奚云築耶！其異三。收束河身之策，近於與水争地，而截曲減寬，遂著成效，是其水性雖曰靡常，尚非永定河匹，何論黃河？其異四。必於異中見同，則分段也，籌費也，設官也，築隄也，濬中淤也，疏下口也，借清刷濁也，皆黃河在工者所因地因時而自爲謀者也。

無已其測量乎？以測始，以圖繼。水之高低以尺寸計，流之遲速以秒時計，沙泥之多寬以平均計。河未臨而要已握，功已奏而工未已，一言以蔽之，曰實，是又存乎其人矣，儻亦治河者所欲借鑑一二與？述密士昔比河工。

論治密士昔比河，大要不外分段、測量、籌費、課工四者。其分段奈何？密蘇蠡邦先奪路一譯加倚呂以司之北，其上流也，無害，故不必治。自此而南是爲下流，厥害輕重有差，皆日意頓而下，分段四。第一段起皆日意頓，訖四十號島麓，長二百二十里，約華里六百六十。其河之宜修者曰紐麻土里多里知距皆日意頓四十二英里。自八號島至十四號島長六十里，約華里一百有八十，又曰播忒南姆因多里知距皆日意頓百四十七英里。自二十六號島至三十六號島，長亦如之。第二段起四十號島訖河口，長一百八十里，約華里五百四十。其水之宜修者曰密斯比里，自四十號島距皆日意頓二百廿英里至斯昌良士，長二十七里，約華里八十有一，中有密比斯港，初管自合衆國兵部土木局，光緒八年千八百八十二，屬密士昔比河官。又曰宜列納里，自格蒲基拉而豆一譯昆麻斯加納大，距皆日意頓二百七十英里至夫列牙士波因奪，長五十五里，約華里一百六十有五。第三段起河口訖密士昔比邦華盛頓，長二百二十里，約華里六百六十，其水之宜修者曰角苦脱里治，自剛色斯邦可苦斯波因脱距皆日意頓四百三十英里至剛色斯邑，長三十二里，約華里九十有六。又曰列苦布羅比田斯里地，自密士昔比邦干拉闐勒一譯加路琨奈良田至九十五號島，三十五里，約華里一百有五，其間他維苦斯拔港工於光緒八年千八百八十二年八月歸密士昔比河官。弟四段起華盛頓密士昔比邦之邑訖河口，長四百八十四里，約華里一千四百五十有二。要工有五：曰賴給斯港，曰列奪河口，曰先奪路以司河口，曰布拉基銘背由背由譯言河口，曰紐阿林港。此分段大略也。

其測量奈何？水面有高有低，所測之地八：曰皆日意頓，最高四十有九尺八寸，最低五尺三寸。在其上游者三，曰新西那治，最高五十八尺五寸，最低十四尺三寸。曰野王斯維耳，最高四十二尺二寸，最低五尺五寸。曰怕達可，最高四十九尺八寸，最低十四尺八寸。在其下游者四，曰緬比司，最高三十四尺四寸，最低十四尺九寸。曰黑列納，最高四十二尺七寸，最低二十二尺四寸。曰維苦士拔，最高四十一尺八寸，最低二十七尺四寸。曰紐阿林，最高三十尺五寸，最低六尺一寸，此據光緒五年千八百七十九至八年千八百八十二實測之數，近六年視此。又量水之遲速，以一秒時計其出口，水大，輒流一百萬尺立方之水。就逕魯西阿納邦紐阿林水平均言之，約五十七萬五千立方尺，其中來自上游經流十萬有奇，來自密蘇鼇河十二萬，來自倭海約河十六萬，來自先奪路以司河三萬，來自剛色斯等河十萬，來自列奪河六萬，歲得一百五十方里，約華方里四百五十。又量泥之多寡。密士昔比河所受之水多於經流。先奪路以司河水視上流三倍，密蘇鼇河則視倭海約河七倍，即泥亦以密蘇鼇河爲最。其上游泥居二百之一至五千之一，即平均七百之一也。迄於紐阿林，泥居八百之一至七千之一，即平均二千之一也。河口泥居八百之一至十萬之一，即平均四千五百之一也。倭海約河泥最少，合密蘇鼇等河之泥一秒時約一百七十尺立方，即一日五十萬立方牙脱，蓋一牙脱合中國二尺四寸五分也，及水巨時一日輒至四百萬牙脱立方，一年平均可濬泥築隄一千英里，約華里三千，而注之墨西哥［灣］則二千之一至三千之一，皆泥也。此測量大要也。

其籌費奈何？雲龍游歷紐阿林時問河官，言國會歲籌銀三百萬圓，就地籌二十有五萬圓。先是河費靡定，久之立預演算法，綜計工需三千萬圓，歲以二三百萬爲率。光緒元年千八百七十五計修舊隄八百六萬五千七百牙脱立方，每一牙脱費銀二角三仙，合銀一百八十五萬五千一百一十有一圓，雜費十六萬四千八百八十九圓，凡二百有二萬圓。然測量未蕆，鳩工未半，增高減曲不在此數。當八年間，甫九閲月千八百八十四年正月至九月濬築費二百四萬六千有五圓一角九仙，測量圖志工船雜費十四萬七千三百七十八圓九角二仙，凡二百十九萬三千三百八十四圓一角一仙，厥後歲費比較以此。

其課工奈何？大較有九：一曰設官。密士昔比河初無專吏，有之自光緒五年始千八百七十九年六月受制於陸軍長。後分爲二：一置自國會司水道船務，一置自魯西阿納等邦，紐阿林之土木局其巨者也。二曰築堤。往無定章，乾隆十五年千七百五十至二十三年千七百五十八下流㘭溢，兩岸無恙。後二十年，皆日意頓及列奪之間隄決，平地水逾尺，商鄭苦之，遂議築隄。光緒八年千八百八十二河水數泛，田捏西、密士昔比、魯西阿納、剛色斯諸邦，損人一百三十有八，漂銀九百六十五萬五千圓；時密比斯港隄成，得免於害。十四年七月千八百八十八年八月雲龍游紐阿林，大風雨，損人畜煤舶無算，而密士昔比河水罔有或溢，雖非盡由於隄，亦與有力焉。隄起皆日意頓，迄於河口，或單隄，或重隄，或數重隄，視地有差。三曰減寬，此束河身法也。光緒前無之，其議自美利加人益比西斯點始，意謂河幅太寬則泥易滯，堤易低，水流易變。以華三里英一里爲率，過此則減之爲愈。無或寬或狹之勢，即㘭忽緩忽猛之流。四曰去曲。曲則流爲斜、爲環，而溜紆，而泥壅，去之微獨溜可迅、泥可刷，水面亦可低，隄脚亦可固，此河官議意也，然河曲斷難盡去。五曰濬中，此窄河底法，議自熱知西斯點。光緒五年千八百八十行之紐麻土里有奇，直瀉刷泥，自注兩旁，久之泥附隄根，漸少梗流之患。蓋掘中流之底深自三丈及播忒南頓因二處，厥後又行之紐阿林等處。六曰疏口。以濬濟疏，仍窄河底法也。先是紐阿林南有河水入海之口三，一西一中一東，或合或分。分者謂之底耳打，譯言扇地，以形名也，大氐舊流，東西二口居多，中口淺甚，今既用束河身法，築隄直出海面，長十里，約華里三十，奏效而復歲濬之罔有懈。昔之水僅十二尺者，今已深三十二尺，中流靡阻，兩口無需，而工猶未已。七曰置器。水力自克刷淤，機器之功轉遜水力之猛，然器亦罔缺。即如光緒九年千八百八十三工篛修紐麻土里時，曾備運桿器二十、瀛艦四十、方艇六、二百尺長之舟四、一百尺長之舟六、家舸六、小舟四十，而掘泥機舶尤便。八曰分支。密士昔比河雖受密蘇鼇諸河，細大不捐，然經流僅長三千六十有一里，約華里一萬一百有一，而支流五十有五，可通舟者無慮七千里，約華里五萬六千有一百，匪獨潤落機山東之赤地已也，洪流實藉分減。九曰護隄。編柳籠石，排樁障板，隄之兩面種草植柳，不以少遠而減。有分水之漸功，有固泥之根據。

凡此皆雲龍游歷魯西阿納諸邦，目測心維，而知密士昔比河工之著效，不外乎此。

美利加水師阻道說

礮臺而可專恃，則船道不必阻，水雷而可密置，鐵甲船而可無萬有不敵之虞，則船道不必別籌其阻，知其不然，而阻船之法何者爲沈，何者爲定，何者爲浮，顧可忽諸。美利加拓新畔舊，水戰猶尠，黨兵起，兵艦南遜，而阻道之策遂出而愈奇。就聞挈要，未始非水師鏡也。述水師阻道說。

凡水師進港過堡，未有不通其狹流而克攻其要害者。北船逕查克森、非里巴二堡，爲魚貫兩行法。逕磨爾干堡，兵船、礮船兩兩依坿，爲魚麗一行法。然磨爾干堡有淺有阻，遂弗克前。

非克司波嘎堡有礮臺扼密士昔比河，而北船過其第十號海島，礮臺距三百碼耳，而北船再過。北軍於氏波散比拉以下築礮臺五，南船夜輒一過如是者三十一日。它如波特黑德森礮臺，雖損北船而無阻，其阻者若磨比耳，若查爾士頓，若撒法那，若爲明屯，非藉礮臺力，亦非資衝艦力詳《兵事》，此其策可深長思也。

凡阻船路，先測水面之寬狹、泥脚之堅輭、潮勢之高低、風力之向背，其次問水性鹹淡，鹹則審有蝕物蟲否，水流變否，火燒受否，敵船入水若干衝之礙否。南軍牙素河阻路物壅流自失，其前車乎？然非礮臺克護之處未見其克禁敵推之壓之曳之斷之也，禁之而眛眎如無禁，受礮必重。其工視地，其費有差，一層未固，勿貪多。其法有十：

曰築壩。非流淺沙硬不可也。留口以通己艬，作轉動礮臺二，對置如門，藉基浮壩開闔之。而弊有三：己船出難，一也，事後去難，二也，欲水流久且不變亦難，三也。南軍惟於同治四年千八百六十五築之撒法那，木架雙行横障河流，以八寸或十二寸方木連固，每層架作臺面狀，磚石鋪之與潮漲平，而南高三丈至三丈五尺，厥後兵定去之，入水之兵十日乃除一架，南面之工倍北，此阻船壩也。有爲行船計者，如同治三年千八百六十四北船退紅河，經阿里克珊里耶，而水落淺不得下，工長倍里，議造數重横壩蓄水，長三里有奇英一里餘，十日爲期。於是班給斯以兵三千、馬車三百，拆近地機器，伐木於每訥，作平底船運之。築自河左，巨樹爲架，中實細柯亂石，以老幹聯絡之，近三百尺用煤艦四載煤雜石沈於其間，右築如左，承接無縫，雖流速半時即二十七里英九里，而工如議。第八日已浮三兵船至壩，明日煤船自開，船逐流下，倍里復於上流築壩六百尺，留口五丈五尺，以縱壩數道輔之，越三日船皆行。此非爲阻船設，然築壩之法可對觀也。

曰沈船。非陸路接濟不可，非杜敵潛開尤不可西千八百五十四年，俄羅斯曾將黑海船盡沈車那以牙灣口，南軍未敢輕置以此。然北船過磨爾干堡後，南軍曾以一未成鐵甲艦沈之磨比耳灣東北。先是沈戰船漁船於此，水衝自開一路，深丈三尺，故以船塞。北軍乘夜納火藥數桶於沈船，電綫引轟之而開。此法而外，尚有用大索曳者，是以沈船宜重厥載，或石或鐵，以巨鏈連之勿露。

曰沈石。工較省，然非其地無以施也。如同治元年千八百六十二南軍於那始非勒以下用石斷金拔倫河路，因厥兩岸巨石懸崖，遂鑿數孔入火藥炸之，石墜塞流。它如波多麥河，華盛頓而下有堪如法處。

曰植樁。河下泥沙沍疊則宜。南軍之樁植以新法：於輪船鍋鑪上連二寸徑之皮管，有通塞門，彼端嘴長且堅，用活結繩縛於樁之下端，送樁入水，通氣吹泥，可深四尺。樁定而塞管、氣抽、繩結，管出泥合，與椎入無異。用工四足矣：一司機，一職管，二扶樁。小風亦無大礙。樁用帶皮黄松，長尺二寸或尺五寸，上端潮平乃見。列樁之法三：一、兩行法，此行之樁當彼行二樁間，去四五尺排如前式，漸排漸進，寬二十五尺，行間聽填何物，小船亦可。二、密行法，後行之樁緊靠前行，二樁間鐵鏈縛之，以連行三樁爲一束，以半寸銅帽護之。此二者缺口可備方箱盛石，臨斷用之，或用浮樁水雷以守，每二丈間置二可也。三、方簇法，每百樁成方束形，方角正向水流，簇距三丈，自成一行，次行如之，距約丈許，此行樁束亦植彼行兩束間。其樁束空處之浮壩，以長且重之木，兩端用鐵鏈連於樁，隨潮長落。南軍於磨比耳下灣，起給尼斯堡，訖東淺間，皆用三法創立之。厥船自欲過口，誤撞輒傷，色勒麻礮船其一也，北將法拉嘎德云不除此則磨比耳無以拔。

曰衝拒。其法有三：兩軍防磨爾干堡與東淺間，其沙活，其浪緊，其船道寬，不得不從東淺置衝拒數行，用堅木二，並長四五丈，鐵冒加其上端，以六尺許三横木於長木首尾四尺處各逗其一，餘一横中，是爲半具，以兩半具相連於第一横木，用螺絲釘貫之，令活可動，是爲一具。五具則爲一幅，巨鏈貫之，用菌形重錨繫鏈，以木之下端支沙中，而上端張如翦，水面下八尺或十尺爲率，相去兩丈。如以水雷代其鐵冒，比於木樁鋭實過之，一也。南軍以車軌鐵條二，長丈二尺或丈五尺，作十字形，於十字交用四木夾之，連以螺釘，木長一丈八尺，方八寸，每三尺許置鐵十字如前，另用小鐵埘横木間，略似中國鹿角栅然。架與架續，善入水者置之。敵船不以巨錨斜鈎曳而開之，則徑衝可阻，二也。南軍堡或孤懸，同治二年，北軍駛小舟五潛至弟十號海島將其六大礮火門釘閉，堡兵覺而舟已旋。繇是創作衝拒小船法：短樁連貫，四面如一，或衝，或從，或斜，壓之不能，轟之輒覺，三也。

曰浮椿，師曳鋸木意也。美利加水岸虛脚處，風浪如觸如□樹根墜生沙底，稍輒隨流低昂。或以狀若鋸木，因評曳鋸木，輪艦撞之輒損，魯西阿納邦歲遣數舸除厥木，而浮椿本之以造。在多麻比革河磨比耳以上三百六十三里英一百十近倭委那布勒佛處置之。用堅木四，長四五丈，相距二尺，其橫木上下各二，連爲一架，下端一箱，實以磚石，沈之水中，近上端一桶，空而浮，每間四木端加鐵冒，諸架聯絡，每間八木，以水雷代其鐵冒，下水面五尺許。南北之戰效雖未聞，法難可没。但不能置之潮水漲落際。

曰浮鏈。南軍用之密士昔比河，起查克森堡，訖對岸。以巨鐵鏈坿木塊使浮，北將法拉嘎德令以水雷麗鏈，一轟而開。又於紐阿連以上三十三里英里十一近丐羅敦處，用巨木三，徑三尺或四尺，長三四丈，以徑寸鏈於木上下中縛三四匝，以二寸徑鏈貫三木間之孔，是爲一節，各節距二丈五尺。又於根得基近未戈倫比斯處，鐵鏈橫攔密士昔比河中，北船未逮，已逐流去，而南軍未厭厥法。

曰浮壩，與浮鏈並用。同治元年，南軍置之色末搭、特里二堡間：木九，並方一尺，長二丈，排爲三層，以釘固之，鐵箍兩端，下層居中之一木離兩端三尺，有鐵箍於鐵鏈。其鏈三，一下二上，而下者巨。有一橫鐵管，以車軌鐵條貫之，鏈連各節，是爲浮壩。連十二雙兩壩曰一雙爲一幅，橫亘水道。第一幅起畢倚礮臺，大錨定其一端，而連第二幅則拋一繖形錨，以次錨仿此，然單雙間用：第三幅雙，則第四幅單。又置之查爾士頓港中何革海島而變厥法，鐵鏈較輕，以四分寸之三鐵條爲之，用木四，方一尺，長丈五尺，兩端鐵箍，以鐵條懸木下鐵鏈如前，然不耐久。同治二年千八百六十三，密士昔比河浮壩，北將固性以艦壓之而擊。其弊有三：一、上面窄，則船可壓行，非重重編鏈無裨也。一、兩端不繫之樁與錨，船即不壓亦必推之前行，非鏈斷即壩開矣。一、横亘受流，抵力必大，曷若下重上輕，順流而浮同水雷用之乎？

曰浮牌，較勝於浮壩。長短靡定，排爲四層，每層用一寸半徑之椽木以釘連之，上層當下層夾縫，或上下斜交，面各二丈至二丈五尺，連以曲鐵板，貫以螺絲釘，悉加螺蓋，其對敵一面加巨鐵桿，是爲一牌。牌與牌連長六十丈或八十丈，兩端鐵鏈繫樁，隨水長落。然南軍用之輒被波逐，或亂木日壅，抵力弗支而潰。如阿拉巴麻河造牌木九萬立方尺，工二千五百，驢車二千五百，起同治元年千八百六十二，明年西三月成而未連，水捲一空。又羊蘇河罕六斯近克斯波嘎之浮牌四連，雜物積之，毀於北船未至時矣。論者曰：非留空奚以免壅，非牌寬十丈聯無算小牌又奚以免壓且推也？有希理哈者遂設一緊湊法：用尺方木長一丈五尺排作方形，兩層縱横交加成一方牌，用二寸許之鐵絲繩連牌爲一行，牌間相去一丈二尺，排行五六，每牌定以一錨，每行首尾定一巨錨，方角向首，面積十六丈爲率，牌側裹鐵，以鐵浮標助其浮力。

曰浮繩，亦南軍創之也。初，波嘎那水師於南北未戰數年前船行印度水中，巨繩被螺輪捲之，愈轉愈緊，除之匪易，滯航數日。於是南軍遇水深不克豎樁，輒藉繩阻。其在查爾士頓，以巴米都木浮巨繩，木之兩端尖圓，遠即難見，繩端七寸，用二鐵環連於浮標，相去二丈，大錨定之，復綴小繩於巨繩。其一種浮標黄松徑二尺五寸，長三丈九寸，匀排連之巨繩，十五爲一節，繩兩端及中並用大錨定之，節節相續，是爲一行，行距百尺，凡兩三行次弟而欄。北軍多本德帶船第一次攻色末搭堡，遇繩即怯於進，而南船時誤觸之，埃氏瓦明輪船漂流下繩縮而停，哲斯德非德明輪船泝流距此十碼，捲繩入輪，巴米多斯對德鐵甲螺輪船至此，繩纏，下錨除之。又有螺輪船避敵出港，突觸浮繩絞塞軸孔，進退兩難，藉它船力引回查爾斯頓。此其效也，欲省而易，莫此法若。然弊亦易滋，繫之非固則漂，防之不周則割敵可以艇潛割以鐵絲纏繩，以重錨拋遠，其亦可乎？或疑潮有低昂，流有緩急，如浮標易移繩輒互絞何！是賴守者理之以時，使無叢雜。小繩兩兩相比，一段一縛作∞形，自拗鬆緊旋繞之病。而莫善於合排繩水雷用之。法以木牌爲等邊三角形，匡用尺方木十有三，每邊木四，各長八尺，以寸半徑螺釘連固之。三角裏鐵厚寸許，寬長並二尺四寸，鑲入木中，面與木平，上下兩面鐵皮蒙之，中空而不入水，取其浮力大也。下近三角，有鐵環一，其節活，以鐵鏈貫環，各節之相連在此，排爲弓形，背向敵船，兩端倚樁，四行爲率，每牌墮菌錨一，外兩行資巨錨定之，遠流錨鏈與水面齊勿過四十五度，水寬可距四百碼，宜資鐵樁或石基築一礮臺，牌背倚之，否則眎泥克固錨。其形如巨箱而方，浮之水上，繫以鐵鏈，定以巨錨，其間相去四百碼。根此以作鐵甲轉動礮臺，置二礮。其外一行牌各出桿一，長四尺，桿端加一磨發水雷，敵舟初衝浮排可以少讓，漸進漸深，弓背抵力漸大，船之速率漸減，有四益焉：己船易辟易入，其益一。流物自出牌隙，罔有或積，其益二。洪濤超越，潮落與低，其益三。有事置易，無事除亦易，其益四。或曰法猶有進：其繩以菌錨定之，以空心水雷浮之，無論明輪螺輪，遇繩輒絞水雷入輪而轟。其留己船之路，以四五十丈爲率，宜用電引水雷，臨時置之無難也。

綜而論之，可兩詞蔽也，曰：沈不如定，定不如浮。

美利加礮臺經驗説

開畺之初，土人不知礮爲何物，安問臺耶？畔英吉利，礮術未精，壁壘輒藉木石。黨兵起，南臺舊式，難禁北擊，乃易沙泥護鐵甲。高於水面曰陸礮臺，低於水面曰水礮臺，又活礮座曰鐵甲轉臺，以滊機行之曰鐵甲浮礮臺。然使船礮多十五倍則必蹙臺礮至無以回。此非臆説也，比之求野，庶免嚮壁歟？述礮臺經驗説。

咸豐十一年後南北兵起之年船與礮之術益精。北將波爾特歷軍四載，深知其國舊壘與臺無一能當末尼妥耳及牛艾恩帥子之礮擊者，磚石居多故也。泥沙築之少勝，不第耐擊，即不勝不止，敵亦費時且費彈。然則無弊矣乎？曰有。受彈揚沙，礮口易塞，如攻北刷堡時，彈未裂礮而礮與毁等，是在防之者礮臺可恃而不可恃也。如是，欲恃以阻敵船則波爾特斷之矣，曰無論何種臺不能阻也。此非妄語：假如臺礮可擊鐵甲船一千七百六十碼，以圓徑之半爲界，敵船必行圓徑爲三千五百二十碼，速率約半時西一點鐘行三十三里海里十，則過三千五百碼之路費時十二分，此十二分時約發礮四，弟一爲一千七百六十二碼，弟二爲五百八十六碼三分碼之二，弟三已過礮臺五百八十六碼三分碼之二，弟四相去一千七百六十二碼。若過三十船，十二分時中發礮三十次，則臺須五十礮方能敵也。

露礮尤忌。或曰同治元年，南軍德羅里斯布勒佛礮臺擊末尼妥耳鐵甲船，二年，色末搭堡擊退北鐵甲九船之一，撤邊山峽礮臺擊失北船二，謂非露礮奏功歟？雖然，瓦嘎那固累嘎礮臺、非刷堡、固闌德堡、各落佛堡、非克斯波嘎礮臺、磨爾干堡水礮臺，皆爲北軍所擊。不克回礮，何也？列礮百尺，不嫌其遠，舊法露礮相去二丈，十五爲一行，南臺類然。厥後悟列礮太近，輒爲末尼妥耳、牛艾恩帥子等鐵甲船十一寸口徑及百磅螺絲礮彈擊毀，儻通行打，則一彈輒擊數礮，舊説陸礮一抵船礮十，非也。露礮雖立隔堆，船礮猛發開花子、捲筒群子，則守臺難。南軍用鐵軌條疊二三層作礮房，善矣，然十寸徑彈破之猶易，不如沙壘，露一小面，鐵甲厚二尺許，可經百擊。

船礮左右可自移，而臺否，於是有鐵甲轉礮之架，船礮遠近可自主，而臺又否，於是有鐵甲浮礮臺之瀛機。魯西阿納一臺浮自紐阿林而火，已當查克森、非里巴二堡降時，非臺咎也。

先是礮臺南多踞之，後浸淪北。有足徵者，曰色末搭堡，在查士頓港，與色里凡島末里斯島相持，作五邊形，壁石堅，礮眼三層，上一層露臺也，無護，對末里斯島，其間水深時船不克進，巨艦得達厥北，寬一千七百碼。咸豐十一年千八百六十一南軍拔之，獲礮七十有九，其中二十四磅彈者六，三十二磅彈者四十有一，四十二磅彈者十，八寸徑口輕礮八，八寸徑口果倫比耶礮十有一，十寸徑口果倫比耶礮二。藉沙袋起高隔堆，其南與後如前。增太平蓋，護藥倉也，除可火物。增七寸徑口布魯刻斯礮阻查爾士頓水路，而復擇要增臺。同治二年千八百六十三堡礮擊沈北船一。北軍築三路礮臺助鐵甲船以擊堡，所列礮免毀一耳，更礮復毀，僅餘火車輪數礮藏之倉而堡未失。

北臺之三路，甲路在攻瓦嘎那弟一次平行壘後，距色末搭堡三千九百八十碼，有八寸徑巴羅德礮二，八十磅彈回得卧得礮二。乙路在攻瓦嘎那第二平行壘後，臺三：一爲布老那，距色末搭堡三千五百十六碼，有八寸徑巴羅德礮二。二爲羅斯克闌，距色末搭堡三千四百四十碼，有六寸四分徑巴羅德礮二。三爲米德，距色末搭堡□千四百二十八碼，有六寸四分徑巴羅德礮二。丙路在攻瓦噶那弟一平行壘西南，臺五：一爲黑斯，距色末搭堡四千二百七十八碼，有八寸徑巴羅德礮二。二爲黑努，距色末搭堡四千二百七十二碼，有八寸徑巴羅德礮一，六寸四分徑巴羅德礮二。三爲斯低分斯，距色末搭堡四千二百七十二碼，有六寸四分徑巴羅德礮二。四爲斯忒琅，距色末搭堡四千二百六十碼，有十寸徑巴羅德礮一。

三路而外又礮臺一，名克比耳，舊名俄魯耳刻，有十寸徑田雞礮二。曰磨爾干堡，在磨比耳角，是角爲磨比耳灣東扼向西之沙，長數里，其壁雜磚石，築自道光十年千八百三十，扼磨比耳灣，使墨西哥灣海來艦不得徑進此灣也。巨艦過磨比耳角與東淺間東有淺沙故云距磨爾干堡近者四百尺，初築形勢未審，後於咸豐七年千八百五十七在比嘎多非尼島東磨比耳角西，相去十里有奇英三里餘築給尼斯堡，然距較遠。磨爾干堡之壘爲六等邊形，溝深且寬，六面凸出，礮臺可護溝路，臺上有屋遮礮，惟牆内礮露，有八面形之磚礮臺，相去二十碼。守者有屋，堡門面北。南軍見非里巴、查克森、色末搭三堡難守之病，本欲於此更張，倉猝間僅於四圍用沙作斜面，於溝路作二臺，於西壁外增一臺，以沙袋立大隔堆一，護倉藥也。然磨比耳角風積沙成堆，北軍亦倚沙築礮臺於堡側，每臺有九寸徑之礮。同治三年千八百六十四北礮擊堡，其礮一百三十有六，無一完者。

曰非里巴堡，曰查克森堡，並在密士昔比河岸，扼墨西哥灣至紐阿林船路，壁皆磚也。有礮房，南守查克森，有三十二磅彈礮三十二，果倫比耶礮二，螺絲礮一，弟二層臺果倫比耶礮二，弟三層臺八寸徑田雞礮二，西北礮房有三十二磅彈礮八，東北礮房有三十二磅彈礮六，此外輕礮十，大車輪銅礮七。水礮臺有螺絲礮二，尺徑果倫比耶礮一，九寸徑果倫比耶礮一，側牆有三十二磅彈礮三，凡七十有五。然露礮多而礮房又近水面，守難以此。雖水急且淺，而北船過之，臺礮末如之何。

曰弟十號海島，在密士昔比河灣科侖斯堡之下，與新馬德里堡相望。臺四，其礮或二或四。河左臺十有一，凡長四里許英一里有四分里之一，弟一臺名勒刻爾，以次至十有一，皆列弟十號海島對面。然工拙甚，連臺一壁，高五尺，厚二丈二尺，無隔堆，無分藏火藥室，藥桶置之臺基，蒙油布，聊避溼曝而已，總火藥倉難可耐擊，工廠在舊民房後，敵礮及之。儲糧輪舟二，懸黄旗爲疴息處，如遇巨礮非避林後不可。然北軍礮轟二十三日而臺無重損，泥沙勝磚石也。

曰非克斯波嘎堡，在密士昔比河左，亦露礮也。地勢既得，壁壘皆泥沙，其厚足當鐵甲船礮，然低甚。南軍葺之，增抵開花彈兵房，北軍不能拔，陸師合擊乃勝。先是北船過堡，開花彈注臺上，礮兵四壁［避］，臺礮三十有奇，未能敵船礮四十，藉非露礮，當不至是。

曰波特累德森礮臺，亦臨密士昔比河，比非克斯波嘎壁壘爲巨。臺麓河寬里許。

曰密蘇鰲五礮臺，當弟十號海島未拔時，北軍在密士昔比河右岸氏波敦比拉以下數里倚密蘇鰲築此，陸路横至弟十號海島不過六里，水路三十三里。北軍既得新馬德里，則第十號海島下游陸行可至氏波敦比拉，過此以往水道可航。北軍之築五臺，斷水道也，然南船夜行凡三十一日無恙。

曰布拉斯給堡，在撒法那河岸，磚石爲壁，南失北得。

曰瓦嘎那堡，在末里斯島，南軍沙泥爲，所以援色末搭也。北築平行壘逼之而拔。

曰非刷堡，在岡非德里德海角，以防格布非鴉河之口，以阻爲明屯之路。沙子築壁，有隔堆堅且厚，火藥倉有太平蓋，礮雖露列，相去十丈。北船擊之不克，其以此乎？陸軍夾擊乃拔，是堡非不得地，□坐造堡人韋丁未知外灘形勢，臨海太逼，易受船礮，若向後三里有奇英一里餘，雖難禁陸軍築平行壘逼之而攻，然船礮難逮，厥前復以臺之行列起淺訖沮，則敵兵難可撲岸，非入水淺之末尼妥耳船增引水人，不能入給巴非耳河之淺水路。是以築臺微獨審地，當並測水。

曰希立登黑德礮臺。南軍依舊法築之，北擊而礮手輒避，近故也。

曰丏斯韋拉堅堡，南軍依新法築之，礮位既遠，隔堆復高，以舊石爲基，以沙袋土包爲護。

曰牙素河礮臺，曰梅尼斯波羅河礮臺，並以堅稱，礮之巨者十有七，御前密甚，然後可陸攻。

曰門羅堡，其固遜非刷堡遠甚，難耐末尼妥耳與牛艾恩帥子鐵甲船之礮。雖然，彼易夾攻，此非漸逼漸攻無它策也，費時較久。

曰阿爾刊索礮臺，南軍創用車軌鐵條雙層爲礮房頂，厥孔僅容礮口。礮凡十，内有九寸至十寸口徑者三，然北船列礮十餘，毁其礮殆盡，論者遂謂與露礮同一難恃，然耶？不然耶？抑戰之罪耶？

曰固闌果夫礮臺，礮十有三，散列千五百碼内，其中五門高五丈三尺，餘高一百有九尺，然皆露置，尋失。

曰多羅惜堡，南軍築之紅河岸，有一方城，離水側三里許英一里，中有礮房鋪軌鐵雙。礮孔堅鐵爲之，裁露礮門，孔内作尋常反面形。礮有轉動之架，北軍既得於五百五十碼外，試開花掘擊礮成孔，長一尺二寸，寬八寸，若著二十彈，毀矣。

曰包額勒堡，在惜打甫與小多非那島之間，以護戈闌德峽，以阻磨比耳灣進密士昔比河之路。堡築河中，蛤蚌殼堆。潮大時壘基低於水面，礮臺基高於潮面，臺基之内填以蛤蚌，高至潮之老平面而止。基綫之外置木箱，長十尺，寬五尺，高六尺，用一尺二寸方松木爲之，中實以沙，外護以石。西面受敵先築之，高八尺，厚二丈五尺，内外皆斜面也。堡礮面各列三，礮房之底徑一丈八□，上徑二丈四尺，隔堆高於礮房三尺，引至壘頂高九尺至十二尺，又引至太平蓋。其礮基相去六丈。堡外有壘，高四尺六寸，一防敵艇潛襲，一護守者出入也。堡中高臺有隔堆，有鎗眼，臺上有回德卧德礮二，有護守兵垣一。其藥倉彈房工與兵與醫室皆有太平蓋，每礮有分藏火藥房，隔堆障之。礮房容礮轉動一百十度至百七十度，逾此可割隔堆讓之，欲劍則增沙袋補之。初第十號海島礮基地鬆，列礮五十有一，發而震損三十有八，此基鑒之，先用方尺二寸、長丈二尺之四木平列相距三尺，再駕四木尺寸如初，兩層從衡各割厥半相入而平，成棋枰方格形，是爲第一層，比牆頂低八尺，泥沙築方格中。繇是而二層用木十四，而三層用木十二，而四層用木十，皆一尺方木作八等邊形，鐵螺絲層層連固，層遞收狹二尺成臺級形，礮兵之蔽身以此。礮架磨心，植於半寸厚鐵板中，其根貫下二層木盤，有十字木扶之使直。其木長五尺，寬一尺，厚五寸，鐵螺絲連之臺面。臺上之屋四斜溜雨，松香彌隙。此水礮臺法。初意用化形石，其十字架以鐵，而臨戰以木，亦急就法。堡西水路用水雷鐵衝鋸阻之，北攻十有一日無恙，然南軍懼東無壁，自棄之自燬之，惜哉！

曰查刻妥布勒佛礮臺，在阿拉巴麻河右岸，距潭北比河左岸之額文布勒佛若二十四里英里八，在二河會流上游一百五十里英里五十、磨比耳之上三百三十三里英里一百十一。南恐磨比耳淪於北，乃築臺以遏北船入二河也。臺距阿拉巴麻河干凡九丈一尺，地踞灣内，斜臨沙隄，陡甚，阻船便於擊，即過亦便於後擊也。有兩濱，與河略成角形，於濱置礮二，高於潮面五尺餘，置礮堂，低於地面數尺，其平面所向各異，後有壘與礮臺齊。礮既非露，下有暗道通其總路，寬四尺，深六尺，路一而分，四通八達。其總火藥倉就無水濱爲之。礮堂相距，中有厚壘，護守兵也，從此放鎗可中敵船之礮門，非隔堆也，而其有益。儲器與醫工諸房皆有太平蓋及巨隔堆，能斷通行貫後之彈。南人查爾士頓、撒法那、爲明屯、非克斯波嘎諸處所學之技，復增智慧於艱險者已盡於此，然以六七十門大礮攢擊猶恐不支。

此外曰沛克堡，在里固來貲河、班德查德各湖、波那湖之間。曰紐阿林壘，獨長，取諸護也。爲明屯之給巴非耳河、紐本之紐斯河，並有壘。曰給尼斯堡壘，近磨比耳城。曰克斉止堡壘，曰麻迦里他堡壘，並近佛難低那。曰特里堡壘，曰占斯敦堡壘，曰丙克尼堡壘，曰丹阿勒森堡壘，曰那始非勒堡壘，並在岡比蘭河岸。曰布拉希爾城壘，曰撒邊山峽城壘，曰嘎佛斯登城壘，曰音阿奴拉城壘。曰恒里礮臺，有二：一在哲末斯河岸，一在田捏西河岸。曰科侖斯礮臺，曰新馬德里礮臺，曰比羅美末非斯礮臺，曰波德給布森礮臺，並在密士昔比河岸。曰若日登礮臺，在散氏河岸。曰邊撒果拉礮臺，曰撒法那礮臺，曰波度落油礮臺，曰波佛德礮臺，曰色里凡島礮臺，曰末里斯島礮臺，曰哲末斯島礮臺，曰塔河礮臺，曰巴末里苛海峽礮臺，曰羅奴克島，曰阿布麻勒海峽，曰隈納基河岸礮臺，曰那爾佛克礮臺，曰休韋勒角礮臺。凡此皆臨水者也。其内地諸壘如根得基之包令固各、勿爾治尼亞之阿克登、里知門、德彼特波革、先忒推拉、田捏西之岡比闌加拍，大率南踞之而北拔之。

礮臺棄取固未可以成敗論，然綜厥大要：礮不宜露也，列礮相去不宜近也，臺不宜磚石也，臺後不宜空也，鐵甲礮房露面沙壘不宜大也，沙子隔堆不宜薄也，礮房應敵彈之路宜成交角，使彈來遇斜偏行，不宜成正角也；而礮臺之礮，則視臺高水面若干而異。南北軍滑膛礮，十寸、十一寸、十五寸口徑者於低臺得力尤多。嘗聞末尼妥耳鐵甲船之活鐵礮座被十五寸徑之彈，損螺絲冒，蓋擊力散著平面也，再擊即通，高臺則宜用巨螺絲礮。議者曰：『田雞礮如作螺絲，其擊鐵甲船當復何如？』此南北軍未見及者也。

美利加船礮經驗説

《墨子》曰：公輸般自魯之楚，爲舟戰之具，其具孰謂？謂鉤拒也。時無火器，火器興而水戰一變，尚可以《史記》所在太公蒼兕之令同日語耶？陸礮宜輕，船礮宜重，夫人而知之矣。雲龍既諏美利加船礮利鈍，不禁喟然曰：『徒考工，猶無益也。』昂礮之度，以尺測而準，抛物之綫，以聲測而便，雖然，取勝之策不盡在此。聊復鉤沈而挈領曰：『凡礮，勿虚發，勿遲發，勿散發，勿盡發，勿視所指而平發略向上，勿不知避而直發，勿迎風過高而發，勿背風過低而發。』述船礮經驗説：

嘉慶十七年千八百十二英美交惡。英吉利兵船用十八磅彈長礮，而美利加兵船用二十四磅彈長礮而勝，此船礮宜重徵也。於是增實心礮重二十四磅。初開花彈尚輕，以八寸爲率，欲其易運也，漸改徑九寸至十一寸，雖不逮遠，而擊近則準。

美利加人言：凡礮可發一千二百次者，如昂六度僅二百次，昂三十度不過五十次。其故由昂多即無退步，藥力旁漲，一也。愈昂愈速，退力愈猛，不退則損，二也。凡兵船下層之礮，高於水面六尺至九尺有差，礮耳軸在礮中横界以下半礮徑，與艙面平。所以低於中横界者，低度少，高度多也。背風之礮高十一度，與海面成四度角，迎風之礮低七度，與海面平行。

抛物綫最遠爲四十五度，彈行綫無此遠也。審彈落之垂綫謂之割面，離礮面之初點謂之次點。美利加以礮平置船上，使礮軸與水面平，視彈墜水面處即爲次點之距遠。以三十二磅之彈擊三千尺之遠，每表尺升降十分寸之一，其彈必低昂於所擊二尺有七，而美利加表尺在尾箍，望準在弟二肋面，從尺中點至望準，一綫相連，則綫與礮管軸平。如所擊匪遥，不妨就綫定之，遠則不可。蓋美利加三十二磅彈，礮重三千三百磅，其次點相去爲八百六十四尺，用水面平之望綫向敵船測之，一點若在八百六十四尺以内則可中，不惟可以度時表測之，並可以聲之速率較之。聲行之速率，每秒一千一百一十六尺，如人距礮三千三百四十八尺，彈落適聞礮聲。

英美水戰時，英船礮度太昂，屢越美船。一日英船在美船下風，雖美船桅損而勝。論者謂英船於迎風□時發礮，其不準固宜。譯美利加船中日記云：凡礮勿發於背風最高時，勿發於背風最低時，勿發於艦在浪窩時，而宜於船在浪頂爲背風將低時也。

美利加人言英美交戰，英吉利夾耳延耳兵艦循風右行，美利加堪司低杜什兵船駛向西南，英礮越過美船，既近，英船順風轉駛，避美礮之擊尾也，繇是相左而礮亦弗及。凡船在敵之下風，其行宜偏宜緩，而追下風之船宜視其旁礮，循其水路而擊之。一日，英吉利曼斯多迎兵船與美利加由乃斯得兵船戰，英以爲在上風也，直衝而下，而美船不動，遂燬英船。觀者曰是英船誤行之故。

南北兵起，南以陸礮勝，北以船礮勝。北水師將法拉嘎德令曰：『凡放捲筒群子宜較所擊略高，否則彈出稍下矣。』雲龍按，此理一受空氣之阻力，一測垂綫之割面也。法拉嘎德以兵船過波特黑德森礮臺又有六令詳《兵事》，其大恉以礮船麗兵船，以擊人爲護己。

古巴圖説

古巴一島耳。部落凡六，謂之部路分錫亞，猶中國行省也：曰夏灣納，爲日斯巴尼亞畺吏之治，中國設總領事於此。其西曰兵納里屋，夏灣納之東曰馬丹薩，中國領事一，馬丹薩之東曰山得客拉納，又東曰波都朴領希皮，又東曰山地亞薩古巴。李隨使之騏爲創圖草，雲龍輒諏沿海水埠之險要者、華黎僑居較多者，注名入圖：

回：畺吏治也。⊙：部落治也。：鐵道也。：電綫也。光緒十五年夏，德清傅雲龍鏤銅板於日本東京。

記中國自明代以來與西洋交涉大略

中西交涉，明以算術，我朝則以通商。然朔交涉之權輿，由來久矣。《史記》言幽厲時，疇人子弟分散，或在夸翟，此未來先往之證。多在西域，則亦有故：堯命仲叔分宅四方，獨西不限以地。蓋和仲奉命測驗，可以西則更西。書器之遺，即知覺之路。西士亦言：五帝之世，希臘士游學埃及與波斯、印度，此三國早與華通，中國之術，因之以西。

秦漢之世，希臘、猶太之化傳之羅馬，遞傳歐洲諸國，固非臆説矣。其依象立算，本《堯典》之言象。化學本《神農本草》丹砂化爲水，樸硝化七十二種石。商船駛海，賴指南一針，西人謂之定北針，自元時有義大利人馬可波羅由陸抵華，知磁石吸鐵，歸述厥法，至今航海賴之。秦漢後用火藥爲號礮，西人得之宋末，因製火器，謂出西製，謬也。《漢書》延熹九年，大秦王安敦遣使入貢，所謂大秦者，今義大利也。大秦東境今土耳其三土也。猶太即唐書所謂拂箖者，是大秦東鄙耳，舊説以當大秦，謁也，所不敢沿。印度自後漢時即通中國，唐時屢貢。元末，駙馬帖木耳王撒馬兒罕威行西域，印度諸部皆臣服。宋[元]拓地，以阿羅思等三部分其長子，阿羅思即俄羅斯轉音。綜而言之，稱中國爲漢人者，交涉自漢，稱中國爲唐人者，交涉自唐。此明前交涉大略也。

明之交涉一曰貢。如洪武七年呂宋同瑣里諸國貢方物、永樂十五年蘇禄東西峒三王來貢、天順三年錫蘭入貢是也。一曰使。如闍婆即噶羅巴，洪武三年，遣使諭闍婆奉表是也。一曰留。如婆羅二王以閩人隨鄭和往，因留鎮焉，府旁有漢字碑是也。一曰賜。波羅王金印云是永樂間賜，又永樂三年賜闍婆王印是也。一曰估。如呂宋之壓冬積數萬人，荷蘭估帆初至海港，淤，移海門又淤，移厦門是也。一曰兵。如明時紅毛即今荷蘭，鄭成功之奪鹿耳、南居益之復澎湖、汪鋐之得佛郎機銃式是也。

泰西利馬竇航海而至廣東，是其交涉之始，而要以演算法爲一大宗。説者謂多出舊法之外，可補中法所未及。然如借根方源出大衍術中，所載天元一法，西名阿爾熱巴拉，即華言東來法也。其言地圜，即《周髀算經》所謂『地法覆槃，滂沱四隤而下』也，是蓋天遺説也。其言歲差也，即《堯典》、《豳風》、《月令》、《左傳》、《國語》所謂星辰前後相差一次例也。其言里差，即也，即《周髀》土圭之法『日南景短，日北景長，日東景夕，日西景朝』遺意也。言南北里差，即《周髀》所謂『北極左右夏有不釋之冰』，『物有朝生暮獲，中衡左右』，『冬有不死之草，五穀一歲再熟』，是爲寒暑推移隨南北不同之故。春分至秋分，極下常有日光，秋分至春分，極下常無日光，是爲晝夜永短，隨南北不同之故也。言東西里差，即《周髀》所謂東方日中西方夜半，西方日中東方夜半，晝夜易處，如四時相反，是爲節氣合朔，加時早晚，隨東西不同之故也。唐人本之作覆矩圖，西人即本之作渾蓋。《通憲》以七政恒星天爲九重，與《楚辭・天問》説同。言三百六十五日四分日之一、四歲閏一日，即《周髀》三百六十五日者三、三百六十六日者一也。《同文算指》曰三率準則，即中法之異乘同除，曰變測即中法之同乘異除，曰重測即中法之同乘同除，曰差分、曰和較、曰借衰，即中法之差分，又謂之衰分，曰疊借即中法之盈朒，曰雜和較乘即中法之方程，曰測量三率即中法之句股，曰開平方即中法之少廣，何莫非周禮、《九章》與夫隸首、商高之遺法？秦火而後中國略之，西人詳且闡之，以交涉見而遂謂古聖所不知，則否否。它如西人造磁器法，自明季法人得之義人，義人得之中國。類此難更僕數，此明交涉大略也。

不第惟是，我朝通商，實自明臣林富許葡萄牙人之居澳門始，時也尚多珍玩，悉辦自粵，不給，輒爲中涓所中。適葡萄牙有濠鏡之請，遂如其願。歐羅巴諸國倚之爲東道主，然未如今之堂奥處之也。往者雍正間，蘇禄遣使至閩，貢方物，求内附，以其險遠，未之許。比利時人初曾來粵貿易，絶跡多年，餘亦估帆寥寥。既而環地數大洲漢唐元明所未到者，輶軒之使如履門閾，或自達或附通，不下數十國。道光間林則徐禁鴉片煙、焚西班牙船而局一變，咸豐間與英法交兵而局又一變，爲通商計，於是乎有約。立約自道光二十二年始，時西一千八百四十二年也。首約者英也，咸豐八年、十年、十一年，同治元年、五年、七年，光緒二年，皆有約。法約在咸豐八年、十年，同治五年。美約在咸豐八年，同治七年。俄約在咸豐八年、十年，同治元年、八年。瑞約在道光二十七年，附約者哪喊也，是爲瑞之屬國，亦名挪耳威。布約在咸豐十一年，德國附之，即日耳曼也，德爲合衆國，其國二十有五，曰拜晏，曰撒遜，曰漢納威，曰威而顛，曰爾額，曰巴敦，曰黑辛加習利，曰黑星達而末司大，曰布倫帥額，曰阿爾頓布爾額，曰魯生布而額，曰撒遜外抹艾生納，曰撒遜麥寗恩，曰撒遜阿理廷部而額，曰撒遜各部而額大，曰拿掃，曰瓦得克比而孟地，曰安阿而得疉掃郭定，曰安阿而得比爾里布而額，曰立貝，曰寔瓦字部而魯得司答，曰實瓦字部而孫德而士好遜，曰大支派各洛以斯，曰小支派各洛以斯，曰法郎格岳而德，曰昂布而；又邦二，曰模令布而額水林、曰模令布而額錫特利子，又漢謝城三：曰律百克，曰伯磊門，曰昂希爾，是皆有外交之權約，與美之合邦不與外交者異矣。其丹、和兩國約在同治二年，丹即嗹也，和即荷蘭也。明年與日約，即西班牙也，亦稱日斯巴[尼]亞。又明年與比約。五年與義約，即義大利也，義一作意，一作以。八年與奧約。十三年與秘約。至同治十年與日本約。則東洋也，其國改用西法，故約多與西同。夫西洋各國之願與中國交涉者，無他，利而已矣。中國與之交涉，則時爲之。因時之計，固自有在，苟能就凡西人之天文學、地理學、算學，格致學之化學、水學、氣學、火學、光學、電學、重學亦曰力學、植物學、動物學，細大不涓，精擇其是以補中學之未備，是亦自强之一道也。

《申報》館按：

傅君號懋元，浙之德清人。今夏考□游歷人員，曾侯取君爲第一，右稿即君之試藝也。聞是日場作尚有論火車鐵路一篇，惜京友未經抄示，然見鳳一毛，已深欣幸。特照登報首，願與留心世事者共擊節賞之。本館附識。

附：鐵道論殘稿

輪車鐵路，或議興辦，或不謂然，試綜述衆説且論斷之。

鐵路可興而未可遽興也。往者西國亦無輪車，有之，自嘉慶五年英人德微底始，而未善也。斯提凡筍父子相繼以造，在道光七年。英之倫敦通火車於地道下，美之紐約創懸路於鐵柱上，其異於者或穿山，或闢萊，猶常者耳。一時百里，西人便之。

夫西人之製如輪船，如火車，如電線，如測算儀矩，皆求之數十年或數百年而始得一，當我國家廛受涓納，便民便兵便商，非無成效，何獨於鐵路而曰不可？雖然，有不便者三，有難可驟行者三：

曷言不便也？赤子廬墓當路者夥，一也。鐵路未開，資力費甚，然即所以養窮黎，二也。西人自利惟恐不足，中土美利當留有餘，三也。曷言難可驟行也？偏災時見，元氣未復，一

也。國帑有額，此非不可緩之下殘

出使日本大臣公㯶題名記

堯命何仲宅西，獨不限地，殆命椎輪歟？ 嗣是聘問居多，漢博望侯則游歷濫觴也，非我朝出使大臣比。同治二年命使無定期，定期三載自光緒二年使英美諸國始，日本出使之命繼之。徐大臣銜命東來，第三任也，知與不知謂得近交道，其識時務得自庭訓，其意則謂三年來得同官共濟力居多，且懼前無題名，久或滋佚，有鎸石議，以及瓜未遑，依說文署扁義，書木懸堂皇左右，適雲龍遵朝諭游歷日本諸國，遂屬雲龍適厥綿蕞云。 光緒十三年冬十一月六日，兵部郎中德清傅雲龍記。

游桂宮記

日本西京有水曰桂川，導源丹波，東南流逕嵐山麓而至桂邨，故桂王別業在焉，亦曰桂宮。光緒十三年冬十二月二十三日爲日本明治二十一年二月四日，西尾氏爲忠有偕游約。 先是人言西京多詩人，治經獨尠，西尾氏見即問小學，出語有經術氣，儻其人歟！

游之日，冒雪繇皇宮而二條城，而桂邨，少憩。 西尾氏語雲龍曰：『聞子治經能文，盍記斯游。』出其舊記，雲龍且游且讀。 其山無而有，其水桂川而外無雜流。 紅萍半池，沿影不波，則月波樓也，松濤一碧，泠泠有絃外音，則松琴樓也，有亭衣茅，桂皮青未盡脱，則賞花亭也，面渠背潋，鳥語時來親人，則笑意軒也，園林堂鎖雲數重，扉不得闢，爲祀詞人某處，池南曰御幸殿，增自後尾天皇即明治十年行幸處。離宫之目以此。中有桂木書庋，云來自唐，而月字引手、蘭瓣古釘，疑皆初建時物。按厥宫始天正中豐臣氏，代式部卿親王爲之。其石半爲島津，加藤、福島、細川諸氏助之也。

雲龍起而質疑於西尾氏曰：『樂樂園以淡遠勝，金閣寺以清潔勝，皆借山水，非盡人爲，是宫獨以人，而不翅一一出之於天，何工何術而克臻此？』西尾氏曰：『善哉問！　鳩工者，小堀政也，寛永中所補之工亦非異人任。初與豐臣約云：「太閣不興是役，太閣苟欲興之，不趣功一，不惜貲二，不自出己意三。」豐臣如約，以有此也。』雲龍聞而多之，慨然曰：『世或任工，輒謂勿緩也，勿費也，勿違也，嗟嗟，雖微乎其微，如功難奏何！　况所責十百此哉。』

桂非花時，有留人意。嵐山速游，車不克停。乃掬泉滌塵歌曰：『桂水清兮斯濯纓，年三百兮松倒生，人之力兮如天成。』既而烹雪，重曰：『云石拳兮雪山起，西復西兮止非止，工代天兮約眎此。』

游日本江島記

實者，名之符也，如名輒過實何？　雖然，實至名果歸耶？　而如江島者，勝不在島，臨亦非江。何也？橫濱，要津也，雲龍揭來數，而耳江島名自光緒十四年夏四月始，名亦微甚。其月十日，將游美利加，不遑游，未幾，艙額滿，易期，求詩若敘者麕至，應之。游高島歸，羅理事嘉杰戒從導游，而于塾師希璟、金隨使采、沈工部鐸、盧繙譯永銘、澤郵繙譯繁太郎、理事子肇煃、從子肇焜皆至，雲龍與焉。以十七日爲期，而西地阿夫里日鴉尼路輪船至自香港，游幾中止，然在休息日，遂獲如約。

以華里計，凡馬車二里，火車四十里，人力車二十里，又踏沙行里許，而江島相望。島中料理人迎道左日本謂授餐曰料理，識者目笑曰：『陽鱎也。』自登島巔惠比壽樓。先是，日本以人而神者七，蛭子其一也，主祥瑞。日本語蛭子爲惠比壽，遂依聲名樓。

俯瞰潮沙，得少佳趣。乘潮未至，訪巖谷。或倦游，强之起。螺旋而下，小憩石磴。側步巖谷外，蠔結石若階，海草紅綠，或肖珊枝。文身六七，出入洪濤，探石決明蛤蚪屬，擲錢於海，應手取之。視谷狹甚，入而仰之，若我京師城門然。其下五色石，若霞，若雪，若墨，若翡翠，行架木上，具棧道體而微。至龕，各手一燭，入七十三丈有奇，忽一忽二。又前彌狹，風難可燭，遂出。相傳或橐糧行三日，即出富士山足，所未詳也。巖乳滴石，飲之清且甘。

或語雲龍曰：『吾子嘗欲於游見道，於斯游何有？』曰：『抑知瀑布莫大於賴各宜，海莫大於太平洋乎！當科侖布未游時，誰得而名之？雲龍將於賴各宜瀑布見詞源之大，於太平洋見文瀾之雄，而先於江島之巖谷見潛學之密而邃。邃矣，密矣，奚怪其無名也，而江島何損？』

羅曰：『善！盍記之，爲圖若詩先聲。』時倚裝矣，航一萬四千九百一十九里而至三法蘭昔斯戈，即所謂舊金山者是，回首横濱，則對岸也。舟中作記亦如約，後有游江島者，即以此記爲徵實券，可乎？

舊金山中華會館記

光緒十三年，雲龍游始日本，同文國也，華人無舊金山之夥。明年夏五至此，訪紳耆於中華會館，其總也。

分館七：曰陽和，立自東莞、香山、增城，而博羅坿，人萬有奇，香山居十之八。曰三邑，立自南海、番禺、順德，而三水、高要、四會、高明、花縣坿，人數同。曰人和，立自嘉應、惠州、新安、歸善，人三千。曰甯陽，立自新甯，人近六萬。曰合和，立自開平、恩平及新甯余氏，人二萬，而余居半。曰肇慶，立自開平、恩平，人八千。曰岡州，立自新會、鶴山，人萬五千，新會居十之八。

先是華人來始道光廿六年，甯波最先，或汕頭，或澳門，後皆航自香港。數未百，次年四百許，廿八、廿九兩年盈萬。新甯、新會、開平、恩平、香山，人較多，立公司目，三十年人且三倍，公司遂分。新甯、新會、開平、恩平，立四邑公司於唐人街尾。東莞、增城、新安、香山，立陽和公司於天仁街。南海、番禺、順德，立三邑公司於華盛頓街後山。咸豐初，四邑公司將徙板仁街，尋分三：一甯陽，一岡州，一合和。新安人又與嘉應、惠州、歸善立人和公司。六公司目始此。今板仁街岡州館即四邑公司欲徙處。同治初無慮十餘萬人，立公所一，曰六公司，此中華會館權輿。合和公司尋分恩開肇慶二館，光緒初復合和名，肇慶自爲館。七會館目繇此。八年，六公司更名總會館，旋繇出使大臣定名金山中華會館以聞。設董事，初六，繼八，護照給自大臣，期一二年有差，總董事一，揀自總領事，四月爲期，紳董無定額，司務、通事、律師各一。內以解紛，外以禦侮，第而曰鄉誼云爾哉。食用一如中華，不忘本也。人逾十萬，不一資是邦物產，招忌以此，微獨掩土著工力而已。雖然，鐵道、鑛務，賴華人居多，藝以工習，工以商濟，道以藝見，何莫非國家儲才外府？與會於斯者，其庶乎日新月異而歲不同也。

五大洲第一瀑布記

賴宜各拉阜兒云者，阜兒之言瀑布也，彼人謂五大洲第一瀑布。雲龍至自英屬地加納大之阿打窪會城，凡行七百五十九里英里二百七十八，時光緒十四年八月十八日酉初，莫遑或息，遂登馬車游之。記曰：

賴宜各拉之水流急處，石巖壁立，斷壑千尋。其上數椽，間道步入，推軒瞰飛瀑如銀如雪，惜少遠也。未幾機梯藉其水力轉輪激之，自下而上，如車如樓，可受一十二人，雲龍乘之。繩轉如行屋漏中，板隙駒光，玻璃透之。下一百五十尺有奇，乃近水岸。梯止則室內也，出室觀瀑，如怒如狂，如傾如沸，如文瀾機不可遏，而又如海潮受月吸也。錢塘潮尋常高四五尺耳，獨八月十八日倍，故俗評是日爲潮生日，是游在浙潮數萬里外，亦於是日觀五大洲第一瀑布，視觀錢塘潮逮耶？不逮耶？方坐石騁目，照影者曰：『中國游歷使至此前未之有，不留影可乎！』坐雲龍側者，繙譯澤郜繁，而雲龍面黧形悴，十倍於游三法蘭昔斯哥時，何也？一晝夜行數千里，五官並用，遑計勞耶！對岸危棧斷續，機梯形如小艇，亦藉水輪轉之，而高遜此。起晧所乘機梯，丹塗厥外，如煙筩而方，如禽籠而巨，半倚危崖，目眩心駭。復入而升，乘車里餘英半里，觀飛瀑迴流，亦謂之轉水潭，回首機梯，如尺咫也。又行七里英二里餘，過鐵線橋，跨賴宜各拉河者四，此其一也。綫高數百尺，鐵柱斜支，懸綫如綱，一如紐約橋法，長一千一百尺有奇。橋南爲瀑落最寬處，雖然，瀑非一目可盡。北曰馬蹏瀑，水寬二千尺，水落一百五十四尺，東南二瀑名與河同，南寬六百六十尺，東寬二百四十三尺，水落皆一百六十三尺，較北瀑且高九尺也。如堰開閘，如水倒峽，難可以它瀧如簾如練例，噴水如氣如煙，又如霰，遏雲輒數百尺許。澎湃之聲，如霆擊，如戰酣，又如兩火車狹道相逢，離不盈尺，過之成磨雷聲也。旁睨其餘，或數尺，或尺餘，如雨後澮，如石竇泉，雖曰檜下，抑亦餘妍歟。瀧沙競下，堅土擁之，其外如瓦，其中如甕，水氣乘風輒出洞中，所謂風洞者是。從者趣歸，雲龍答曰：『不問源可乎？』

以圖質說：賴宜各拉在野裏湖之東北，即翁打里約湖之西南，翁打里約湖或亦謂之恩打熱湖，而加納大第一部落翁打里約與湖同名，誠重之也。雙流既導，一河遂成，謂之賴宜各拉河，或謂之湖河。是就源言，其南爲美利加合衆國紐約邦境，是天之所以界英屬地也，殆如鴻溝，不然，加納大欲晝疆自戍，其奚以哉！或僅以壯觀目之，非雲龍所敢知矣。

游基格納山記

南阿美利加洲山以安地師山爲宗，秘魯之基格納山亦其脈也，而非其極。然五大洲山之鐵道高莫高於此。向例，火車日惟辰初一上，辰正一下，並歷時四上訖申正二刻，下訖酉初二刻，今日之車，來日乃下，山半一宿，游者苦之。

是游也，前一日秘魯伯理璽天德面約一日往還。至是備車二，一正，載客也，一副，載樂工也，車停樂作，禮也。主爲外部與吏户兵刑諸長，賓則各國使臣參贊，林代使、鄭隨使與焉，雲龍偕招游者如約往，賓主凡二十有二。鐵道之度從英不從秘魯者，修自美利加人也。計里計尺，輒自嘉里約始，嘉里約至利馬八邁，高四十八尺，爲兹游所未經。

以辰初一刻五分車發利馬，行十邁有四分之一距嘉里約十八邁有四分之一，經三達嘎拉高一千三百十二尺，計自海面，非計自利馬也。下數眎此。又十五邁有半，經職西格合前三十三邁半，高二千八百三十二尺。又十三邁有半，經山希多猓米合前四十七邁，高四千九百十九尺。又四邁有四分之一，經阿沽瓦維五格士合前五十一邁有四分之一。常車經此不少停，以眎鐵橋故停車步橋。橋跨兩山下，深英尺二百五十六，以英九華十計之，即華尺二百八十也法尺百廿，長三百尺，合華尺三百三十，恃鐵繩横柱力居多。鐵欄木板，車軌繇中。上車復行四邁有四分之二，經鑽葛合前五十五邁有四分之三，高六千六百六十五尺。又七邁有奇，車停麻多格納合前六十三邁，高七千七百八十八尺。午初矣，餐席二，雲龍預第一席。外部長舉觴屬曰『薩魯』，譯言相祝也。樂三作而畢，復行，留此者半。行六邁有半，經丹鉢尾宿合前六十九邁半，高八千八百七十尺。瀑布伏流山凹，時露石罅，雪如，沸如，無慮百尺。半月前山水驟發，損居廬漂蔬穀無算。又四邁半經丹博拉格合前七十四邁，高九千八百四十三尺。又三邁半，經沙馬牒約合前七十七邁半，高一萬五百三十尺。其邨居車路下，俯瞰之屋不逾百，夾流而居。又二邁許，經布彎牒因飛拉宜約合前七十九邁有四分之三，高一萬九百二十三尺。吸水筒立道側，曲引自巖。又二邁有四分之四，經彎笛笛安奇合前八十一邁四分之七，高一萬一千三百尺。又二邁有奇經埃約布朗葛合前八十三邁，高一萬一千五百四十三尺。又三邁半至基格納合前八十六邁半，高一萬二千二百二十尺。自利馬至此七十八邁有半，英里也，合華里二百三十四里有奇，合之嘉里約達利馬之八邁，約華里二百五十八里有奇，測山高低表與所問符，非臆測也。凡高海面萬尺以上，酸素漸絶，空氣彌輕，呼吸之難以抵力減，故肺氣壅者輒眩。或曰臭蒜宜。如高至萬五千尺以上，毛血或出，不易禁也。中道之止半以此，德意志使勇於游而亦覺不支，雲龍則否。然鐵道議不止此，工停未蔵。其上地名峩羅里牙，則銀山鑛也，約五十九邁，綜計之一百四十五邁，合華里四百三十五里有奇，高一萬五千六百五十八尺。其工始同治九年西千八百七十，訖十一年西千八百七十二，美利加人點格士造之，有立相懸之火車場，其費銀二千一百八十萬圓。麻多格納以下，仙人掌怒出沙礫，皮毛作白霜色。山澗四出，雜樹夾滋，棉蔗分潤，亦油油然，而山輒童。過此以往，巒高轉秀，雖乏巨木，而棕若蕉，一碧千叢。山骨嶙峋，率黏苔蘚，六如文與可畫幅視檜下矣，非雨無間日不逮此。是日，白雲出山麓逐車行，午初復漏日影，温度七十五六。漸高漸陰，裁及萬尺，而雨微如毛。憩基格納則雨如注，衣履盡溼，避之廊。少頃旋車，時申正矣。中止，餐如前。

所經隧道三十有九，或洞巖腰，或貫壑口，約略計之，共長一萬七千八百五十尺由下而上：一長三十丈，二長四十丈，三長三十丈，四長六十丈，五長廿五丈，六長十五丈，七長廿四丈，此未至麻多格納以前也。八長四十丈，九長九十丈，十長廿丈，十一長五十丈，十二長廿丈，十三長廿丈，十四長廿五丈，十五長百丈，十六長三十丈，十七長九十丈，十八長六十丈，十九長廿丈，廿長四十丈，廿一長三十五丈，廿二長五十丈，廿三長三十丈，廿四長四十丈，廿五長三十丈，廿六長四十五丈，廿七長六十丈，廿八長一百廿丈，廿九長五十丈，卅長百丈，卅一長百丈，卅二長十四丈，卅三長三十丈，卅四長四十丈，卅五長十四丈，卅六長九十丈，卅七長四十丈，卅八長五十丈，卅九長四十八丈，既斜且曲，軌罔或阻，而議鐵道者方嘖嘖謂難在必直必平也，盍亦至基格納山一游。

無垢净光陀羅尼塔記

此日本神護景雲所造百萬經塔之一也。貴陽陳氏槼得其二，以一歸之雲龍，如獲拱璧，遂製匱記之曰：

按日本史，神護景雲四年夏四月造三層小塔一百萬，成，分置諸寺。日本《孝謙紀》『天平寶字八年發願造塔，基高各四寸五分，徑三寸五分，露盤下置「根本慈心相輪六度」等陀羅尼，至是功畢』云。塔木質，經鏤木板，粗細略差。經曰無垢浄光，卷軸紙高寸八分，是日本天平尺，與今曲尺少異。今得自陳氏者，不惟與史紀合，且與大藏省所印觀古本無絲毫異，可珍也已。

神護景雲四年，當唐大曆五年庚戌，去今一千一百三十九年也。光緒十五年夏五月，德清傅雲龍記。

智利國記

游歷之檄無智利，非輕之也，期短道長，不得不以無約之國聽之舟車便否，獨智利乎哉！智利則以在所游中爲幸，其使問殷如，其伯理璽天德之願見肫如，而況巴西之游非假道末繇逕達，偏游未遑也，不一游尤不可也。於是重違厥意，藉補圖經所未逮。記曰：

智利在南阿美利加洲之西南，東界拉巴拉他，北界秘魯，東南界巴他峩尼，東北界玻利非亞。然就形勢言，東與東北皆以安地師山爲襟，餘以大東洋爲帶。按《五大洲輿圖》無狹而長如智利者。其國緯綫起赤道南二十一度三十分，今割秘魯二部，測自達格納，則起十七度二十五分。二十三部外有麥哲倫一洲，至三十六度而止，長七千一百一十六里以華里計。其國都經綫起中國北京偏東一百七十二度一十分，訖一百七十四度十分據西人言，其國都在英都偏西七十二度十分，訖七十四度十分。以全國言，南偏於西，北偏於東，蓋斜長，非正長也。而廣不離乎二度者近是，蓋四百餘里也。《瀛環志略》謂東西四百餘里，信然，而謂南北四千五百里，非今境矣。

先是明嘉靖十五年千五百三十六，日斯巴尼亞既略秘魯，令亞耳馬哥羅率兵攻智利，土人拒之。十九年千五百四十復令瓦爾的維亞略地，無幾，然以其名名一部落。三十年千五百五十一瓦爾的維亞被阿老敢人殺之，阿老敢者，土人部落之悍者也，日斯巴尼亞末如之何，以所略地附秘魯。迨我大清乾隆三十八年千七百七十三，日斯巴尼亞始有智利土，而阿老敢部落未之服也。嘉慶十五年千八百十，日斯巴尼亞遭法郎西之變，屬地輒畔，智利亦欲自立，日斯巴尼亞伐之，智利求援於拉巴拉他，助之以兵，智利遂自立爲國，蓋先於秘魯十年。

其部猶中國省也二十有三，就雲龍游歷時言，自有者二十有一：曰三低鴉谷或譯散地牙峩，即其國都所在，與多波加耳馬河近，部與同名。曰我希銀司，會城名狼瓜鶆。曰哥爾乍瓜，治先奪法郎名。曰苦里格，曰達耳格，曰里納里司，三會城皆同名。曰卯勒，會城名高給尼斯。曰納布里，會城名治鸞。曰公塞布桑，會城同名。曰比我比我，會城名羅司安黑耳。曰馬里格，會城名安格耳。曰阿羅格，會城名吏符。曰格金，會城名印比熱阿耳。曰瓦爾的維亞，會城同名。曰納納倚屋，會城名孟託。曰濟盧迭，會城名安格多此在都南。曰伐耳巴來所，會城同名。

曰阿公加瓜，會城名先奪非里卑。曰葛根博或譯可金勃，會城名西里納。曰阿達格馬，會城名格比牙波。曰安達法嘎士達，會城同名。其割自秘魯者二：曰答拉八嘎，光緒七年千八百八十一搆兵議和而割。曰達格納，以十年爲期，民願屬之秘魯，則償智利銀一千萬圓，如願屬之智利，則秘魯亦償如數。此外又有洲一，曰麥哲倫，會城名邦達阿里納司。視《瀛環志略》所謂地分八部，復何如耶！

其山以安地師山爲宗，高峰被雪無間時。火山長者無慮四十八萬尺有奇，地震時聞，陵谷變遷亦時見也。其水導源安地師山居多，温泉無算。録著名者：曰阿波金托，厥質緑，厥度二十有三。曰渴治約，厥質緑與磺，厥度三十有六。曰高格宜司，厥質緑，厥度五十。曰治鸞，厥質緑鐵，厥度三十。曰阿屋野耳，厥質磺，厥度二十有一。曰淪阿比，厥質磺，厥度六十有九。曰孟達柯，厥質緑，厥度四十有四。曰拔宜馬比他，厥質緑與磺，厥度三十有一。曰布羅比天紗，厥質緑與磺，厥度十九。曰金治里麗渴，厥質緑，厥度七十。曰士羅窪麗低耳，厥質緑，厥度六十。曰柯麗納，厥質緑與磺，厥度三十二。

其君民主，五年一更舉。今伯理璽天德和寫孟收麻馬西打舉自光緒十二年千八百八十六年九月十八日。其大臣凡六：一司外務通商，一司内部，一理刑，猶中國刑部尚書也，一理財，猶中國户部尚書也，一司水陸軍，猶中國兵部尚書也，一論機宜。

其民俗半沿日斯巴尼亞。先是嫁娶必就教堂註簿，教士索費，貧者輒生子乃往，今則報官亦無不可。其民數二百有七萬五千七百七十二，中有未嫁娶者一百四十一萬五千八百五十八，誠難之也。

其物產，以穀與玉米與百果與麻與淡巴菰爲多。其鑛，金、銀、銅、鐵、煤、硝、汞、硼砂罔弗備，其工製若革，若氈，若紙，若酒，亦日益精。其國計，歲入銀三千七百一十一萬六千有七十圓有奇，此光緒十二年數千八百八十六年，入稅關銀二千三百三十七萬八百六十二圓三毫六仙，入火車銀六百三十九萬五千八百二十一圓九毫一仙，入鑄銀局十五萬一千一百七十九圓六毫八仙，入郵信印紙雪綫銀五十五萬九千四百八十九圓一毫八仙，入屋租銀五萬四千七百三十圓三毫八仙，入街銀三十六萬七千三百四圓五毫三仙，入地租銀一十四萬五千七百二十四圓四毫五仙，入商銀四十六萬二千五百六十三圓六毫九仙，入印契銀四十四萬九千九百二十九圓一毫九仙，入雜項銀一百有五萬九千四百六十圓有奇。其國債，內欠銀四十九兆二十二萬三千四百九十一圓，外欠三十四兆六十萬有一千二百七十圓。

其互市，中國物以茶絲爲最，歲售湖北茶七百石一石百斤，約七萬斤，直銀九萬圓永昌號售茶最多。廣東絲物歲直十萬圓。其稅關，建自政府者五。其進口貨單由舟主交關。其商物棧租不至三十日者不收，否則以三年爲期，過期納租，轉舊作新。倘租弗之納，則關長權得以貨市錢，以銀酬租。

其度長短，所謂舞度路者，約中國二尺六寸七分。其權輕重所謂機羅者，約中國廿六兩有八分七釐。每機羅約一千杭毛，每百磅約四十六機羅，每磅十六昂沙，中國一十二兩，每昂沙約中國銀七錢五分。

其税章，或征百之三十五，若米，若磁器，若絲織，類推也，或征百之二十五，若酒，若藥，或征百之十五，若時辰表之屬，難更僕數。

其錢法，銅之屬五〔六〕：曰一仙，曰二仙，曰二仙半，曰五仙，曰一角，曰二角。銀之屬二：曰半圓，曰一圓。銀鈔之屬八：曰二圓，曰五圓，曰十圓，曰二十圓，曰五十圓，曰百圓，曰五百圓，曰千圓。其銀行鈔，政府出令收之。自光緒十四年始千八百八十八，先收一圓、二圓、五圓也，以五年爲期，又五年收十圓鈔，又五年收二十圓鈔，繇少而多，意欲商鈔之皆無，庶乎國鈔之獨有也。

其火車，光緒十一年千八百八十五入銀六百有八萬八千一百七十八圓，出銀三百八十萬有五千四百七十三圓，實獲銀二百二十八萬二千七百有四圓。明年入銀六百四十三萬三千三百九十三圓，出銀四百有二萬七千三百四十三圓，實獲銀二百四十萬有六千有四十九圓，此有增無減證也。其鐵道大段有八：一爲一百四十六萬八千五十尺，工銀四百六十九萬四千九百圓，是每二千六百七十尺用銀八萬五千三百六十一圓也，二爲三百四十四萬四千三百尺，工銀六百九十九萬一千九百六十九圓，是每二千六百七十尺用銀四萬四千二百有一圓也，三爲八十萬有一千尺，工銀四十五萬九千有七十圓，是每二千六百七十尺用銀一萬五千三百有二圓也，四爲三百六十三萬一千二百尺，工銀五百萬圓，是每二千六百七十尺用銀三萬七千三百一十三圓也，五爲一百三十六萬一千七百尺，工銀一百三十七萬八千四百有五圓，是每二千六百七十尺用銀九千八百二十圓，六爲一百七十三萬五千五百尺，工銀一百八十六萬九千有九十一圓，是每二千六百七十尺用銀二萬八千七百五十五圓，七爲六千三百八十一萬三千尺，工銀六百七十萬有八千九百四十四圓，是每二千六百七十尺用銀二萬八千有七十圓，八爲四千九百六十六萬二千尺，工銀四百九十一萬七千二百五十六圓，是每二千六百七十尺用銀二萬六千四百三十六圓。蓋智利所謂一機羅舞度路者，猶言千舞度路也譯言千尺，約中國二千六百七十尺。此光緒十二年千八百八十六鐵道已成數也。以車路言，初分孔道一十有六，續之，歧之，凡長四十二萬六千二百二十舞度路，即合中國一千一百三十八［萬］有七十四尺。其停車場九十有九。其電綫長七百一十萬有六百七十一舞度路，即合中國一千八百九十五萬八千七百八十九尺，或司郵報，或屬火車，凡分局一百四十有四。

其郵信，光緒十一年千八百八十五三千三百萬有五千八百六十六，中有保無失信十一萬六千三百二十，明年三千五百三十萬有八千二百一十，中有保無失信十二萬五千九百有二或公文，或露函，或日報，或寄物，皆在其內。信局二百一十有二，凡信傳國中，重半昂沙，即中國三錢七分半也，需印紙銀五仙，厥重有增輒倍，如重一昂沙，即中國七錢五分也，需印紙銀壹毫五仙，可遞推也。信傳國外，銀倍信不出本埠，印紙以二仙爲率，露信減半慮信或失，則有保法，如原費十之一，則增爲十之二有五。

其遣使之國八，遣領事之國二十三。

其兵，陸軍五千五百人，水師四千人。其兵艦，鐵甲四，木輪一十有八，魚雷船九或曰十二，非也。

其學校出自公立者，生二千，費一百五十萬圓。

游時之見聞如此。雲龍曰：智利地廣弗逮秘魯，鑛又弗逮遠甚，而秘魯割地如約，未敢自惜。五大洲第一硝穴秘魯不克保，而智利踞若固有，豈非地利不如人和歟！於華人，則賤工而重商。論者輒謂有勃然機國無小，於智利亦云。

檀香山記

檀香山云者，華人名之也，西人謂其國曰耳支威仁，謂其島曰柯華壺，謂其正埠曰漢奴魯魯。其地在阿美利加洲太平洋南，距三法蘭昔斯哥七千二百六十里海里二千一百。島高海面四千有六十英尺，長一百三十八里英四十六里，寬七十五里英二十五里。

雖一小國而君非民主，然司財之官半由英美所轄。小島凡八，而本島有若中國府者一，若中國縣者五，皆置亶吏。又有若侍衛者四，若副將者二，若樞密者四，又有外部内部正副各一，又有税官、獄官、醫官、治道官、巡捕官。其兵，王軍一百二十，王后軍亦如之，取護衛也。馬隊兵一百二十，巡兵六十三，又有土兵、美兵、英兵、商兵各一百有奇，亶吏以時練之。海口無礮臺，設迎送礮六，重僅一頓。海濱淺甚，輪舟出入非潮不可也。

此島民二萬一千有奇，華民八千二百有奇，工商參半，商一回華，非曾納身家税者，不得領再至文憑。小商先納税銀二十六圓，一年爲期，期滿復税如初。工則蔗糖居多，耕亦有之。其土沃，宜稻，其物産，五穀而外有薯芋蔗蔬之屬，又有區華可以釀酒，非官許不得種也。其人税，凡家貲千圓，歲納銀七圓五角，餘例視此。商牌歲税銀二萬五千圓，商之身家歲税二萬圓，入口絲物歲税銀一十萬圓。其俗土人嗜酒，每沈醉時踏市歌且舞，名曰呼剌，或以山花木葉雜掛頭頸爲樂。

先是八島酋起争雄，血流膏野，近屬厥王。一曰道威島，在柯華壺西北二百八十八里英里九十六，高四千八百尺，長六十六里英里二十二，寬七十五里英里二十五。有官若中國巡撫者一，若知府者一，若知縣者四，又有巡捕官四，巡兵四。其民五千六百有奇，華人二千四百有奇。其物産以稻蔗爲主。二曰獼猴島，在道威島西北一百三十二里英里四十四，距柯華壺四百二十里英里一百四十，高亦如前，長六十里英里二十，寬二十一里英里七。官同。其民一百七十有奇，華人四十有奇。其物産有薯及瓜蔬之屬。三曰𣡕宜島，在柯華壺東南二百一十六里英里七十二，高一萬有三十二尺，長一百四十四里英里四十八，寬九十里英里三十。有官若中國巡撫者一，若知府者一，若知縣者三。又有巡捕官三，巡兵十四，税官一。其民一萬二千一百有奇，華人一千七百。其物産以蔗爲宗，糖局一十有二，亦猶日斯巴尼亞國之古巴、秘魯國之利馬也。其境有山曰沽納，高而瘴，四時皆冬，霜雪不斷，山麓數十里，種蔗者嬰癘輒患足腫。此地華人三千四百有奇，西人亦不下三千。四曰磨羅機島，在柯華壺東南十五里英里五，高三千五百尺，長一百二十里英里四十，寬二十一里英里七。其官由楙宜島兼之，别設官一，巡捕官一，巡兵四。又於嘎路巴巴置管瘋者官一，巡捕官一。其民二千五百八十有奇，瘋者二千有奇，聚自各島者也，華人三百五十有奇商五十，餘工。其土磽瘠，不宜穀麥，而薯芋瓜菜時亦有也。五曰南宜島，在柯華壺東南一百五十里英里五十，高三千尺，長五十一里英里十七，寬二十七里英里九。其官亦由楙宜島兼之，别設若中國知縣者一，巡捕官一，巡兵四。其民三百五十有奇，華人三百有奇，農工多於商也。六曰嘎虎流圍島，在柯華壺東南一百八十二里英里六十二，高一千四百五十尺，長三十三里英里十一，寬二十四里英里八。官猶未備。其民一百有奇，華人六十有奇，有工無商。其土不宜穀，土人以畜牛羊爲業，然野豕輒嚙馬足，狂奔如狼。七曰希緑島，一名夏威彝，在柯華壺東南四百有二里英里百三十四，高一萬三千八百有五尺，此其最高島也。長二百七十里英里九十，寬二百一十九里英里七十三。有火山，有雪山，道路崎嶇。有官若巡撫者一，若知府者一，若知縣者六，若副將者一，巡捕官六，巡兵二十六。其民一萬七千三十有奇，華人三千二百。其土宜蔗而薯芋區華亦宜，獸則牛馬犬豕爲多黄犬毛多。八曰古哈納，屬於希緑島，分南北兩邑。巡捕官二，巡兵一十有六。其民四千有奇，華人二千七百五十有奇。綜而言之，凡民六萬一千六百八十有奇，凡華人二萬二千四百有奇。

八島賦税皆國王遣官司之，别國和約，八島畺吏無干預權。

美利加遣二等使一，正副領事各一商民二千，英吉利遣三等使一商民三百，法郎西、葡萄牙，皆遣三等使一，兼領事法民五十，葡萄［牙］民七千。德意志、日斯巴尼亞、日本德民二百，日斯巴尼亞民六十餘，日本三千、義大利、瑞士、丹、秘魯、俄羅斯等國，各遣領事一，餘有立約而未遣官者。

日本税記 載《日本歲計出入表》後

日本初仿唐制立賦税法，取於民者二十之一。割據既起，税斂轉厚。明萬曆時豐臣執國柄，正界平税，以三百六十步爲一反者改爲三百步，税如初，取十之四，謂之四公六民。德川專政，陪臣世禄取民浸至十之六七。當我大清同治時，明治改藩爲府縣，而賦税一變。先是田賦徵糧，光緒元年，其國乃更米折徵錢，而所重在税。

其歲入者曰地租。另有表。

曰所得税，謂民産歲獲金三百圓以上者税百之一，逾千税百之一有半，逾萬税百之二，逾二萬税百之二有半，逾三萬税百之三。不及三百圓或孤若寡若疾免。

曰國立銀行税，紙幣下渡高税千之七，渡之言交，高之言額也。

曰證券印紙，共類五：一切手類，切手云者，郵便所貼印紙，通行以之，厥數有差，亦名人頭紙，其税五釐。一文狀類，稱證文者，有遺有讓，有借有送，有記高約期耕地、定屋之目金、與地、與物，證此。又有物品切手，會社株券結社之書、雇人之狀，税一錢，株，票根也。一賬簿類，通賬簿税一錢，判取賬簿税二十錢。一印紙許可類，營業送關狀及請取書，金在五圓以上其税一錢，多寡聽貼者，若借若質若貿金，逾一圓亦税一錢，遞增有差，至四千圓以上則税一圓。一手形類，手形亦證券之一種，有爲換手形，蓋易地取金，猶中國兑票也；有約束手形，猶中國合同券也，有荷爲換手形，荷有運物意，兑物如兑金，故亦云爲换，此三者，五十圓弱税一錢，遞增亦有差，二千圓强税五十錢。

曰訴訟印紙，有二：一視訴請之金，額五圓税二十錢，遞增五千圓則税二十五圓，一視訴事如鑑人，如辯事，如解紛，税二十錢，如願撿官吏，如公賣物産，如身代處分，則税五十錢，此正本也，謄本有差。又有代言免許紙，料滿一年，其税十圓。

曰北海道水産税，一生，一乾，一乾與鹽。生者，鰊、鮭、鱒、鰤、鮪、鱈、鮊、鯱也，海馬也，乾與鹽者，魚粕也，乾身缺鰊也，乾胴鰊也，乾脊割鰊也，乾外割鰊也，乾二割鰊也，鮊鰯粕也，鹽、鮭、鰤、鮪、鱈、鯱也，乾鮊、鯱鮑、鰑、河豚、海鼠、海扇、牡蠣、昆布、細布、海苔、若布、銀杏草也，税百之五。曰米商會所税，約交米直有期，税千之二。

曰株式取引所税，公債證書以之定期，税萬之三，諸商買賣以之定期，税萬之六。

曰酒造税，每場一期税三十圓，釀酒每石税四圓，蒸餾酒五圓，再製酒六圓，家用料酒鑑札料，一期税八十錢，鑑札以木烙字，工商官許據此。

曰醔麹營業税，一期税五十圓。

曰醬油税，製造場年税五圓，所造高石税一圓。

曰果子税，營業鑑札料税廿錢。仕入鑑札料，謂轉販爲仕入也，出賣鑑札料，指零賣於市言，並税十錢，以一枚計。

曰煙草税，製造者十五圓，仲買同，仲買，轉販也，小賣税五圓，小賣，零賣也，並以期計，營業鑑札料税廿錢，仕入鑑札料、出賣鑑札料，税並十錢，以一枚計。然非印紙則非官許，印紙税視量之輕重，仍準直之多寡，如同五匁也。直不及廿五錢税二釐，不及五十錢税三釐，逾五十錢則税四釐，繇五匁而十而廿而五十而百，仿此。五匁當中國五錢。

曰賣藥税，營業一年税二圓，鑑札一枚税廿錢，印紙，凡藥直一錢税一釐，數增仿此。

曰船税，西形瀛船年税十五圓，風帆船年税十圓，以百頓計。日本形船年税二圓，以百石計，未及五十石年税三十錢，以長三間計起軸訖艫，三間，一丈八尺也。浮漁船小迴船如之。逾一間增税五十錢。游船年税五十錢，亦以三間計。

曰車税，以一年計。馬車二馬税三圓，一則二圓。荷積馬車一圓。人力車一人乘者一圓，二人乘者倍。牛車一圓，荷積車大七、大八二種並一圓，大六以下五十錢。

曰度量衡税，製作所賣捌所並納廿四之一。

曰馬牛賣買免許税，免許亦以鑑札，年税每枚一圓，凡牛馬一鼻綱其數七，鑑札一。

曰統獵免許税，職獵税一圓，游獵税十圓，以一期計。此内國税也。

曰免許料專賣特許，不許他人賣也，追加特許，繇後許前也，税三圓。再渡證，換券也，税一圓。專賣而讓而分，其税五圓。凡請特許證，年增則税減，如五年十圓，十年十五圓，二十年則二十圓。

曰手數料，料之言錢，手數言手工數也，以登記手數料言，每登記一本税五錢，而登記料之税視交易，原數未滿五圓者五錢，未滿十圓者倍，未滿百圓者一圓，未滿千圓者七圓，未滿五千者十圓，遞增以五千圓爲率。

海外旅券手數料税五十錢，外國船乘組證書手數料税十錢，西式船免狀手數料税十圓，船長試驗免狀料税七圓或五圓，運轉手試驗免狀料一等五圓或三圓，二等三圓或二圓，機關手試驗免狀料一等七圓或五圓，二等五圓或二圓，小船機關手試驗免狀料二圓，西式商船雇人公認手數料，被雇者月給百一。

米商會所仲買認許料三十圓，株式取引所仲買認取料三十圓。

曰郵便税，凡書狀重二匁税二錢，書畫重八匁税二錢，葉書一葉税一錢，往復税倍，蓋指不封之一葉書言也。電信別詳。

曰森林貸下料，木多謂之森林，民貸官地有料，料指金言。

曰森林拂下代，民買官地謂之拂下，代猶言額也。官物視此。

曰貸付返納金，民還所借也。

曰鑛山借區税，凡坑區有鑛質，面積方里五百坪年税一圓，無鑛或鐵税五十錢。

曰官報賣下代，曰懲罰没收金，曰辨償，曰官業益金，曰官業收入，並有額。曰雜入，甚至産婆、藝妓之免許罔弗具。

曰海軍公債，募集金則軍貸也；曰海防獻納金，民輸也，亦稱繰越金，今挪前也，而所出少八千八十有奇。

日本疆域

日本在中國東南，其南曰薩峒馬，即鹿兒島也，與浙江温、台直，其西南與臺灣直，其西北長崎之天堂、一門兩島與浙江之定海、江蘇之上海直，對馬島近接朝鮮南竟，亦中國東南行之一道也。其北樺太島已割入俄羅斯，不惟千島之北群島斷續與堪察加逼，而庫頁亦未嘗不相通，其東南爲太平洋。四至八到另有表。輒依《隋書》倭地東高西下例併其形勢言之，述疆域：

東海道十五國，小笠原島坿之，沿北而東，出北海者曰東山道十三國，其北面北海者曰北陸道七國，與東山道爲向背，西南曰畿内五國，亦稱五畿，五畿之名見《宋史》，匪自今始。其西面北海者曰山陰道八國，面内海者曰山陽道八國，山脈來自東北，依厥陰陽而名。南海道六國在畿内，南四國亦在其中，九州爲西海道九國，又在其西。壹岐、對馬二島爲二國，附之北海道十一國，其北竟也，或稱關東八州，指東海道之東六國，及接東山道之二國言，往時置二關於箱根碓冰，故名。或稱畿内曰上方，稱東山道北之國曰東北，稱北陸道曰北國，稱山陰、山陽曰中國，皆俗稱云。《魏志》謂倭地絶在海中，洲島或絶或連，信然，故測量家於日本面積方里先計分測。

曰日本島，俗評本州島者是，亦稱中土，東海、東山、北陸、山陰、山陽五道及畿内之國，惟佐渡、隱岐自爲一島，餘則與南海之紀伊國同列，此島面積十萬里有奇（日本萬四千五百七十一）。曰佐渡島，北陸島七國之一，面積三百八十里有奇（日本五十六）。曰隱岐島，山陰道八國之一，面積百四十里有奇（日本廿一）。曰淡路島，南海道六國之一，面積二百里有奇（日本三十一）。曰四國島，南海道阿波、讚岐、伊豫、土佐四國也，面積七千三百里有奇（日本千百八十）。曰九州島，西海道九，面積萬八千有奇（日本千百八十）。曰壹岐島，面積五十里有奇（日本八）。曰對馬島，同。曰北海道，面積三萬五千里有奇（日本五千八十三）。千島三十一島，北海道十一國之一，面積六千八百有奇（日本千十一）。小笠原島十七島，面積廿里有奇（日本四）。餘詳四至八到表。

其形勢：

國之在東海道者，武藏如木葉，東西長於南北。安房北望之如鴨喙，西尾東而尾昂，上總南寬，如凸字之半，下總北寬，如側杯。日本測量自此國始。常陸如衣褏。相摸如欹胄。伊豆如巨鏃。甲斐如瓜。駿河如凹字。遠江如箕。三河略方。尾張如鳥張尾。志摩形方。伊勢北狹。伊賀南北稍長，坿小笠原舊稱無人島，在伊豆八丈島水程三更處，合極小島凡八十有九。在畿内者山城如櫛，以四山爲天然城，故名。大和南北較長如鳥帽。河内東西狹如圭，諸河注内海而國在其間，故名。和泉南北較長如欹舟。攝津西南受海如矩。

東山道：近江南北圓而長，有琵琶湖而近畿内故名。美濃略如箑面。飛驒橢員。信濃向東略如凸字。上野如海鷂魚，接信濃處一頸突躍。下野如甕而口南。磐城如腓。岩代如坐犬。陸前如委地魚。陸中如牛首雙角。陸奥北望如氏字。羽前羽後如兩翼然。

在北陸道者：若狹如敗荷欹側。越前、加賀如比目魚躍，上半爲加賀，下半爲越前。能登如側掌受丸，越中如初月。越後如蝙蝠舒翼。佐渡孤島也，如斜蜨。

在山陰道者：丹波南北短於東西。丹後略同若狹，特左右易耳。但馬東出處如器柄因幡形方。伯耆如倒菌。出雲如嫠首東向。石見如海鼠。隱岐如蛛。

在山陽道者：播磨方而長。美作如足掌。備前西北狹作蓮房狀。備中如鳥。備後如鶩首。安藝如髑髏。周防如破鰒。長門如折劍之鋒。

南海道南北縮而東西稍狹，讚岐大和伊勢，至此而斷。紀伊如折磬。淡路北狹。阿波斜角東西稍狹。讚岐如蓮葉之半。伊豫如斜飛禽。土佐如鎌首。

西海道，西之大島也：築前如驢首。築後如三足器。豐前北一大岬角。豐後略如貓之弄鞠，鞠指接豐前而東突一地也。肥前如孔雀張尾。肥後向東如凹而北大，日向凹而南高。大隅如蝸曲頭左西南隅。薩摩如蝦。壹岐岬角四出如手。對馬東西較短，小岬亂出如蜈蚣。

在北海道者：渡島三稜。後志如雙凸字，北大於南。石狩如握四指，張將指。天鹽如人字。北見如魚。膽振如半鉤。日高三角。十勝斜角。釧路缺東北隅。根室如弓鬬而不發。千島如碁。

就全國言作蛟騰狀：本州島如身，南頷四國，西首九州，北海道腰也，千島尾也；又如蜻蜓，舊有蜻蜓州目以此。

日本疆域險要

日本險要不在陸而在海，而諸道疆域時亦有之。《魏志》曰：『倭對馬國山險多深林，道路如禽鹿徑。』其國險要之見正史始此，然如偏舉焉而不全何。襟山帶水，亦與沿海相表裏也。述疆域險要：

東海道：函嶺以東本蝦夷窟，源氏平之地，尠險而港穩。德川氏城武藏之江户，即今東京，而横濱其門户也。説者謂安房與上總、下總，恃利根川耳，鴻臺難以久支，然海濱東西有險可恃：常陸水户西之土浦，與迤北之笠間、西南之下館，鼎立而三。相模爲源氏、北條氏雄據處，東北有箱根之險，可以防西，可以制東。志摩、伊豆突峙相對，甲斐居叢山間，富士山屹立東南，甲斐得其三之一，然毗連信濃，隱相制伏，武田氏之興亡以此。富士川奔湍如箭，而上游懸橋，下流淺瀨，平氏恃險，所由潰歟？其西阿部川、大井川、天龍川，潦至舟梗，潦退則投鞭可渡，而今切瀨户之水又淺甚，日本人謂新被潮衝處爲今切瀨户云。信濃地勢高，土人所謂四塞之地也。三河尾張，德川、織田兩氏憑藉各一，然非要地。鈴鹿山東險而西則夷。伊賀山多，亦出大阪一間道也。畿内之京都定自桓武，積弱受陵，乃戰之罪。比叡愛宕，東西嶮山，勝敗倚之。山崎八幡山勢所迫，亦次要也。大和山路四塞，南朝之不易改，殆繇是歟！紀伊有和歌山，未爲大要。河内和泉與攝津接，而地坦，儻扼大坂，二國受制矣，然不如兵庫港之良。

東山道之要有磨針、烏井、和田諸坂，合渡木曾、千隈、三川，而碓冰阪險與箱根敵。上野爲新田氏之所争，下野爲足利氏之所起，若日光山，若那須原，皆兵家所留意者，北有白川絶險。又北舊有陸奥、出羽，今分七國，而地曠甚。會津多山，葦名氏以之爲伊達氏所滅，蒲生以之而制伊達氏，出羽地平而田土漸多，故如往時獨眼龍之以騎戰勝亦難矣。陸前鳴瀨川東至松島北野蒜入海。北上川來自陸中，西合迫川江，南近海，分爲二，一東一南，南者不通大艦，聞有鑿大渠導野蒜之議，以北上川爲大，南朝之南部氏勤王不受足利氏制，亦地理之助乎？羽前、羽後多山，險而通道，則從海邊平地踰山脊而出。東奥青麻又在其北，亦要害也。

北陸道諸國罔非南山北海，故其出山東道之路輒苦崎嶇。敦賀著名港也，自是東北涂坦甚，雖勇如左中將而力終屈，地使然也。繇越前而加賀而能登，皆無險，白山，加賀峻山也，與越中立山峙爲日本之脊，議者謂以人工開水陸二道與近江通，則富七尾在能登爲良港。栗殼山或譯爲俱利伽羅山在加賀、越中，爲北陸第一險要，信濃川則可扼之巨流也。新潟，北陸之港，而佐渡則海表孤島，亦一大帑藏。

山陰道丹波山易霧，兵家難可忽也，後路峭拔，出但馬稍平，非用武國，而彼國六分一公能雄視者，以跨有山陽故也。伯耆百川並馳，與越中仿佛，其出山陽之路大率艱險。隱岐之於山陰，亦猶佐渡之在北陸，而内帑則在但馬、石見、山陽道之明石岩屋，皆要害也。丹坂三石亦古人扼要地，攝津以西備前、備中、備後皆無險。昔有舍山陰趨山陽者，攻腹心也。長門鮮大河，而赤馬關則海路要，扼南海道。

紀伊淡路，内海巨島也，北狹南寬，與紀伊對，爲畿内之門户，東有熊野險甚。淡路沿海環山而腹坦，其對紀伊播摩阿波處，皆海門之要口。

四國山競，南北多島道，而海邊無大險，河以吉野川爲最。志度與多渡津爲著名港。

西海道亦一巨島，古稱筑紫，或稱鎮西，後則以筑紫專名。筑前爲西海要路，古置大宰府鈐制之。筑前有博多港，筑後、肥前坦甚，而筑後川可禦一方，菊池氏破敵於此，知地要也。長崎非小港比。肥後地高且河巨也，鎮西據此，後有菊池氏以之抗室町將軍，邦人多之，近設鎮臺於熊本。豐後山河多險，日向與肥後勒，薩摩僻而要，大隅次之，皆琉球之右臂。

北海道，箱館咽喉也，明治前英舶未入長崎先至箱館，亦猶美舶之未入下田先犯浦賀，俄舶之未入樺太先逼大坂也。松前亦要路。迤北岸崎嶇，谿熊石而久遠而太櫓，行旅皆取道於水程。石狩之札幌今爲廳治，地曠而石狩川貫通之，浸趨繁盛而惜無港。天鹽腹地可耕。宗谷則西北要港也。東岸諸國如日高之鐼、十勝之水，膽振之室蘭港，皆彰彰者。自札幌至東岸之勇拂白老近鑿新道。北近俄羅斯之堪察加，則千島之幌筵島也。

日本考工

《後漢書》：『倭知織績爲縑布，其兵有矛楯木弓竹矢，以骨爲鏃。』《隋書》：『有弓矢、刀、矟、弩、䂎、斧，漆皮爲甲。』《宋史》：『織絹薄緻可愛。』日本前代工之見正史止此，今之震西工者疑爲空前。然百工之事皆聖人之作，《周官·考工》其椎輪歟！輒就大要述考工：

劍工以備前爲冠。備前今隸岡山縣。天羽斬、大葉刈、部靈諸劍皆名工造，而天叢雲劍爲傳國三器之一。崇神天皇畏神代寶劍之神威，使天目一箇神之苗裔改造一劍，是劍工之著者。文武大寶年中和用宇多郡天國天座平城、大同年中豐前宇佐社僧神見等，爲中古劍工之雄。後鳥羽院有敕作劍，召諸國良工僉相更鏃之稱番鍛冶，於是巧手滋多。稱靈劍者，如宗近三條小鍛冶、國賴粟田、吉光同、國友同、國吉同、國綱同、國宗備前三郎、正宗相州五郎、貞宗同息、定秀彦山僧、行平紀新太夫、近忠備前長船之祖、延房福岡權守、兼定信濃守、國行來之類，難更僕數。

刀工。後鳥羽時國王躬董謂御所鍛，時宋淳熙間也。源氏之鬼斬、平氏之小烏並著名。

建武時，元延祐年，兵革起，國工輩出，相模有兼氏而正宗尤著，姓岡崎氏，游訪鍛師數十，神明厥法，國人稱正宗刀，數千金不易也。相刀者言切鐵如泥，有玉光，有金綫，有閃電，有流星，有迴瀾，利而潤，堅而柔，稹密而栗，彼露鋒難可逼視者，贋也。義宏以鋭稱，歐陽歌日本刀，惜非目驗。

礮工。造礮在大坂，據言鍊鋼法得自克虜伯所製鋼，銅礮亦名文珠礮，創於法人文珠，故名。礮之後門當火藥室間。石綿即火浣綿，取不熱也。礮用於野，與攻城、防海略異。所鑄大者重二十頓，以次有差，厥等凡七。工一千二百，器另有表。它場則修礮工也。

銃工。於東京礮兵工場造邨田銃，陸軍大佐邨田經芳因毛瑟鎗而創心得，故名。較輕又較遠且便，可及千七百碼，歷十四秒可發五次。一銃直銀廿圓。

彈工。自造三萬。

炸藥工。

銅工。大坂有製銅會社，非設自官，然礮工所用之銅帶出此。

鐵工。大坂有鐵工會社，鐵甲船時修於此。造載泥船底有窗，所謂浚沙握摑機械船者，明治十一年大坂鐵工造，時光緒四年，首尾兩桔槔，各懸浚沙機器，入水自開，得泥自合，形肖口中牙牀，握沙入載泥船，浚河或可參歟？

船工、礦工、貨幣紙幣工、鐵道工並詳表。

掘井機器工。爲鐵棒，取泉用竹管，與中國四川打鹽井火井法略同，而巧倍。棒續而下，泉噴而上，井户便之。日本石川縣人抽木周平繪圖坿説，試辦未效，然日本效非虚語。

車工。造人力車其法創自日本，然明治前無之。馬車輪車皆西製，廿年以前無之。其製轎如中國擡盒然。

革工。東京有櫻組製皮場，大阪有内外用達會社。牛皮居多。有五馬力瀛罐爲分皮器，皮捲一過，分厚爲薄，一而二矣。出光器工以皮接如手磨然。又製兵用背袋、火藥袋、皮帽，工凡二百有奇。

硫曹工、硫酸工。大阪有硫曹、硫酸兩會社，名異工同。硫酸，磺强水也，既煅石灰居磺十之一，入爐蒸瀛，謂之淡磺强水。和別管水瀛入暖室，盤旋出管，入煤筒者再，磚筒者一，是爲濃磺强水。鐵屑與硫酸底淡藍，可用作媒染劑。硝酸者，硫硝參半，硫十鹽六爲硫酸曹達，其水即輕緑强水也。磺强礦、石灰、高島粉，三者等量燒合爲粗性曹達，浸水再熬爲苛性曹達，可去油污。它場大率類此。

硝子工，即玻璃工也。料稱煤藥曹達，即納養也，用碎玻璃搗粉入之。機若舂米，鎔爐上若煙筒，鎔鍋用石，以玻璃細筒蘸汁吹之，入模立成瓶碗，日本舊式也，亦用西法，大小倚物而旋，不用模。玻璃器之動植紋則磚工爲之。據言所造歲值七萬圓。

磁工。爲器堅遜華工，然樸拙自然入古。大者瓶高六七尺，徑五六尺，碗受斗米。今競肖西，轉失真面。

陶人。據《日本紀》云：垂仁天皇三年，新羅王子天日鎗來止此國，是以近江國鏡谷陶人即天日鎗從人也。垂仁三年當漢和平二年，其時出雲國有野見宿禰者，勇力且能以埴作人形及陶器，厥後雄略十七年，命土師造清器，當東晉元徽三年。泉州有陶器邨，傳言行基菩薩教人作陶器於此，今稱行基燒者不多見矣，形色亦不甚精。厥後陶工以尾張瀨户爲最，總稱瀨户物。肥前伊萬利工與之埒，而加賀九谷之輸外國者則盤金繪卉也。足利時有伊勢五郎者游景德鎮，竱攻青花，歸年七十，所造署欵五郎大夫。其香合之種七，以繪愛蓮茂叔爲絶品，楮薄磬聲類定、汝云。茶爐有奈良風，爐之陶工稱通國一宗四郎。

漆器工爲五大洲之冠。設色之工，大而龕屏，小而盤盂，繪金欲其鮮也，組采欲其華也，雕嵌之工，螺者象者，摩挲無痕，西人輸貨此一大宗。寬政、文政時物國人珍之。雲龍於遞信大臣榎本武揚處見念佛硯，嵌漆合中，漆有縱文，有沙文，云三百年前物。《七修類稿》謂諸製創自日本，信然。

漆硯工。創自玉楮氏，字象谷，讃岐高松人。漆鏤多創意，一器之微，直金數十。硯尤著，木内欲其輕也，漆外欲其潤也，國人寶之。入農商務省官，選漆工傳陶史，子四：曰藏黑，曰拳石，曰玉堂，曰藤榭，並爲名工，而玉堂僅存博覽會，賜一等牌云。

紙工。精且夥，先是推古十八年三月，當隋大業六年，高麗僧曇徵法定來，能造紙。時太子與之試造，引麻書文節縑爲之，非楮也，性弱易蝕。豐明宮時用三韓紙，太子遂造雲紙、縮印紙、白柔紙、俗薄紙四種，且植楮以製法教國人。據《日本紀·聖皇太子紀》。今考厥工：法用楮子，而鳥子紙、生漉紙則用雁皮木也。采枝及根，略蒸煮，剥皮晞無溼，浸水去麤皮，入木灰汁復煮，投之清流澼，砧擣十二三次七八次者賤，盛一巨盌於槽，以櫂攪之解之，和鰾木汁一合調之則稠而滑。以簣輕手扱之二三度欲厚則重手扱，洩滴置之板，隔用藁稗，層層無慮數百，覆板壓石其上，絞汁盡，分張於板晞之。冬以黄蜀葵汁代鰾木汁亦良。奉書杉原紙和米粉少許令白。凡漉紙以谷川水爲最，而紙工以美濃爲最。舊法抄紙與中國同，今沿西機，由紙料汁而濃而結而堅而乾而截，以器遞受，頃刻而成，堅厚有餘，然較雁皮之光而薄則遜。

版摺職。

銅板工。先以蠟薄鋪銅板融無跡，就字若圖以鐵畫之，凹而不穿。綴粉覆蠟面，依痕鐫之。

活板工以鉛居多，自一號至六號，華字、日本字、西字皆有之。

磚工稱煉化石工。

瓦工創自崇神間，當漢天漢年。精者一瓦重四十兩，謂之瓦博士。《倭漢三才圖會》云聖德太子誅守屋連後，爲天王寺，處處伽藍，召瓦工於百濟國，今攝津、大坂瓦工，其遺技也。

席工曰疊刺，以藺爲之，備後其最也。稱日本席，精者曰錦席。

銅鐵器工越中爲最，象嵌銅器則數加賀之金澤。鍛冶職機巧弗如美利加，而精細自擅。考其冶人，始於河州我子孫郎，近江辻郎次之，攝津大坂又次之。

磨工。《羅山文集》云後鳥羽院掄鍛冶之良，易自代番，令作御劍，于時洛陽八澤田國弘者善巧發硎，令磨御劍，子孫相續，得磨工之名。

竹器工駿河爲最。

製度量衡工另有表。

紡績工。有緜絲紡績所十有七，在東京曰鹿島，在大坂曰川崎、曰堂島、曰桑厚、曰豐井，在長崎曰長崎，在橡木曰野澤，在三重曰三重，在愛知名古屋曰愛知，在静岡曰島田，在山梨曰古川，在岡山曰岡山、曰玉島、曰下郇，在廣島曰廣島，在鹿兒島曰鹿兒島。有紡績會社三：在大坂曰大坂，在静岡曰遠州，在宫城曰宫城。明治十九年，當光緒十二年，凡紡筒日本言錘六萬五千四百二十，視紡筒數即知紡績數矣。出緜絲七十七萬八千四百三十三貫目，分之爲繰絲八十八萬八千一百十二貫目，落緜六萬九千二百七十七貫目，屑絲六千九百九十一貫目，每一貫目相場九十圓八角七分，相場，價格也，屑落，劣也。民績則甲斐第一家，家七襄云。

織工爲絹撚織，爲木緜織，爲麻織，爲交織。雜織，男女帶地其常用也。畿内織文冠通國。先是元明天皇和銅四年遣桃文師於諸國，始教習織錦綾，時唐景雲二年也。六年，正七位上按作磨心能織錦綾，子孫免雜户，賜姓柏原。

絨工。東京千住製絨所凡工四萬有奇，然資機器。曰洗毛，曰乾毛，取諸潔也。曰紡毛，曰整紡，曰經綫，曰整經，曰整緯，取諸齊也。曰塗糊，曰乾綫，取諸緻也。曰織絨，曰縮絨，取諸巧也。曰洗絨，曰起毛，曰乾絨，再洗再乾而工同，取諸成也。曰染絨，曰剪絨，緯曰翦絨，經曰刷絨，曰發采，取諸精也。一日成絨二千六百四十尺。毳布工伊紀居多。

裁縫工曰仕立職。先是應神天皇三十七年，當晉光熙元年，使於吴，求縫工女，得吴工女兄媛、弟媛、吴織、漢織四人，是爲女工之始，或曰攜工四百，後師厥法，謂之吴服工。其工用鯨尺裁衣，而法有二：取衿衽於一幅中謂之木縣裁，其衿狹一也。一幅斜裁爲衽，其衿取餘帛，謂之帛裁。凡裁，長四尺、裏一尺四五寸以上衣，則不三丈有餘帛者不成。

大工，建屋工也。飛驒多木人，精於藝，故飛驒工爲冠。

石工。日本牆岸輒砌大石，尖橢形，上狹上寬，大者逾丈，無傾者。碑任天然無定形，鐫日本草書，動合晉唐筆意。

石器工。《姓氏録》云和泉國石作連者，火明命六世孫建真利根命之後也。垂仁天皇世，爲皇后日葉酸媛作石棺，賜姓石作，大連公也。《倭漢三才圖會》云泉州鳥取鄉、攝津大坂石工多以御影山之石作石器。

屋上板工曰家根職。

蓋瓦工曰瓦葺。

伐木工曰木挽。

窗户工曰建具職。

泥工曰左官。

染工詳表。

油工曰油絞職。

米工。大坂精米會社爲最，火機水輪大同小異。

鹽工、酒工、茶工、糖工皆詳表。淡巴菰工曰煙草刻職。

醬油工。視營業人一萬三千六百八十餘，而數有增，其場與營業人等，歲造五十七萬四百九十五石。

果子工凡六萬四千，以糖爲之，肖動植物，其用因地不少雜如紅葉館造物用紅葉形之類。

日本兵制沿革

《後漢書》云倭兵有矛楯木弓竹矢，或以骨爲鏃。《隋書》倭弓矢、刀矟、弩、䂎、斧，漆皮爲甲，骨爲矢鏑，雖有兵，無征戰。《宋史》云咸平五年，日本人滕木吉以所持木弓矢挽射，矢不能遠，詰其故，[曰]國中不習戰鬭。其兵之術與器之見正史者止此。

今考日本兵之新法：步兵以百三十六人爲一中隊，五百六十五名爲大隊，一千七百七名爲一聯隊，而一大隊出自四中隊，一聯隊出自三大隊。礮兵之編制不在此例，山礮、野礮均一百有二爲一中隊，二百有十爲一大隊，合山礮大隊一、野礮大隊二爲一聯隊。其騎兵以一百三十有二爲一中隊，以二百九十有七爲一大隊。工兵、輜重兵亦編之爲中隊爲大隊。又以步兵二聯隊爲一旅團，坿以騎與礮與輜重諸兵。此平時兵制也，戰則步兵一大隊增爲八百三十有二，騎與礮與工、輜重，增數有差，異古制矣，而令改未已。述兵制沿革：

周惠王時，日本神武東征，兵數無考。崇神置四道將軍巡撫海内，當中國漢建初時，景行西征及日本武尊東征，兵亦無稽。神功皇后征韓之役，兵艦蔽海，時中國漢建安五年也。第廿七世繼體，使近江毛野率衆六萬往任那，復新羅所侵故地。大寶三年，爲唐嗣聖二十年，詔諸國兵士，每國分爲十番，每番教習十日，令條之外不得雜使。置健兒多者不過二三百，健兒者，常備兵也。又三分一國之丁，取其一以充軍，平時歸伍，此預備兵也。編伍法，五人爲伍，伍二爲火，火五爲隊，隊二爲旅，旅十爲團，數團爲陳，數陳爲軍，軍即一萬人也。其法折衷孫吴，置陣法博士。厥後平、源兩氏柄兵權，額兵浸多。保元平治之際，當宋紹興間，兩氏争雄，治承四年，源兵西上十九萬，平亦數萬：元曆元年爲宋淳熙十一年，一谷之役平兵十萬，源與之埒。賴朝原伐藤原泰衡兵廿八萬四千，泰衡六十萬，其九國四州兵士十餘萬，時海内兵士大約五十萬。承久中爲宋嘉定間，北條義時遣男泰時等犯其京師，蓋廿萬云。元弘中爲元至順間，北條高時遣兵八十萬犯其京師，號稱非實數也。應仁後在明成化年，割據四方。天文、永禄之際爲嘉靖年間，小藩皆爲大藩附庸。大者織田信長也，領十餘州，甲二十萬，次毛利元，就領山陽、山陰十州，甲十萬，北條早雲領坂東八州，甲十萬，武田信玄領五州，甲五萬，上杉謙信同。其他，島津氏領薩、隅二州，龍造寺氏領南肥、北肥二州，有馬氏領豐、筑二州，今川氏領駿、遠、參三州，伊達氏領陸奥半州，佐竹氏領常州，長曾我部氏領四州之半，伊藤氏領豐、甲二州：並帶甲四五萬或二三萬，凡兵士九十萬有奇。兵家數十，而著名者曰甲陽流也，越後流也，楠流也，北條流也，三島流也，里見流也，它藩輒創兵制不相下。

越後流兵書《武門要鑑》所載，全國兵賦四萬五千騎，其法曰：以兵二十爲一騎，蓋九十萬人。諸説不一，然以兵賦五萬騎爲額，其法以兵十爲一騎，蓋五十萬人。九十萬者，舉全國也，五十萬者，除留守兵也。豐臣秀吉征韓之役，諸國大舉，會肥前名古屋，其奥羽關東大名出半賦，多寡有差，言藩内兵數三之一或四分也，凡全賦者，乃出藩内兵士之過半，以老弱充留守也。兵士之會名古屋者四十八萬。由此推之，兵可七八十萬。德川氏定出徵兵賦，其略曰：封邑萬石者，騎士十五，旄旗弓銃稱之，每騎役五士二卒三，侍衛士卒二十，併弓銃手百五十人，輜重在外。凡諸侯食邑萬石者，如舉一藩則當士卒二三百人，今以百五十人爲兵賦者，蓋以其餘兵充留守也。二萬石以上至十萬石皆倍。十萬石之兵賦則騎士百五十名，旄旗弓銃官、侍衛士卒稱之，凡千五百人，輜重隊在外，留守士卒稱此，内外士卒凡二三千人。自十一萬至十九萬石稱之，中藩兵賦之數少加。二十萬石以上大藩，其兵賦之騎士四五百名始成一軍，如至三四十萬石或至六十萬石以上，其老臣有食二萬石或三四萬石者，兵賦愈多。按全國米粟約三千萬石，兵賦約五十萬人，留中士卒稍減，大約三十萬人，總計士卒八十萬，此明治前兵數也。

明治維新，常備兵約十九萬，著徵兵令，六年而後改令不翅三五。其令大恉謂：凡國中男子自十七歲至四十歲，皆服兵役不代。其兵役數種：近衛而外，有陸軍、海軍、常備國民兵役，其常備兵有現役有豫備役。現役以年二十者服役，三年爲豫備，嗣是服役四年爲國民兵，其國民兵役以十七歲至四十歲者服之。其陸軍現役兵，每歲撿壯丁，就其身材藝能職業，或步或騎，或礮或工，或礮重及雜輜職工之屬，皆掣籤而定之。其海軍現役兵以沿海島嶼人充，或水兵或火兵或職工，亦掣籤如陸軍法。又考海軍志願兵徵募規則，海軍士不拘前法，雖年未滿二十，願爲兵士亦許之。或年滿十七以上、二十七以下，嘗在公立學校府縣學校受卒業證書、自備衣食費用服役一年者得免。豫備兵者，遇戰入伍，平時衹演習技術而已。後備兵招爲常備兵法國民兵者，後備兵不足則招補之，老幼廢疾免，兄弟同時應募者除一人役，死戰傷與疾而兄弟在役者除。户主年六十以上一子者除。又學校受卒業證書及現爲教員者除。又在官立大學校、官立學校之本科生徒者除。其爲海陸軍生徒及海軍夫工，或身幹不滿定尺，或因病未能服役者，或脩學業在外，或犯刑審判未決，或在官學校一年未滿六年課程，皆爲猶豫［備］兵。

其徵兵區有軍管、師管、府縣管三目：從軍管者歸軍管徵兵區，從師管著歸師管徵兵區，從府縣管者歸府縣徵兵區，至步兵之屬鎮臺者，以師管區役徵之，餘兵以軍管區役徵之，違者罪有罰。此徵兵令之大略也。

陸軍近衛兵四大隊，騎兵一中隊，礮兵一大隊，工兵一中隊，凡三千七百四十六人。鎮臺六軍：第一軍東京鎮駐武藏，分置三師，一東京，二佐倉，三高崎。東京營所三，曰小田原，曰静岡，曰甲府，計本臺野礮兵一大隊、步兵三大隊、工兵一大隊、山礮兵一大隊、騎兵一大隊、輜重兵一中隊，共三千六百二十三人。佐倉營所三，曰木更津，曰水户，曰宇都宫，計步兵三大隊、二千二百三十九人。高崎營所三，曰新瀉，曰高田，曰新發田，計步兵三大隊，二千二百四十五人，凡八千七百人。第二軍仙臺鎮駐陸前，分置二師，一仙臺，二青森。仙臺營所三，曰水澤，曰福島，曰若松，計本臺步兵三大隊、工兵一中隊、山礮兵一大隊、輜重兵一小隊，共二千九十三人。青森營所三，曰秋田，曰盛岡，曰山形，計步兵三大隊，千七百四十八人，函管礮兵海岸隊八十八人，凡三千九百二十九人。弟三軍名古屋鎮駐尾張，分置二師，一名古屋，二金澤。名古屋營所三，曰岐阜，曰豐橋，曰松本，計本臺步兵三大隊、工兵一中隊、山礮兵一大隊、輜重兵一小隊，共二千五百七十五人；金澤營所二，曰七尾，曰福井，計步兵三大隊，二千二百十九人，合計四千七百八十四人。弟四軍大坂鎮駐攝津，分置三師，一大坂，二大津，三姬路。大坂營所三，曰和歌山，曰兵庫，曰西京，計本臺步兵三大隊、野礮兵一大隊、山礮兵一大隊、工兵一大隊、輜重兵一小隊，共三千百六十八人，大津營所二，曰敦賀，曰津，計步兵三大隊，二千二百二十七人。姬路營所三，曰岡山，曰鳥取，曰豐岡，計步兵三大隊，共二千二百四人，凡七千五百九十九人。弟五軍廣島鎮駐安藝，分置二師，一廣島，二丸龜。廣島營所三，曰松江，曰濱田，曰山口，計本臺步兵三大隊、山礮兵一大隊、工兵一中隊、輜重兵一小隊，共二千五百七十九人，丸龜營所三，曰德島，曰須崎港，曰宇和島，計步兵三大隊，二千二百五十二人，凡四千八百三十一人。弟六軍熊本鎮駐肥後，分置二師，一熊本，二小倉。熊本營所四，曰鹿兒島，曰飫肥，曰千歲，曰硫球。計本臺步兵三大隊、山礮兵一大隊、工兵一大隊、野礮兵一大隊、輜重兵一小隊，共三千百九十五人；小倉營所三，曰長崎，曰福岡，曰對馬，計步兵三大隊，二千二百三十四人，凡五千四百二十九人。統計陸軍步兵十六聯隊、四十六大隊，三萬三千百八十五人，騎兵一大隊一中隊，四百九十人，礮兵十大隊，海岸隊二千八百八十三人，工兵三大隊四中隊，千二百七十一人，輜重兵一中隊五小隊，五百九十六人，合計六十大隊六中隊五小隊，三萬八千四百二十五人。又士官學校生徒四百三十一人，教導團生徒千四百四十人，憲兵千四百五十三人，電信隊百十五人，諸工生徒五十人，屯田兵四百七十五人。其豫備兵、後備兵、國民軍，無事不恒入營。其在營者，陸軍人員凡四萬二千三百八十九人。

海軍提督府二所，第一提督府駐相摸三浦郡大津邨，弟二提督府駐薩摩鹿兒島郡鹿兒島。其海軍之隊屬提督者二千一百四十人，內長官二十六，上官一百七十七，下官三百五十二，水火工一千五百八十五。海軍本部水兵共一千六百人，内長官十，上官一百十二。礮隊三百八十四，銃隊九百四十七，樂隊六十六，鼓隊九十一，凡三千七百五十七人。兵船兵屬凡七千三百五十四。此明治十九年數也，在光緒十二年，後有增易，分詳諸表。

中國交涉日本前事

中國日本交涉久矣，貢始周，賜印綬始漢，求工於吴人始晉，學儒術國制始唐，互市時亦肇端，嗣是正史使不絶書，未聞一矢西指。元世祖兵艦忽東，遇風不捷，黷武非歟！明時日本之政操之權臣，受封捕寇，而寇時聞，汪直、徐海輩導之，其盡然歟？論者謂日本疇昔之學唐不減于今茲之效西，維新可也，詆舊不可也，此猶目論也。厥黨自分，厥議難合，然如實心計國，弗沾沾焉爲進身計者，必不作中、東可勿同心語也。雲龍請一言蔽之曰近交，諸葛氏言不翅爲中東設矣。前事大氏與時勢異，然亦後事鑑也。述日本中國交涉前事。

周時倭人貢鬯草見《論衡·儒增篇》。成王時倭人貢暢見《論衡·恢國篇》，《漢書·地理志》：樂浪海中有倭人，分爲百餘國，以歲時來獻見云。《後漢書·東夷傳》：倭百餘國，自武帝滅朝鮮，使驛通於漢，有三十許國皆稱王。漢建武中元二年垂仁八十八倭使朝貢《後漢書》：光武中元二年，倭國遣使奉貢朝賀，使人自稱大夫，光武賜以印綬。永初元年景形四十四倭有獻《後漢書》：安帝元初元年，倭國王帥升等獻生口百六十人。魏景初三年神功三十八倭貢，答之《魏志》：明帝景初二年，倭女王遣大夫難升米等朝獻生口、班布，詔報，制詔親魏倭王卑彌呼，以絳地錦罽答貢。 正始元年四十，倭謝魏使《魏志》：齊王芳正始元年遣建中校尉梯儁等奉詔書印綬詣倭，拜假倭王，賜金帛錦罽刀鏡采物，倭王因使上表答謝恩詔。 四年四十三，倭使獻方物《魏志》：倭王遣使大夫伊聲耆掖邪狗等八人上獻生口、倭錦、絳青、縑綿衣、帛布、丹水、短弓矢。 六年四十五賜倭使《魏志》：詔賜倭難升米黃幢，付郡假。 八年四十八倭使説與狗奴國攻擊狀，詔爲檄喻之見《魏志》。 延熙十五年五十二倭貢《魏志》：倭獻男女生口三十人，貢白珠五千孔、青大白珠二枚、異文雜錦二十匹。 晉泰始初神功六十餘年遣使重譯入貢見《晉書》。 光熙元年應神卅七求女工《日本書記》：『春二月，遣阿知使主都加使主於吳，令求縫工女二，使者渡高麗，不知道路，高麗主乃使久禮波、久禮志二人爲鄉導，由是得通吳，吳王與工女四。』按應神三十七年已爲晉惠帝光熙元年，曰吳工，就地言之也，非三國時所謂吳也。 安帝時履中反正間倭使朝貢見《南史》。 宋永初二年允恭十二月倭遣使朝貢見《南史》。《宋書》：高祖詔曰：『倭國讚萬里修貢，遠誠宜甄，可賜除授。』元嘉二年允恭十四表獻方物《宋書》：讚又遣司馬曹達奉表獻方物。 讚死，弟珍立，遣使貢獻，自稱使持節都督倭、百濟、新、任那、秦韓、慕韓六國諸軍事，安東大將軍，倭國王表求除正詔安東將軍倭國王。 廿年三十二使獻方物《宋書》：倭國王濟遣使奉獻，復以爲安東將軍倭國王。 二十八年四十加使持節都督六國《宋書》：二十八年加使持節都督，倭、新羅、任那、加羅、秦韓、慕韓六國諸軍事安東將軍如故。 大明六年雄略五使貢《宋書》：詔授爵號安東將軍倭國王。 昇明二年二十二遣使表勾驪狀《宋書》：昇明二年遣使。 齊建元元年清甯元年除鎮東大將軍見《南齊書》。 隋大業三年推古十五倭使朝貢致書見《隋書》。 然按日本《推古記》云太子作書惟有『東天皇問西皇帝』之語，無『日出處』語，豈譯詞異耶。 四年十六使倭隨使來貢《隋書》：『上遣文林郎斐清使於倭國，度百濟，行至竹島南望舳羅國，經都斯麻國，迥在大海中。又東至一支國，又至竹斯國，又東至秦王國。其人同於華夏，以爲夷洲，疑不能明也。又經十餘國達於海岸，自竹斯國以東皆附庸於倭王。遣小德阿輩臺從數百人，設儀仗鳴鼓角來迎，後十日又遣大禮可多毗從二百餘騎郊勞。既至彼都，其王與清相見，大悦曰：「我聞海西有大隋，禮義之國，故遣朝貢。我夷人僻在海隅不聞禮義，是以稽留境内不即相見。今故清道飾館以待大使，冀聞大國惟新之化。」清答曰：「皇帝德並二儀，澤流四海，以王慕化，故遣行人來此宣諭。」既而引清就館。其後清遣人謂其王曰：「朝命既達，清即戒塗。」於是設宴享以遣，復令使者隨清來貢方物，此後遂絶。』唐貞觀五年舒明三倭使獻方物《唐録》：貞觀五年倭國遣使獻方物，太宗矜其路遠，無令歲貢，又遣使者高表仁持節往撫之。表仁無綏遠之方，與王争禮，不宣朝命而還。 永徽五年白雉五倭使獻物《唐録》：永徽五年，倭國使獻虎珀馬瑙，高宗撫之云：『王國與百濟、高麗接，若有危急，宜遣使救之。』顯慶四年，蝦夷國使隨倭使入朝。《通典》：『蝦夷，海中小島也，其使鬚長四尺，善弓矢，插箭於首，令人載瓠而立，四十步射之無不中者。』十月隨倭使入朝。 長安元年文武五日本貢方物《唐書》：長安元年，其王遣朝臣真人粟田貢方物。 朝臣真人者，猶唐尚書也。 三年七日本貢方物《唐書》：長安三年，日本國遣其大臣朝臣真人來貢方物，因言其國近日所出，故號曰日本。 開元初和銅年日本使來朝《唐書》：開元初粟田復朝，請從諸儒授經，詔四門助教趙玄默即鴻臚寺爲師，獻大幅布爲贄，悉賞物貿書以歸。其副朝臣仲蒲慕華不肯去，易姓名曰朝衡，歷左補闕、儀王友，多所該識，久乃還。《唐録》：玄宗開元初又遣使來朝，因請儒士授經，盡市文籍而還。 天寶十一年天平勝寶四日本使入中國求内外教典見《日本佛祖統紀》。 十二年五日本使朝貢《唐書》：天寶十二載朝衡復入朝，上元中擢左散騎常侍、安南都護。新羅梗海道，更繇明、越州朝貢。又見《唐録》。貞元二十年延曆廿三使來朝《唐録》：貞元廿年遣使來朝，留學生橘逸、學問僧空海。開成三年嘉祥三日本貢真珠絹見《唐書》。四年六使入貢見《唐書》、《唐會要》，開成四年四月，遣使藤原常嗣等來朝貢。宋景德三年寬弘三日本使僧入貢《楊文公談苑》：『景德三年，予知銀臺通進司，有日本僧入貢右，問之，僧不通華言，以櫝對云住天台山延曆寺，名寂照，號圓通大師。國王年二十五，大臣十六七人，群僚百餘。每歲春秋二時集貢士，所試或賦或詩，凡及弟者常三四十人。國中專奉神道，多祠廟。書有《史記》、《漢書》、《文選》、五經、《論語》、《孝經》、《爾雅》、《醉鄉日月》、《御覽》、《玉篇》、《蔣魴歌》、《老列子》、《神仙傳》、《朝野僉載》、白氏六帖、《初學記》。本國有《國史秘府略》、《日本記》、《文館詞林》、《混元録》等書，《釋氏論》及疏抄傳集之類。國中多習王右軍書，寂照頗得其筆法。上臺見，賜紫衣束帛，其徒皆賜紫衣，復館於上寺。寂照(顧)[願]游天台，詔令縣道續食，因留止吴門寺，漸通此方言，通內外學。寂照東游，予遣以印本《圓(學)[覺]經》，並詩送之，後寄書，舉予詩中兩句云「身隨客槎遠，心與海鷗親」，不可忘也。圓覺固目不蹔舍云。』。大中祥符中寬弘中日本入貢《皇朝類苑》：祥符中，日本國忽梯航稱貢，蓋日本國東有祥光現其國，素傳中原天子聖明。真宗勅本國建一佛，初賜額曰神光。咸淳三年元至元三，日本文永三元使致書日本，詔高麗導使見《元史》。八年元至元九，日本文永八日本遣使朝元《元史》：日本始遣彌四郎者入朝，帝宴勞，遣之。十年元至元十一，日本文永十一元征日本《元史》：至元十一年三月敕鳳州經略使忻都、高麗軍民總管洪茶丘等將屯田軍、女直軍、水軍，合萬五千人、戰船九百艘征日本。德祐元年元至元十二，日本建治元元遣使日本《元史》：至元十二年二月，遣禮部侍郎杜世忠、兵部郎中何文著賫書使日本國。景炎二年元至元十四，日本建治元日本遣商人持金來易銅錢，元許之見《元史》。祥興元年元至元十五，日本弘安元元通日本市舶《元史》：至元十五年十一月，詔諭沿海官司通日本國人市舶。二年元至元十六，日本弘安二元造征日本戰船見《元史》，在至元十六年二月六月七月。元至元十七年弘安三日本殺元使，元議征日本見《元史》。十八年弘安四，元軍船大失利，十存一二見《元史》。《明史》云：元世祖命忻都、范文虎等帥舟師征之，至五龍山遭暴風，軍盡没，終元世未相通也。十九年五高麗國王請自造船助征日本見《元史》。二十年六發五衛軍二萬征日本，四月免見《元史》。二十一年七遣王積翁使日本，賜錦衣、玉環、鞍轡，積翁被舟人害見《元史》。二十三年九罷征日本見《元史》。二十九年正應五日本來互市《元史》：風壞三舟，惟一舟達慶元路。大德三年正安元使僧一山詔日本通問詔見《元史》。據日本《善鄰國寶記》云『竟不至』。至正二十三年正平十八蓬州守將劉暹擊寇，敗之見《元史》。明洪武二年應安二使諭日本《明史》：二年三月，遣行人楊載詔諭其國，詰入寇故，謂宜朝則來廷，不則修兵自固，倘必寇，即命將征耳，王其圖之。三年三使責讓之。日本遣僧祖來貢方物《明史》：三年三月遣萊州府同知趙秩責讓之。至折木崖，守關者弗納，以書抵良懷。延秩入曰：『使亦趙姓，豈蒙古裔耶？亦將訹我，以好語而襲我也？』秩曰：『非蒙古使者，後能兵兵我。』良懷禮遇優遺，其僧祖來奉表稱臣，貢馬及方物，且送還明、台二郡被掠人口七十，以四年十月至京。太祖嘉之，宴賚其使，命僧祖闡、克勤等八人送使還國。六年六遣僧瓦官諭日本見《善鄰國寶記》。七年七其大臣遣僧貢方物，卻之《明史》：是年七月，其大臣遣僧宣聞溪等齎書上中書省，貢馬及方物而無表，帝命卻之，仍賜其使者遣還。未幾，其別島守臣氏久遣僧奉表來貢，帝以無國王之命，亦卻之，而賜其使者，命禮臣移牒，責以越分私貢之非，又以頻入寇掠，命中書省移牒責之。九年天授二日本使僧貢《明史》：四月遣僧主廷用等來貢，且謝罪。帝惡其表詞不誠，降詔戒諭，宴賚使者如制。十二年五來貢見《明史》。十三年六復貢，無表，卻之《明史》：十三年復貢，無表，但持其征夷將軍源義滿奉丞相書，卻其貢，遣使齎詔譙讓。十四年弘和元復來貢，卻之《明史》：命禮官移書責其王，並責其征夷將軍良懷，上言不加兵也。十九年元中三遣使來貢，卻之見《明史》。二十四年八特授王子滕祐壽觀察使《明史》：先是胡惟庸謀逆，藉日本爲助。其王遣僧如瑤率兵卒四百餘詐稱入貢，且獻巨燭，藏火藥刀劍其中。惟庸已敗，計不行，然其時王子海祐壽者來入國學，帝猶善待之。二十四年五月特授觀察使，留之京師。後著《祖訓》，列不征之國十五，日本與焉。自是朝貢不至，而滕上之警亦漸息。建文三年應永八日本獻方物，詔賜錦綺諭其國。永樂元年十使日本，未行，日本使來《明史》：永樂元年又遣左通政趙居任、行人張洪偕僧道成見《善鄰國寶記》。四年九復獻方物，成祖以登極使諭詔見《善鄰國寶記》。《明史》：成祖即位以登極詔往，將行，而其貢使已達甯波。禮官李至剛奏：故事，番使入中國不得私攜兵器鬻民。宣敕所司覈其舶諸犯禁者，悉籍送京師。帝曰：『外貢履險來遠，所費實多，有所齎以助資斧亦人情，豈可概拘以禁令？至其兵器亦准時值市之，毋阻向化。』十月使者至，上源道義表及貢物，帝厚禮之，遣官偕其使還，賚道義冠服、龜鈕金章及錦綺紗羅。詔載《善鄰國寶記》。二年十一日本使來賀立皇太子，勑捕島賊《明史》：十一月來賀册立皇太子。時對馬、壹歧諸島賊掠濱海居民，因諭其王捕之。王發兵盡殲其衆，縶其魁二十八人，以三年十一月獻於朝，且修貢。帝益嘉之，遣鴻臚寺少卿潘賜偕中官王進賜其王九章冕服，及錢鈔、錦綺加等而還，其所獻之人令其國自治之。使者至甯波，盡置其人於甑烝殺之。詔載《善鄰國寶記》。三年十二獻日本俘詳上，使日本詔見《善鄰國寶記》。四年十三璽書褒賜封其山，日本使來謝冕服《明史》：正月遣侍郎俞士吉賫璽書，褒嘉賜，賚優渥，封其國之山爲壽安鎮國之山。御製碑文詳《金石》其上。六月使來謝賜冕服。五年十四日本入貢《明史》：日本入貢。詔載《善鄰國寶記》。六年十五日本入貢獻俘。十一月貢，十二月賜源道義謚《明史》：六年入貢，獻所獲海寇。使還請賜仁孝皇后所製《勸善》、《内訓》二書，即命各給百本。十一月再貢，十二月其國世子源義持遣使告父喪，命中官周全往祭，賜謚恭獻，且致賻。又遣官賫勅封義持爲日本國王。時海上復以倭警，告再遣官諭義持勦捕，賜源道義謚曰恭，遣内官致祭，並慰其子義持。見《善鄰國寶記》。八年十七獻海寇《明史》：四月，義持遣使謝恩，尋獻所獲海寇，帝嘉之。九年十八使敕褒賚《明史》：二月遣王進賫勅褒賚收市物貨，其君臣謀阻進不使歸，進潛登舶從他道還。十五年廿四勅責海寇《明史》：十五年倭寇松門、金鄉、平陽，有捕倭寇數十人至京者，廷臣請正法，帝曰威之以刑不若懷之以德，宜還之。乃命刑部員外郎吕淵等勅責讓，命悔罪自新，中華人被掠者亦令送還。十六年廿五日本使隨淵來貢《明史》：四月其王遣使隨淵等來貢。十七年廿六攻海賊勝《明史》：十七年倭船入王家山島，都督邢榮率精兵疾馳入望海堝，賊數千人分乘廿舟直抵馬熊島，進圍望海堝，榮發伏出戰，奇兵斷其歸路。賊奔櫻桃園，榮合兵攻之，斬首七百四十二，生禽八百五十七。召榮至京，封廣甯伯。自是倭不敢窺遼東。二十年廿九寇象山見《明史》。宣德七年永享四日本貢方物《明史》：七年正月，帝念四方番國皆來朝，獨日本久不貢，命中官柴山往琉球，令其王轉諭日本，賜之敕。表載《善鄰國寶記》。八年五再貢《明史》：王源義教遣使來，帝報之，賚白金綵幣，秋復至。按，明宣宗諭日本使載《善鄰國寶記》，勅諭日本國使道淵『爾究通佛氏之旨，曉達君臣之義』。九年六入貢表見《善鄰國寶記》。十年七日本使來。正統元年八日本使還見《明史》。四年十一來寇《明史》：四年五月。七年七月嘉吉二擊倭寇《皇明實記》：七月倭寇大嵩跳渚千户所，浙江僉事陶成討誅之。八年三寇海甯《明史》：五月寇海甯。景泰二年寶德三日本使來朝按《善鄰國寶記》載，表後書『景泰二年辛未』，奉正朔也，然署『日本國王臣源義成』，則其將軍也。四年享禄二日本入貢《明史》：四年入貢至。五年三勅賜銀幣見《善鄰國寶記》。天順初長禄初日本移書朝鮮，請許貢使見《明史》。成化元年寬正六獻方物，其表未達表載《善鄰國寶記》。四年夏應仁二貢馬，又貢《明史》：四年夏，遣使貢馬謝恩，禮之如制。入貢亦見《明史》。十年文明六日本致書朝鮮，望其使歸自中國書見《善鄰國寶記》。十一年七貢方物表見《善鄰國寶記》。十三年九九月來貢，求《佛祖通紀》諸書，詔以《法苑珠林》賜之見《明史》。又云使者述其王意，請常例外增賜，命賜錢五萬貫。二十年十一月十六貢。見《明史》弘治九年三月明應五日本使來王源義使，見《明史》。十八年永正二來貢。時武宗即位，命如故事鑄金牌勘合給之見《明史》。正德四年六冬來貢見《明史》。五年七春來貢《明史》：其王源義澄遣使臣宋素卿來貢。時劉瑾納其黄金千兩，賜飛魚服，前未有也。七年九來貢見《明史》）。嘉靖二年大永三日本使互争真僞《明史》：『其貢使宗設抵甯波，未幾，素卿偕瑞佐復至，互争真僞。素卿賄市舶太監賴恩，宴時坐素卿於宗設上，船後至，又先爲驗發，宗設怒，與之鬥，殺瑞佐，焚其舟，追素卿至紹興城下，素卿竄匿他所免。凶黨還甯波，所過焚掠，執指揮袁［璡］，奪船出海，都指揮列錦追至海上，戰没，巡按御史歐珠以聞，且言據素卿狀，西海路多羅氏義興者向屬日本統轄，無入貢例，因貢道必經西海，正德年勘合爲所奪，不得已以弘治朝勘合由南海路起程。比至甯波因詰其僞，致啟釁。章下禮部，部議素卿言未可信，不宜聽入朝。但釁起宗設，素卿之黨被殺者多，宣諭素卿還國，移咨其王，令察勘合究治。帝已報可，御史熊蘭、給事［中］張翀交章言素卿罪重不可貸，請並治賴恩及海道副使張芹、分守參政朱鳴陽、分巡副使許完、都指揮張浩，閉關絶貢，振中國之威，寢狡寇之計。事方議行，會宗設黨中亦望古多羅逸出之，舟爲暴風飄至朝鮮，朝鮮人擊斬三十級，生禽二賊以獻。給事中夏言因請逮赴浙江，會所司與浙卿雜治。因遣給事中列穆、御史王道往。至四年獄成，素卿及中林望、古多羅並論死，繫獄，久之皆瘐死。時有琉球使臣鄭繩歸國，命傳諭日本，以禽獻宗設，還袁璡及海濱被掠之人，否則閉關絶貢，徐議征討。』九年享禄三日本請賜勘合《明史》：『九年琉球使臣蔡瀚者道經日本，其王源義晴附表言：向因本國干戈梗道，正德勘合不達東都，故素卿捧弘治勘合行，乞貸遣望并賜新勘合、金印，修貢如常。禮官驗其文無印，言難信，宜敕琉球傳諭仍遵前命。』十八年八日本貢使來，明年至京《明史》：十八年七月，義晴貢使至甯波，守臣以聞。時不通貢已十七年，敕巡按御使督同三司官覈，果誠心效順，如制遣送，否則卻回，且嚴居民交通之禁。明年二月，貢使碩鼎等至京申前請，乞賜嘉靖新勘合，還素卿及原留貢物。部議勘合不可遽給，務繳舊易新，期限十年，人不過百，舟不過三，餘不可許。詔如議。』廿三年十三七月來貢，卻之《明史》：『二十三年七月復來，貢未及期，且無表文，卻之。其人利互市，留海濱，巡按御史高節請制治沿海文武將吏罪，嚴禁奸豪交通。得旨允行，而內地諸奸利其交易。』二十六年十六日本使來，待期入貢，卻之《明史》：『其王義晴遣使周良等先期來貢，用舟四、人六百，泊於海外以待明年貢期。守臣沮之，則以風爲解。十一月事聞帝，以先期非制，且人船越額，敕守臣勒回。十二月倭賊犯甯、台二郡，大肆殺掠，二郡將吏獲罪。』二十七年十七納日本貢《明史》：嘉靖二十六年，命副都御史朱紈巡撫浙江，兼制福、興、漳、泉、建甯五府軍事。明年六月，『周良復求貢，紈以聞，禮部言「日本貢期及舟與人數雖違制，第表詞恭順，去貢期亦不遠，若概加拒絶，則航海之勞可憫，若稍務含弘，則宗設、素卿之事可鑑，宜敕紈循十八年例起送五十人，餘宿嘉賓館，量加犒賞，諭令歸國。若互市、防守事宜，在紈善處之」。報可，紈力言五十人過少，乃令百人赴都，部議但賞百人，餘罷勿賞。良訴貢船高大，勢需五百人，中國商舶入海往往藏匿島中爲寇，故增一舟防寇，非敢違制。部議量增其賞，且謂百人之制彼國勢難遵行，宜相其貢舟大小以施禁令。從之。日本故有孝、武兩朝勘合幾二百道，使臣前此入貢請易新者，而令繳其舊。至是良持弘治勘合十五道，言其餘爲素卿子所竊，捕之不獲，正德勘合留十五道爲信，而以四十道來還。部議令異時悉繳舊，乃許易新，亦報可。當是時，日本王雖入貢，其各島諸倭歲常侵掠，濱海奸民又往往勾之，紈乃嚴爲申禁，獲交通者不俟命輒以便宜斬之，由是浙閩大姓素爲倭內主者失利而怨紈。』三十二年廿二汪直勾倭寇見《明史》。三十四年九月弘治元擊倭寇於楊林橋，十月復擊之嵊縣，兩殲之見《明史》。三十六年三表請勘合修貢《明史》：『宗憲請遣使諭日本國王，禁戢海寇，招還奸商，許立功免罪。得旨，遂遣甯波諸生蔣洲、陳可願往，言遇汪直、毛海峰，謂日本內亂，諸島不相統攝，留洲傳諭而送可願還。蔣洲宣諭諸島，至豐後被留，令僧人往山口等島傳諭禁戢，於是山口都督源義長具咨送還掠人口而咨乃用國王印，豐後太守源義鎮遣僧德陽等具方物奉表謝罪，請頒勘合修貢，送洲還。前楊宜所遣鄭舜功出海哨探者行至豐後島，島主亦遣僧清授附舟來謝罪，言前後侵犯皆中國奸商潛引諸島夷衆，義鎮等實不知。於是宗憲疏陳其事，言洲奉使二年，止歷豐後、山口二島，或有貢物而無印信勘合，或有印信無國王名稱，皆違朝典。然既以貢來，又送還被掠人口，實有畏罪乞恩意，宜禮遣其使，令傳諭義鎮義長轉諭日本王，禽獻倡亂諸渠及中國奸宄，方許通貢。詔可。』四十二年夏四月永禄六副總兵戚繼光大破倭寇于平海衛見《明政統宗》。四十三年七春二月戚繼光擊仙游縣殘倭，大破之見《明政統宗》。萬曆二年天正二擊倭，勝之《明史》：『倭犯浙東甯、紹、台、温四郡，又陷廣東銅鼓衛、雙魚所，三年犯電白，四年犯定海，八年犯浙江韭山，及福建澎湖、東湧，十年犯温州，又犯廣東，十六年犯浙江，然時疆吏懲嘉靖之禍，海防頗飭，賊來輒失利。其犯廣東者爲蜑賊梁本豪勾引，勢尤猖獗，總督陳瑞集衆軍擊之，斬首千六百餘級，沈其船百餘艘，本豪亦授首，帝爲告謝郊廟。』

日本往籍交際條目

中國文獻足爲日本徵者録不勝録，藉非提其條目，奚以究其綱領耶？行篋書尠，挂漏之譏非所敢避，然亦得十之七八矣。因目稽文，不無小補，拾遺訂墜，請俟暇日。若夫酬答之篇什，感物造耑，可觀厚薄，亦未始非交際一端也，況墨蹟時出，彼籍亦散見耶？坿箸于篇，非區區爲補逸計也。述日本往籍交際條目。

漢前

《山海經》：南倭、北倭屬燕卷十二《海内北經》。倭俗見郭璞注。

漢

《史記》：徐市求神藥卷六《秦始皇紀》、徐福求神異物卷百十八《淮南王傳》。《漢書》：樂浪海中有倭人，分爲百餘國卷廿八《地理志八下》趙地注如淳説、師古説。《後漢書》：倭卷百十五、傳七十五、中元二年倭奴國王使獻卷一《光武記》、倭善綱［網］捕卷九十《鮮卑傳》。《論衡》漢王充：貢鬯草卷八《儒增》、貢暢卷十九《恢國》、暢草貢於倭卷十三《超奇》。

三國

《魏志》：倭卷三十。按日本史籍，神功皇后無女，嗣位者其子應神也，壹與殆謞傳與。《吴志》：夷洲、亶洲卷二。按《日本書記》載應神三十七年。《魏略》：倭依山島復有國，皆倭種《漢書》卷廿八・地理志八下》注。

晉

《晉書》：倭人卷九十六、傳六十七。《續博物志》晉李石、《倭書》卷五。

宋

《宋書》：倭國卷九十七、傳五十七

齊

《南齊書》：《倭》卷五十八、傳三十九。《南史》：倭卷七十九、傳六十九。《北史》：倭卷九十四傳八十二。

梁

《梁書》：倭卷五十四、傳四十八。《玉篇》梁顧野王：倭，烏禾切，國名卷三。

隋

《隋書》：倭卷八十一、傳四十六。

唐

《唐書》：日本卷百二十、傳百四十五倭國遣使入朝，自陳願得蕭夫子爲師者，中書舍人張漸等諫止卷二百二、《文藝傳一百廿七》蕭穎士一。按：倭，《舊唐書》云新羅。《舊唐書》：倭國、日本國卷百四十九。《曲江集》張九齡：《勅日本國王書》卷七〇，又見《文苑英華》。《通典》杜佑：倭卷百八十五《邊防》、蝦夷同上。《周禮註疏》漢鄭康成注、唐陸德明《釋文》：倭人拜，以兩手相擊，如鄭大夫説《春官・宗伯・大祝》辨九(捧)[拜]注釋文。《法苑珠林》僧道世：倭國人學内外傳卷五。《臨海水上志》沈瑩、夷州見《後漢書・夷傳》倭注。《述異記》梁任昉扶桑桃日本金桃，卷上〇按《通典》一百八十五卷載日本、一百八十六卷載扶桑，扶桑之初殆非即日本歟。《酉陽雜俎》唐段成式倭僧金剛三昧卷三。

五代　宋

《宋史》：日本卷四百九十一、傳二百五十。《文獻通考》馬端臨：倭國樂、日本國樂卷百四十八《樂考》、倭卷三百廿《四裔考》。《雲笈七籤》宋張君房：騰黃獸龍翼出日本國卷百。《太平御覽》宋李昉等引《後漢書》倭卷七百八十二、引《魏志》倭同。按與《魏志》異、三引《唐書》同、引《外國記》綜嶼同、引《唐書》蝦夷國同。《太平廣記》：韓志和倭人卷七十五、又卷二百廿七、日本王子卷二百廿八、新羅與日本鄰卷四百八十一、使新羅同。《文苑英華》宋李昉等：張九齡《勅日本國王書》卷四百七十一。按此與集字有異同、旄人奏散判卷五百八、張秀明對同、常無欲對同、旄人奏散判卷五百五十一、率木修防判同、對同。《皇朝類苑》宋江少虞：日本僧卷四十三、僧贊甯卷五十九、日本扇卷六

十、談諧戲謔卷六十三、日本僧卷七十八。《歐陽全集》修：《日本刀歌》卷十五。按《司馬温公集》誤入此歌。《玉海》宋王應麟：唐日本獻樂卷百八《音樂》、日本貢方物卷百五十四《朝貢》。《書言故事》宋胡繼宗：冷暖碁卷四。《書史》宋米元章：日本書有《唐氏雜迹字日本書》及《日本告吴融》。《中華古今注》宋馬縞：倭墮髻卷中。《鼠璞》戴埴：倭自謂日出處天子。《鶴林玉露》宋羅大經：日本國僧卷十六。《僧史略》宋僧贊甯：日本僧圓載、倭賜僧傳燈法師號。《歷朝釋氏資鑑》：大業二年倭國書曰『日出處天子』云云，帝覽之甚悦卷五。按『甚悦』與《隋書》『不悦』異。《教行録》僧宗曉：答日本國師廿問卷四、再答十問同、遣僧日本求仁王經疏同。《釋門正統》僧宗鑑：晁序卷一、義寂傳卷二、弟子志卷三、宗印卷七。《宋高僧傳》僧贊甯：日本沙門卷十四《鑑真傳》、最澄卷廿九《道邃使》、圓載卷三十《廣脩傳》。《景德傳燈録》宋僧道原：思大和尚卷十七。《嘉泰傳燈録》宋僧正受：日本覺阿卷廿。《佛祖統紀》宋僧志磐：最澄卷八、吴越王使日本取教典同、至道六年日本遣寂照持源法師問目廿七同、吴越忠懿王求遺書日本卷十、日本國師遣紹良等學卷十二、源信同、後仍卷十七、子麟往日本卷廿三、空海從慧果學卷卅、道昭卷四十、智通同、開元四年日本沙門元昉入中國卷四十一、十四年榮睿普照同、大中四年常曉入中國卷四十三、十二年慧鍔禮五臺山同殘經卷四十四、奝然同、嘉因祈乾同、寂照卷四十五、使貢同、尋成卷四十六、乾道三年使卷四十八、譯《大般若經》同、知禮卷五十、兹雲卷五十一。《菊譜》宋劉蒙：新羅一名倭菊。

元

《元史》：至元二年至五年四條卷六、七年八年三條卷七、十年至十二年四條卷十八、五年十六年五條卷十、十七年十八年廿五條卷十一、十九年二十三年廿三條卷十二、二十一年二十二年十四條卷十三、二十三年二十六年四條卷十四、二十九年二條卷十七大德三年二條卷廿、七年至十年三條卷廿一、秦［泰］定三年卷三十、至元二年卷三十九、至正十二年卷四十二、二十三年卷四十六、以征日本命高麗置省卷九十二《百官志》、鎮戍二條卷九十九《兵志》、征日本卷百廿二傳九、月里麻思卷百廿三傳十、艾貌同、阿剌罕卷百廿九傳十六、阿塔海同、囊加歹卷百三十一傳十八、昂吉兒卷百三十二傳十九、又同、哈剌䚟同、也速䚟兒卷百三十三傳二十、鐵木兒塔識卷百四十傳廿七、月魯不花卷百四十五傳三十二、俊奇卷百五十傳四十一、趙良弼卷百五十九傳四十六、王磐卷百六十、傳四十七、李庭卷百六十二傳四十九、張禧卷百五十五傳五十二、管如德同、綦公直同、王綧卷百五十六傳五十三、楚鼎同、王國昌卷百六十七傳五十四、劉宣卷百六十八傳五十五、申屠致遠卷百六十傳五十七、王克敬卷百八十傳七十一、張唐卷二百三傳九十、高麗導使卷二百八傳九十五、日本同。《居家必用事類》水晶卷十。《書史會要》元陶宗儀：日本字母卷八、釋永仁釋中巽同。《圖繪寶鑑》元夏文彦。《韵府群玉》陰時夫：手談池卷二引《杜陽編》。《事文類聚》元祝穆：冷暖玉碁卷四十二。

明

《明史》：洪武二年三年四年六年各一條、七年二條、八年九年十二年十三年各一條卷二

《太祖紀》、十七年二十年二十四年各一條、二十七年二條、三十一年一條卷三《太祖紀》、永樂元年二年三年四年五年各一條、六年二條、八年卷六《成祖紀》二、十四年十九年各一條卷七《成祖紀》三、正統四年七年十三年各一條卷十《英宗前紀》、景泰四年一條卷十一《(宣宗)[景帝]紀》、成化四年一條卷十三《憲宗紀》、十三年二十年各一條卷十四《憲宗》二、弘治九年一條卷十五《孝宗紀》、正德五年七年各一條卷十六《武宗紀》、嘉靖十八年二條卷十七《世宗紀》、二十三年一條卷十八《世宗紀》、二十七年一條、二十八年一條、三十一年三條、三十二年二條、三十三年六條、三十四年十一條、三十五年五條、三十六年三條、三十七年三十八年七條、三十九年一條、四十一年二年三條、四十三年三條卷十八《世宗紀》、隆慶四年一條、六年二條卷十九《穆宗紀》、萬曆十年一條、二十年二條卷二十《神宗[紀]一》之十二、二十一年四條、二十三年二條、二十四年二條卷二十《神宗紀》、二十五年五條、二十六年五條、二十七年二條、三十七年二條、四十一年一條卷二十《神宗紀二》、《職官志》卷七十三《官二》、《官四》市舶、《官五》總兵官、總督、備倭都司、備倭守備、《選舉志》卷六十九、《食貨志》卷八十一、《河渠志》卷八十六《[河]四》運河下、《河六》直省水利蘇州、《兵志》卷九十一《兵二》一條、《兵三》第十頁至二十頁、《兵三》四條、《藝文志》卷九十七《藝文》二李言恭《日本考》五卷、侯繼高《日本風土記》四卷、卜大同《備倭圖記》四卷、倭寇上海卷一百廿六傳十四湯和、捕倭卷一百四十六傳卅四王友、備倭卷一百六十六傳五十四李震、備倭船卷一百七十二傳六十馬謹、備倭卷一百七十五傳六十三衛青、洪武時倭寇卷百九十九傳八十七鄭曉、卻倭卷二百二傳九十潘恩坿周廷傳、李楷禦倭卷二百三傳九十一李中、倭寇卷二百五傳九十三朱紈、討倭卷二百九傳九十三張經、與倭戰卷二百五傳九十三胡宗憲、禦倭同曹邦輔、平倭同，李遂、禦倭同唐順之、倭患起卷二百八傳九十六錢薇、破倭賊卷二百十二傳一百俞大猷、擊倭同，戚繼光、擊倭同，劉顯、擊倭同，李錫、擊倭同，張元勳、倭卷二百十六傳一百四翁正春、戮奸商通倭者、改日本封貢議卷二百二十一傳百十一吴桂芳、擊倭卷二百二十二傳一百十譚綸、擊倭卷二百二十三傳百十一吴桂芳、倭躪朝鮮卷二百廿七傳一百十五萬象春、倭客卷二百二十九傳一百十七王用級、倭願封卷二百三十八傳一百二十八李如松坿李成梁、與倭鄰卷二百三十七傳一百廿五傳好禮、倭卷二百三十八傳一百廿六麻貴、倭卷二百四十七傳一百三十五劉綎、禦倭同，陳璘、敗倭卷二百七十七傳百五十八張可大、《儒林傳》一條卷二百八十三傳二許孚遠、《文苑》一條卷二百八十七傳三文徵明、《文苑傳》一條卷二百八十七傳三茅坤、《忠義傳》七條卷二百九十傳二王鐵錢、錢錞、米哀、孫鏜、杜槐、黄釧、王德、《孝女傳》被害八人卷二百九十七傳二倭亂東南，孝子以衛父母見殺者王在復、王鍇、向敘、蔡元鋭、殷士望、陳經孚、龔可正、伍民憲、《方伎傳》一條卷二百九十九周述學、《列女傳》四條卷三百二、《宦官傳》一條卷三百五傳二陳矩、《奸臣傳》四條卷三百八胡惟庸、嚴嵩、趙文華、《土司傳》三條卷三百十、《琉球傳》五條卷三百二十三外圖、《吕宋傳》一條同、雞籠山同。《皇明資治通鑑》明陳建：洪武元年二年二條卷二、四年十八年二條卷三、永樂元年一條、四年二條、十八年一條卷五、成化五年十三年二條卷八、嘉靖二年四年二十六年二十八年各一條、三十三年三條、三十四年六條、三十五年六條、三十七年一條、三十八年二條、三十九年一條、四十二年一條、四十四年二條、隆慶六年一條卷十。《明政統宗》明涂山洪武二年二條卷二、六年七年九年各一條卷三、十四年二條卷四、三十四年一條、永樂元年二年三年各一條卷七、十六年十七年卷八、正統七年八年成化五年各一條卷十一、嘉靖廿五年一條卷廿五、廿九年三十一年各一條、三十三年二條、三十四年六條、三十五年九條卷廿六、三十六年三條、三十七年四條、三十八年五條、三十九年二條卷廿七、四十一年三條、四十二年一條、四十三年一條卷廿八。《皇明實紀》明陳建、陳龍可：洪武七年一條卷三、正統七年一條卷九、嘉靖廿五年一條、廿八年一條、三十三年四條、三十四年九條、三十七年二條、三十八年一條卷十七、萬曆廿年四條、廿一年四條、廿二年二條、廿三年二條、廿四年一條卷二十、廿五年七條、廿六年六條、廿七年三條、廿八年一條卷廿一、三十七年一條、四十年一條、四十年一條卷廿二、天啟四年一條卷廿五。《兩朝平攘録》明諸葛元聲：《日本》上卷四、《日本》下同。《明太祖御製文集》：《諭日本國王詔》卷上、設禮部問日本國王卷十二、設禮部問日本國王將軍同。《明一統志》：日本國卷八十九。《明會典·驛傳》卷百廿一兵部十六、船卷百六十工部十四、備倭官卷百七十二鴻臚寺、賜衣服卷百七十三國子監。《紀效新書》倭戰卷八戰勝追賊防伏之法、敗倭軍令卷十八臨敵號令軍法。《月令廣譯》明馮應桃李春卷六、《日本數譯》卷一、冷暖某卷二、如意珠卷廿三。《劉氏鴻書》明劉仲達、《引滴露漫録》卷六《地理三》、引《原始秘書》、引《思域志》、引《立覽》、引《夷事略》卷八《地理五》、引《翦勝野聞》卷六十九《文史》四。《萬姓統譜》明淩迪知：日本使朝臣真人、朝臣大父卷百四十《複姓》、朝臣卷七《氏族博考》明潘賜卷廿五。《琅琊代醉編》明張鼎思：外國書卷九。《三才圖會》：補陀落迦山《地理九》、日本國《地理十三》、日本人《人物十三》、錢《珍寶二》。《五燈會元續略》明淨柱：道成卷上、法嗣卷三下。《釋鑑稽古略續集》明幻輪：印原卷二、日本國同、啟原卷三。《適情録》明林應就：自序云日本僧虛中善奕。《玉堂煙》唐法書載日本人書三。《醫學綱目》明樓英：疔方卷十九。《文房器具箋》明屠隆：潘鐵浙人。《本草綱目集解》：水精卷八、硫黄卷十、琥珀卷三十七。《五雜俎》明謝淛：《地部》二有六條卷四、《人部》一有一條卷五、《人部》三有一條卷七、《物部》二有一條卷十、《物部》四有一條卷十二、《事部》三有一條卷十五。《潛確類書》明陳仁錫：日本卷十三《屋宇》、明霞錦麒麟錦卷九十三《服御》。《閩書》：崇禎四年熊文燦序卷一、福州府侯官縣卧龍山卷三、長樂縣利充山卷四十、福清縣福廬山龍江卷六、晉江縣彭湖嶼屯兵防倭卷七、同安縣嘉禾嶼又名厦門，海險也卷十二、福甯州羅浮山卷三十。以上《方域志》，福州城社稷壇、防倭門、羅源縣柵凡四條卷三十二《建置志》，東洋行縣卷三十七《建置志》，洪武廿年、嘉靖萬曆年、嘉靖季三條卷四十《扞圉志》，倭商舶卷四十四《文蒞志》，以下十二卷皆《文蒞志》，阮鶚、劉燾、游震得、譚綸、般從儉、商爲正卷四十五、汪宗元卷四十六、卜大同、陶大年、邵梗卷四十八、舒春芳、梁士楚卷四十九、向辰卷五十二、盧仲田、林咸、葉春卷五十四、徐栻卷五十六、陳瑞龍、盧蕘佐卷六十一、陳大有卷六十二、彭應麟、吴國倫卷六十三、龔有成卷六十六，鐘一元、柴應賓、夏汝礪、章文粹、章弘信、陸鵬、程箕、李蕘卿、林時芳卷六十六、閔賢、徐堂、趙鑾、盧鼎臣、王澎、夏啟賢、戴棟、楊桂、劉仲恩、張灼、朱忠、胡福、戴尚忠、劉師琦卷六十八《武軍志》，下三卷皆《武軍》、王鎧、章乾露、唐海、歐陽深、俞大猷、鄧起、張養正、張榮卷六十九、賴榮、廖安卷七十、王源、顧逵、黎春、吴真卷七十一，蔡海[卷]七十六《英舊志》，下六卷皆《英舊》、項志德卷八十、王用汲卷八十七、黄葉蒙、歐陽模卷八十八、魏良臣卷九十四、謝應元、林騰蛟卷百三、林富卷百九，龔騰霄卷百廿四《弁軨志》，下同、鄭静夫、鄭天挺卷百廿六，陳繼思、謝介夫、陳言、伍民憲、黄元謙、邵棟、張德卷百三十一《閭巷志》，下同、戴俛、陳廷聲、常白、吴汝韜、程伯簡卷百三十三，趙天麟妻方、陳九敘妻吴、許鐸妻吴、林侹妻何卷百四十《閨閣志》，下同、王式妻吴、蔡士訓妻洪、林鳳翔妻葉、郭民守妻楊、歐陽寨妻與姑等、朱冕妻陳卷百四十一、江華妻葉、葉惠勝妻陳、林壽妻花卷百四十二、嘉靖壬戌與倭難四十三人卷百四十四《莆田》，左承芳妻陳、龔佐妻左、林文班繼室謝、嘉靖中與倭難十七人卷百四十五，日本國卷百四十六、吕宋一條之『南倭有文字』同。《圖書編》明章潢：古倭攷略、日本國序圖、日本考攷、海寇圖說、海中泊舟、海中畧港、海戰用舟、邊海守備、海中風帆、海寇清弊、禦倭問答、日本國攷、計處倭酋、制倭八策卷五十，雜見八條、日本入寇圖、沿海界倭要害之地、禦寇要地、禦倭總論卷五十七。《武備志》：劍刀卷八十六、鎧鈀引《紀效》諸書卷八十七、日本患於今志在通市、祖訓四夷條卷二百廿三、日本攷卷二百三十、日本攷二卷二百三十一、海外諸國攷洪武二年使日本卷二百三十六、朝鮮攷有日本事。卷二百三十九。《續文章正宗》明鄭相：吴萊論倭卷五。《續資治通鑑綱目》明商輅等：元至元十七年、十八年、二十年、二十一年、二十三年卷廿三，大德三年卷廿四。《大學衍義補》明丘濬：日本卷百五十五《四方夸落之情》、元至元十八年擊日本卷百五十六《劫誇窮黷之失》。《聽雨紀談》明都穆：日本真本《尚書》。《五倫書》明宣宗：元至元八年卷廿一《君道命將》、元王磐欲伐日本卷廿三《臣道諫諍》、趙秩使日本卷四十二《臣道奉使》。《不求人全編》明龍陽子：日本國卷十三。《皇明世法録》明陳仁錫：江南倭防、海防、江防、嘉定縣總論卷七十六，日本志、日本攷卷七十九。《普陀山志》明周應賓：蓮花洋、日本僧慧諤、嘉靖三十六年倭犯、慧歌從五臺山還、梁惠鍔、花腦浪岡之捷卷二、元美萊甫東山水古蹟記卷四。《遵生八箋》：倭鑪卷八、文具匣倭用鉛鈐口卷十六。《事林廣記續》明元靚：倭、韓栗大如雞子。《唐類函》明俞安期：倭卷百十六。《博物典彙》明黄道周：日本卷廿。《音韵字海》明陳明廷等：夸語音釋卷首。《弇州稿選》明王世貞、日本松皮紙卷五。《蒼霞草》明葉向高：日本考卷十九。《國朝獻徵録》明集竑：《仇鉞墓志》卷十、胡惟［庸墓志銘］卷十、秦鳴夏墓志銘卷十九、宋濂行狀卷廿、張洪傳卷廿、盛訥神道碑卷廿六、王本固傳卷廿程嗣巧行狀卷三十二、忠肅傳卷三十八、許論墓志銘卷三十九、王崇古墓志銘同、譚綸傳同、趙孔昭傳卷四十一、蕭廩墓志銘同、許孚神道碑同、郭宋日本卷二十四、郝杰神道碑同、王積行狀同、陸穩墓志銘同、朱鴻謨傳同、沈應龍傳卷四十九、王鈁傳卷五十二、唐大和墓志銘同、張鉞行狀卷五十、劉慤傳同、韓宜可傳卷五十五、黨以平行狀同、許論傳卷五十七、朝［胡］宗窗［憲］剿徐海本末同、宋應昌神道碑銘同、李頤行狀同、王抒墓志銘卷五十八、又同、王詰墓表卷五十九、吴桂芳行狀同、朱紈自撰壙志卷六十二、司汝濟墓志銘卷六十二、阮鶚墓志銘卷六十三、唐順之言行録同、唐都御史傳同、王鎬傳同、李際春傳卷六十七、趙居任傳同、宋儀望傳卷六十八、張朝瑞墓表卷七十六、陳實墓志銘卷八十三、范櫝墓志銘同、錢錞傳同、又卷八十四、張文墓志銘同、唐錦行狀卷八十六、錢伴墓志銘同、林萬朝墓志銘卷八十七、朱訥墓志銘卷八十九、卜大同墓志銘卷九十、沈啟原行狀卷九十四、梁策傳同、任環墓志銘同、顧翀墓志銘卷九十八、王允武墓志銘卷百五、戚繼光墓志銘卷百六、敘劉顯淮上戰功同、俞大猷行狀卷百八、尹鳳墓志銘同、宗禮傳卷百十、麯[曲]祥傳卷百十二、舉三孝子疏同)、徐霖墓志銘卷一百十五、梵綺塔銘卷百十八、日本志卷百二十。《登壇必究》明王鳴鶴：浙江圖敘第六、又第十、賞罰一卷十二、總圖敘第廿一、江防一卷廿五、輯水戰説卷廿五、備倭船同、報書卷三十九。《宋文憲護法録》明宋濂：日本瑞龍山重建轉法輪藏禪寺記。《[遜]志齋集》明方孝孺：倭硯銘。《九靈山房集》：清瀧硯銘並序。

坿交際詩目：

唐

玄宗《送日本使》《大日本史》。按其使藤原清河也。《日本史》云：『清河，勝寳中使于唐，玄宗見，異之。及歸，贈詩：「日下非殊俗，天中嘉會朝。念余懷義遠，矜爾畏途遥。漲海寬秋月，歸帆駛夕飈。因驚彼君子，王化遠昭昭。」海上遭暴風，復入唐，改名河清。會安禄山兵起，路梗不得歸。』。李白《哭晁卿衡》集。按日本書籍載阿部仲麿，靈龜中爲遣唐留學生，玄宗擢用，又《送王屋山人魏萬還王屋詩》，有『身著日本裘』句楊齊賢注：裘朝卿所贈，日本布爲之。王維《送秘書晁監還日本國并序》集。按監即卿衡也。劉禹錫《贈日本僧智藏》《唐詩鼓吹》、《文苑英華》。皮日休《送圓載上人歸日本國》《唐詩鼓吹》，《重送圓載上人歸日本國》《唐詩類苑》。儲光羲《洛中貽朝校書衡》《全唐詩》。按朝衡亦晁卿衡。趙驊《送晁補闕歸日本國》《唐詩類苑》。高鶴林《因使日本願謁鑒真和尚既滅度不覲嗟而述懷》《鑒真傳》。貫休《送僧歸日本》《禪月集》。錢起《送僧歸日本》《文苑英華》二百十九，《重送陸侍御使日本》二百九十七。方干《送僧歸日本》二百廿三、《送人之日本》二百八十，項斯《日東僧》二百廿三。按《三體詩》題《日本病僧詩詞》，頗有異同，司空圖《贈日東鑒禪師》二百廿四，楊夔《送日東僧游天台》同，賈島《送褚山人歸日本》二百二十三，釋無可《送扑山人歸日本》同，沈頌《送金文學還日東》二百七十一，胡衡《衡命使日本》二百九十六，包佶《送日本國聘賀使晁臣卿東歸》同，徐凝《送日本使還》二百九十七、曹松《送王中丞使日本》同。吴融《送僧歸日本國》《瀛奎律髓》。吴顗《送最澄上人還日本國并序》《顯戒緣起》。按序署貞元二十一年巳日台州司馬吴顗，孟孔同。台州録事參軍，毛焕同。台州臨海縣令，崔謨同。鄉貢進士，全濟時同。廣文館進士，行滿同。天台沙門，許蘭同。天台歸真弟子，幻夢同。天台僧，林暈同。前國子監明經。馬總《贈空海》《鄰交徵書》。注云：空海在日作《離合詩》與僧惟上，總見歎賞，贈詩云。胡伯崇《贈空海》《性靈集》。朱千乘《送日本三藏空海上人朝宗我唐兼貢方物而歸海東詩并序》《弘法大師正傳》，朱少端《送空海上人朝謁後歸日本》同，曇靖《奉送日本國使空海上人橘秀才朝獻後卻還》同，鴻漸同，鄭壬同。悽白《送國仁三藏歸日本國》《唐詩品彙》，許棠《送金吾侍御奉使日東》同，無可《送朴山人歸日本》《白蓮集》。韋莊《送日本僧敬龍歸》《晚唐詩選》。劉長卿《同崔載華贈日本聘使》《萬首唐詩絶句》。林寛《送人歸日東》《百家唐詩》。李達《奉和大德思天台次韵》真蹟本三井唐院藏本。詩云：『金地鑪峰秀氣濃，近離雙澗憶青松。劚泉控錫浄心相，遠傳法教現真容。』按，大德名圓珍。詹景全《次韵》二首，真蹟本唐院藏。詩云：『大理車迴教正濃，乍離金地意思松。滄冥要過流杯送，禪座依然政法容。一乘元議道無蹤，居憩觀心静倚松。三界永除幾外想，一誠歸禮釋迦容。』顔萱《送圓載上人》《全唐詩》。陸龜蒙《奉送圓載上人歸日本國》《唐詩類苑》。《聞圓載上人挾儒家書洎釋典歸日本國更作一絶以送》《全唐詩》。清觀『詩二句』按《智證大師傳》：圓珍寓國清寺，日與清觀元璋友善，歸後觀寄詩云：『叡峰新月冷，台嶠古風清。』

宋

歐陽修《日本刀歌》《全集》。王洙《贈日本國僧》《天台霞標》。鍾唐傑《送僧還日本》真蹟本，浪華篠崎氏藏。《鄰交徵書》小竹云：『二詩家藏其真蹟。』鐘袁州萍鄉人，賓丹陽，皆朱子弟子云。賓從周《送僧歸日本》真蹟本浪華篠崎氏藏。《句令玄居士拜瓦屋塔》《本朝高僧傳》。師範《天神二首》天授院古寫本。《懷敝與榮西》靈洞院古寫本。道璵《送圓爾上人歸日本》《聖一年譜》。紹曇《送日本爾侍者》《貞和集》。大觀《和静照詩韵二絶》臨本、普度同上同、普濟同上同、妙弘同上同。智愚《日本照禪者欲得數字徑以述懷贈之》真蹟本云藩藏。按國人相傳曾有二人争售此書，竟破之，俗曰『破虚堂書』，又《送日本南浦知客》《虚堂録》。惟俊《送南浦公歸日本》《一帆風》、道東同上同。慧開

《日本覺心禪人遠來炷香請益求語，迅筆贈之》《法燈年譜》，又《人至收書知得心座元安樂蒙惠數珠水晶者金重十二錢一收訖山偈奉贈》同。了惠《送日本俊上人》《西巖録》。按《貞和集》録此詩爲竺元作、行鞏《送空維那》《石林録》。按《鄰交徵書》：順空字藏山，謚圖鑑，聖一法嗣，東福寺僧，嘗游宋。心月《寄日本相模平將軍》《貞和集》。蘇轍句《活所備忘録》。詩二句曰：『扇是日本扇，風非日本風。』。姜世昌句同。按詩二句云：『畫鼓雷鳴天不雨，綵旗雲聳地生風。』《宋史・日本傳》：咸平五年建州海賈周世昌遭風飄至日本，七年得還，與其國人滕木吉至，上皆召見，世昌以其國人唱和詩上。《鄰交徵書》：『姜世昌、周世昌蓋同人，和藤原爲時韵，當時爲時爲越前守詩曰：「去國三年孤館月，歸程萬里片帆風。」』楊億《贈寂照句》《楊文公談苑》。如日《謹成詩一章贈送日本國師》參《天台五臺山記》。按國師，成尋也、朱定《日本國師隨詔都下拙什拜餞》同。按詩成題熙寧五禩仲。善湊《呈成尋闍黎》同。按《鄰交徵書》：宋熙寧六年，神宗令成尋及文鑑、善湊等祈雨於瑶津寺，至三日雨、《省感偶成一頌呈上人》同。按上人，成尋也、又同，普濟《送日本國僧》《大川録》、又同。□導《送日本僧》《江湖風月集》。法照《送海法師還日本》《聯芳集抄》。按詩後題：『淳祐四年九月望日書於南湖方丈，後十二年當寶祐乙卯，再來上天竺，因見舊蹟，相視感歎，余年七十一矣。水面萬里，宜爲教門保重。晦岩法照。』《鄰交徵書》云湛海字聞，陽泉湧寺僧，嘗入宋。《日工詩》載此詩爲唐陸淳所送傳教之作，智愚《送亢藏主遊方》《虛堂録》、又《日本智光禪人》同、又《送日本源侍者游台雁》同。心月《送日本合上人》《貞和集》。大觀《贈惟僊》《高僧傳》。按惟僊字樵谷，信濃安樂寺僧，建長中入宋、簡禪師《贈思順》同。按思順號天祐，勝林寺僧，游宋，嗣法北磵。宗會《寄歸海南侍者》《真蹟本》。《□齊餞真如無學膺日本福山之命》《貞和集》。普度《付法衣瓊林偈》《延寶傳統録》。按《鄰交徵書》云：『瓊林，勝林寺僧，文永中入宋，嗣法虚舟。』廣聞《答日本國丞相令公》《偃溪録》。

元

丁復《扶桑行》《檜亭稿》。按詩送銛仲剛東歸。張伯淳《送王耕存使日本》《養蒙先生集》。楊維楨《送僧歸日本》《鐵崖集》。宋旡《贈日本僧》《翠寒集》。善住《贈日本僧》《谷響集》。道惠《送瓊鐵山禪師赴日本國》《廬山外集》。子有《元選侍者遠來山中孳孳學道命之侍香能處寮舍職滿求偈巡禮書以爲時中警策》古寫本。按此子有贈元選詩。元選字無文，遠江方廣寺僧，康永中入元。先覲《示日本揀禪人》《無見録》。正印《與周及》《卍餘集》，又《贈周及游方》同、休契《愚中將歸本國偈以留之》同、正印《賀愚中充東藏職》同、梵碕《寄愚中》同。曇噩《謙侍者既見予於鄮而無所餘欠遂索餞行語以歸予不得止而書也》真蹟本，崇蘭館藏。至仁《送謙上人還日本並簡天龍石室和尚》《澹居稿》。惟一《贈日本謙藏主》《了堂録》。《鄰交徵書》三謙侍者、謙上人、謙藏主皆謂妙謙，又《次韵贈日本敬藏主》同。清茂《送景印》《高僧傳》。按景印字鐵牛、《師説扶桑友云首座命居第二位東歸偈以張志》同。守常《送日本均上人游天台》天授院寫本。按慈均字平田。正印《送日本吾藏主禮虚堂師祖塔》《石城遺寶》、清欲次韵同、梵琦次韵同。清欲《與海東震侍者》《貞和集》。承宣《與祖能》《高僧傳》、元長《依無言韵與祖能》同、德輝《和祖能韵》同。按祖能號大拙，南禪僧，康永中入元。正印《和士偲韵》《高僧傳》。無慍《次南堂韵送壽首座歸扶桑》《恕中録》。克新《送㦤上人歸日東》《雪廬稿》、《送日東成上人》同。正印《悼明極俊禪師》《貞和集》。按楚俊字明極。可舉《悼無學和尚》《幼居山人雜録》、如芝《悼無學和尚》同，清茂《悼日東智侍者》《貞和集》。按大智字祖縦。《貢性之倭扇》《鄰交徵書》。吴萊《倭人小摺疊畫扇子歌》《淵穎集》。黄鎮成《島夷行》《秋聲集》。王乙《海寇》《太平記》。鄭思肖《元賊謀取日本二絶》《鐵函心史》，又《元韃攻日本敗北歌》同。覺恩《歎大元伐樹木頌》《貞和集》。陳深《送畊存大參使日本》《元詩選》，成廷珪《送秀嚴山人歸日本》同。虞集《送日東祖上人》《鄰交徵書》。道原岱宗《歌爲日本僧齊嶽賦》《碧山集》。梵碕《大岳贈日本積首座》《楚石録》。按玅積字大岳，圓覺寺僧，入元依楚石、桂巖《贈日本净居月長老》同。智及《示日本春禪人三首》《愚庵録》、《□古和明投韵》《延實傳統録》。清茂《送友梅》《雪邨行道記》。按友梅字雪邨。《送珠藏主迴海東》《貞和集》。元長《贈日本羲上人》《千巖録》、《送日本透侍者》同。德輝《寄中巖》《東海一漚集》、《宗廓中巖書記自雄峰來訪余，湫上出示行藁，因得擊節盡讀，兹其還千尺山中也，輒奉和首篇以寫盛藏之意》同。正印《寄日本清拙三首》《貞和集》、德真同、《寄日本清拙》同，正印《題禪居法語後》《大鑑録》、薩都剌《天滿宮》《薩天錫雜詩》。

明

明太祖《和宗泐送祖闡克勤使日本詩》《籌海圖篇》。按詩後有宋濂跋，又《和絶海韵》《鄰交徵書》、《倭扇行》《御製文集》。宗泐《送祖闡克勤二師使日本》同。道彝《鹿苑絶海和尚曩遊中華，卓錫于龍河，時當大明洪武九年春也。太祖高皇帝召見英武樓，顧問海邦遺跡、熊野古祠，敕令賦詩，欣蒙賜和，未幾東還，寶藏琛護積有年矣。建文壬午秋，余使日本國，一見萬年山中，沐以舊游爲懷，數相詢慰，一日捧示御製詩軸，幸獲欽覽，既而徵次嚴韵，執筆未敢，辭固弗容，謹拜頓首書其末云》《蕉堅稿》如瑾書太祖和絶韵後同。宋濂《賦日東曲十首》《羅山集》。張羽《贈僧還日本》《明詩别裁》。林鴻《游樓雲湖禪室贈日東圭上人得必字》《列朝詩集》。惠鑑《爲絶海畫並賦》《蕉堅稿》。張以甯《題日本僧雲山千里圖》《題畫詩類》。道彝《與一慶》《雲章行狀》。立理《贈聞溪上人》《東海一漚集》。宋泐《空華室歌爲義堂禪師作》《空華集》。《來復白牛爲日本純上人》《列朝詩集》、《送日本希白上人禮祖塔之金華》同、《清澂吞碧樓》同。陸仁《贈要關上人並簡義堂》《日工集》、旭元明《題瑞泉一覽亭》同。《智及建長明南浦四會録》《大應録》。《唯實策日本盧山天台講寺照琛使者》真蹟本，盧山寺藏、盧希玉《贈了庵歸國》真蹟本，崇蘭館藏。楊端夫《贈日本了庵禪師》真蹟本，平安蒲井氏藏。方梅崖《送日域正使湖心尊宿歸國》《三脚稿》。又《醉次朝使謙齋公賞牡丹詩韵》真蹟本，鳴瀑妙光寺藏。王恭《送人奉使日本》《鄰交徵書》。祝允明《答日本使》《枝山集》。唐寅《餞彦九郎還日本詩》真蹟本，姬藩河合氏藏。金湜予《答日本詩人金子亞》真蹟本，平安須静堂藏。徐璉《送日東雲谷長老》真蹟本，尾張柘植氏藏。詹僖《題雪舟畫芙蓉峰圖》真蹟本，肥藩藏，又《贈日本山科實如老上人》真蹟本，本願寺藏，張式之《題竹居清事後》

《竹居清事》、《洪恕天神》《活所備忘録》。唐順之《日本刀歌》《列朝詩集》，王穉登、楊伯翼《日本刀歌》同。李攀龍《東光》《滄溟集》。皇甫汸《海波平》《列朝詩集》、王志堅《觀馮生所藏〈倭王錦袍歌〉》同，許儀后《送朱均旺》《全浙兵制》、守仁《送勒無逸使日本》《夢觀集》、宋廉［濂］《贈簡中要師游江西偈並序》《宋文憲公護法録》。《與僧全俊》《蘿山集》。懷渭《答絶海藏王》《鄰交徵書》、來復《次絶海藏主韵》同。《夷簡俞絶海藏主》《蕉堅稿》。《如游高雄山》《日件録》。祖闡《寄題碧吞樓》《石城遺寶》，克勤《寄題碧吞樓》同、王幼倩《寄題碧吞樓》同、朱本《寄題吞碧樓》同、詹鈺《寄題吞碧樓》同、宗泐《送吾長老歸日本》同。王冕《送頤上人歸日本》《列朝詩集》，徐勃《送僧歸日本》同、妙聲《送僧歸日本》同。陳鳴鶴《送僧歸日本》《續明詩選》。朱夢炎《送日本國僧》《活所備忘録》，陳贄《送僧歸日東》同、曾烜《贈日本僧演此宗》同。徐璉《贈雪舟》《鄰交徵書》。思胤《和尊通大師韵》真蹟本，唐院藏。世宗《送日本使策彦》《策彦入明記》、《和周良韵》同、朱祐《於上林苑寄策彦》同、李恒《又》同、程詢《又》同、韓紵《又》同、揚騫《又》同、世宗《和策彦韵》同。趙月川《贈送臨川策彦叟正使周老大人歸國詩》真蹟本，妙智院藏、葉寅齊《贈專使謙齋老禪師歸日域圖序》同。培竹翁《送副使芳光西堂東歸》真蹟本，大津河邨氏藏。徐楓岡《送即休師歸國序》真蹟本，崇蘭館藏。李春亭《送居士五郎太夫歸日本》真蹟本，伊勢神宫藏。屠隆《贈陳將軍使日本》《由拳集》。王問《送路都司征倭》《明詩正聲》。王穉登《海夷八首》《列朝詩集》、韓上桂《東征歌四首》同。□□《讖詩一首》《兩朝平攘録附》。穆考功《寶刀行》《明詩正聲》。［湯］顯祖

《倭王刀子歌答丁右武》《活所備忘録》。謝矩《詠本人》《歷代詩選》。徐一貫《仙巢記》《仙巢稿》，徐□□一貫兄《懷鄉》《卧雲日件録》，徐□□一貫弟《懷鄉》同。

日本學派源流

日本初以神道設教，班固所謂獨任清虚可以爲治，非歟？佛教繼之轉熾，而堯舜禹湯文武周公孔子之教，則晉前未之逮也。道東而後，一道同風，其庶乎？所繇源遠矣。及拘者爲之，不免於居今反古，而僞者爲之，又輒嘩衆取寵，儒故若是耶？西學起，遂詆不遺力，然問天文學、算學、地理學、化學、氣學、水學、火學、光學、力學、電學、植物學、動物學日本又推之爲衛生學，非不多且奇也，而能出格致外乎？多學而識與一以貫之，又孰愈乎！嗚呼，堯舜禹湯文武周公孔子之道，菽粟也，布帛也，不可須臾離也，而豈有窮乎！日本種學代有通人，以爲何如？述日本學派源流。

儒學自晉太康五年始，是其國應神十五年也。據日本史籍言，百濟國使阿直岐能讀經典，大學菟道師之，始學儒。詔曰：『汝國勝汝博士有耶？』對曰：『王仁是秀逸也。』徵仁，明年仁來，太子習諸典籍，莫不通，厥後難波大子亦然，《論語》、《千字文》皆授自仁，而實傳自中國也，與《宋史》所云始於百濟得中國文字合，惟《宋史》言應神天皇甲辰，是仁來前一年矣。《唐書》：開元初，粟田復朝，請從諸儒授經，詔四門助教玄默即鴻臚寺爲師，獻大幅布爲贄，此日本人留學之權輿。貞元末，遣使者朝，其學子橘免勢、浮屠空海願留肄業，是日本大寶元年爲唐長安元年，二月丁巳，仿唐釋奠先聖先師於太學，州守歲時亦行釋奠禮。保元平治間爲宋紹興，武臣假權，學校浸廢，儒學翻寓浮屠，中國又以其尚佛，僧使往來不絶。德川氏克鑑征韓一役，以不通漢學而議乃破，首聘儒士藤原肅、林道春等授士夫學，而人知向儒，釋奠復行。革僧道官並爲士族，其久於豐臣諸氏，未始非儒學爲之也。洪武時，王子勝祐壽者來入國學，善待之。日本有官生入監讀書載在《明史》，其經學倡於伊藤維楨，而物雙松成之。其理學始於藤原肅，而林忠繼之，合格致誠正而一以貫之，誰歟？儒學已不絶如綫，然如支分之藝、專門之術，猶有存者。

一則曰詩學也。《日本紀》云天武天皇第三子大津有才學，尤愛文筆，詩賦之興自大津始。然大津前已有大友之詩，大友，天智天皇子也，《倭漢三才圖會》云《日本紀》及紀淑望《古今倭歌集》不言大友，殆壬申亂大友天命不遂而天武得志，舍人親王天武子撰《日本紀》時諱而不言乎？大友之詩不傳於世，淑望亦未見大友戮時十一歲，大津叛於持統被誅，年二十四歲。按大友在唐咸亨間，大津則在儀儀[鳳]後矣。就存詩言，日本五言始於大友，七言始於大津，七言長篇始於紀古麻呂，七言絶句始於紀男人，國王詩始於文武天皇，釋氏詩始於智藏，女詩始於大伴姬，和韵始於大津首。《倭漢三才圖會》云：國王好詩，以嵯峨、邨上爲最，倭歌易名和歌，亦謂之國詩。《日本紀》載，伊奘册尊、伊奘諾尊各七言一句，爲歌之始，蓋在中國五帝時也，初用國文，今譯漢字耳。又有味耜立彦根神之妹下照媛歌二首而字數未定，其定三十一字自素盞嗚尊於出雲之清地建營詠歌始：上三句十七字、下二句十四字也。景行四十年爲漢元初四年，皇子小碓東征凱旋，至甲斐爲牙營，小碓作歌二句，秉燭奴續歌二句，其聯句始歟？百濟王仁賀仁德帝歌爲歌父，陸奥采女奉葛城王歌爲歌母，自是厥後，其體有長歌短歌五七五七連綿，多少任意，下以七七終，有旋頭歌尋常歌一句有餘，或五字或七字，有混本歌尋常一句歌不足或五或七字，有折句歌每句上一字約照物名，有沓冠歌每句上下照其事，有打越歌指未來，有鸚鵡反歌轉助語一字即爲反歌，有隱題置物名於詞中，有迴文歌，有無同字歌，以《古今集》中三島、六木等之秘爲傳授。大氏短歌三十一字爲正，七字、十六字皆變風也，亦可以觀俗矣。

一則曰學書也字學、音韻學詳下。善書自空海始，桓武天皇時當唐建中元年與使唐者偕往學書，得筆妙，平城天皇大同元年當元和元年歸日本。人所謂三筆者，嵯峨也、空海也、但馬守橘速勢也，又三蹟云者，小野道風也、參議佐理也、大納言行成也。大納言藤原行成有草聖目，三條時人，餘難枚舉，得晉唐筆法居多。

一則曰醫學也。其知有中國醫自允恭時，爲晉義熙年，新羅遣醫士金武至國始。《日本紀》云大己貴命、少彦名命定禁厭法，《倭漢三才圖會》云二神爲醫藥神。欽明天皇十一年梁大寶元年百濟知藥色味者來，曰『王有陵陀』，元正天皇養老七年唐開元十一年始置女醫博士，聖武天皇天中二年開元十八始建藥院及悲由院於奈良，桓武天皇延曆六年唐貞元三典藥寮奏新修《本草》，其精醫學者聲聞四出花山時高麗王后疾求醫不至，有『扁鵲不入雞林』語，然以丹波、和氣二氏爲巨擘也。今資藥水刀圭，輒詡西法爲新奇云。

一則曰兵學也兵制別詳。《續日本紀》云：天平寶字四年十一月，遣授刀舍人春日部三關、中衛舍人土師宿彌開成等六人於太宰府，就吉備朝臣真備令習諸葛亮八陣法、孫子九地結營向背。《倭漢三才圖會》云：吉備遣唐致軍法，而後大江匡房長于軍術爲中興祖，源義家得其口授，乃源氏統道濫觴，源義經、楠正成亦其得者也。《倭漢三才圖會》劍術以源義經爲祖又云游偵軍中必用術也，江州甲賀人善之，有家秘相續。

此外雜學不遑盡述。

附録：

道教。日本初謂之神教，故曰神代也詳《國紀》。徐福受祖龍命求仙藥於此，蓋亦聞所聞而來歟？州郡建神祠、置神官，佛教熾而道教微。

釋教。《隋書》已謂倭敬佛法矣。其宗十有一：天台也，真言也，净土也，臨濟也，曹洞也，黄檗也，真也，日蓮也，時也，融通念佛也，法相也。空海爲真言宗，日本學儒以王仁始而以空海盛，空海于小學、韵學頗能强識而傳之其國，雖曰浮屠，不翅儒學功臣，而可多得歟？日本僧有所謂法皇，或讓或避，意自有在，故日本之釋當從别論。明治以來減畝入官，而寺院仍存七萬二千有奇，考厥椎輪，《日本紀》司馬達等之子多須郡爲用明天皇出家教佛法，是爲僧始，時在陳末隋初也。崇峻天皇元年，蘇我馬子大臣請百濟僧等問受戒法。《日本紀》又云敏達天皇十三年，蘇我馬子大臣訪播磨國僧俗名高麗惠以爲師，令度司馬達等女島，曰善信尼，年十一歲，此日本尼始也。內親王多爲尼。

西教初禁之，犯輒極刑，今則學如不及。

日本音學考

日本音學無專書，今於源之熙《蒴苑日涉》得其五十母字，與夫漢音吴音及反名之説，輒删冗録之，見音學之無不貫，考方言者可並參焉。述日本音學攷。

日本國音五十母字。音韵有五十母字，相傳爲吉備朝臣真備從遣唐使留學，從王化言所定，據《唐書》則吉備朝臣所師乃趙玄默而非王化言《續日本紀》曰靈龜二年八月，下道朝臣真備從遣唐使多治比真人縣守等游唐，留學十八年，天平五年歸，賜姓吉備朝臣。天平勝寶四年爲遣唐副使。《唐書》曰開元始粟田復朝，請從諸儒授經，詔四門助教趙玄默即鴻臚寺爲師。《舊唐書》無『粟田』二字者是矣，蓋天寶中粟田真人爲遣唐執節使，開元始請留學者，吉備朝臣也，豈以化言精于音韵特受其傳乎？

皆一字一音謂之假名，名即字也《周禮》外史掌達書名于四方，註曰：『古曰名，今曰字。』假名有真草，真者，相傳爲吉備朝臣所製，取字偏旁以假其音，故謂之片假名，片之言偏也。草者，僧空海所製，就五十母字除重出者填國風詩，今之伊路發四十七字是也《簾中鈔》以爲上半截空海所作，下半截釋護命所作，然《頓阿高野日記》、《三東密要》並爲空海所作，又出雲神門郡鹽治，神門寺有空海真蹟，伊路發則爲空海之作明矣，其字全本于草書以假其音，故謂之平假名，平之言全也。然伊路發之作唯便兒童之記誦耳，與音韵無所取也。五十母字天地萬物之音皆備，細別之則十五音正喉、淺喉、深喉、舌頭、舌上、捲舌、縱脣、縫脣、重脣、輕脣、牙腭、正齒、半齒、半舌、半舌半齒，一音各含五聲，合七十五聲，開合徐疾輕重清濁有定而無定，出入靈動，可以極一切之音，雖鶴唳風聲、雞鳴狗吠，雷霆驚天、蚊虻過耳，皆可以譯。大抵聲無非喉而脣爲總門，腭爲中堂，齒爲中門，舌爲轉鍵，沖氣輪于丹田，而上竅於鼻，故梵學亦有折、攝二聲《夢溪筆談》曰：梵學則喉牙齒舌脣之外又有折、攝二聲，折聲自臍輪起至脣上發，如斜浮金反之類是也，攝字鼻音，如歆字，鼻中發之是也。《通雅》曰：聲氣不壞，風力自轉，五音皆宮，五行皆土，臍鼻折攝爲□，恩翁切，脣舌腭齒俱不動，而疑泥名心皆喉，是其端矣。又曰用在脣舌齒，聲在喉腭鼻，無非臍也。白石以爲本出於悉曇《東音譜》曰：五十母字蓋本於悉曇《金剛》、《文殊》間，而數字重出者猶華嚴字母兩阿藏。因詳延曆中傳教、空海二師從遣唐使留學，蓋當唐貞元年間，並受悉曇學於梵僧，故其徒相傳受以距于今，然余未嘗聞其說。比者讀《悉曇字記》、《悉曇藏》、《悉曇三密鈔》諸書，知國音五十母字之出於悉曇，蓋《金剛頂經字母品》、《文珠問經字母品》、《大涅槃經文字品》、《莊嚴經示書品》、《大日經具緣真言品》及《字輪品》，並說五十字母，《書史會要》所載天竺字母亦五十《書史會要》曰：『梵者不囉麻也，合而言之爲梵，此云光音天也。其字之母凡五十，曰《悉曇章》，此云能成諸義也。其中十六字爲轉聲之範，三十四字爲五音之祖，或一或二或三，至於聯載互合而有輕重、清濁、非清非濁等聲。其詳見《天竺字源》。』《翻譯名義集》曰：『西域《悉曇章》本是婆羅賀天所作，自古迄今更無異書，但點畫之間微有不同。悉曇此云成就所成，《悉曇章》是生字之根本。』又華嚴大般若字母四十二，詳見《名義集》。《悉曇字記》曰《西域記》梵王所製，原始垂則四十七言摩多十有二，體文三十有五，今日本國音字母亦五十，而除伊、烏、咽三字重出者則四十七言，且短阿上聲，短呼近惡、長阿依聲長呼、短伊上聲，聲近於翼反、長伊依字長呼、短甌上聲，聲近屋、長甌長呼、短藹去聲，聲近櫻係反、長藹近於界反、短奥去聲，近汙、長奥依字長呼、短暗去聲，近於鑒反、長痾去聲近惡十二韵及迦居下反，音近姜可反、者止下反，音近作可反、吒卓下反，音近卓我反、那捺下反，音近那可反，餘國有音曩、波鉢下反，音近波我反、麼莫下反，音近莫可反，餘國有音莽、也藥下反，近藥可反、羅洛下反，音近洛可反、嚩房下反，音近房可反，又音和，音詮，並見《悉曇字記》等之次第綦有相似者矣。《三密鈔》以梵文書國音五十母字，其説頗詳，悉慧仲正濫鈔從之，其略曰：悉曇字母四十七字，其初十二字謂之摩多此云母，或云點畫，或云韵，次卅五字謂之體文，以國音五十母字言之，則阿、伊、烏、噎、嘔五字爲韵猶梵書摩多也。加、沙、多、那、發、麻、藥、洛、話九字爲聲猶梵書體文也。五韵九聲合爲十四音，《涅槃經文字品》曰：『善男子有十四音，名爲字義。』僧信範以爲即此十四音，今以五韵合九聲則生下基、苦、結、咕、詩、須、奢、蘇等三十音，假令如加伊反爲基、加烏反爲苦、加噎反爲結、加嘔反爲咕、沙伊反爲詩、沙烏反爲須、沙噎反爲奢、沙嘔反爲蘇，餘皆倣之是也。故基詩餘聲爲伊，苦須餘聲爲烏，結奢餘聲爲噎，咕蘇餘聲爲嘔餘皆倣之，其韵皆歸五韵，所謂摩多也。故五韵爲母，九聲爲父，三十六音爲子。悉曇亦以母爲先，故摩多在體文前，以摩多之功生諸音聲故也。譬之摩多爲緯、體文爲經，經緯錯綜而成布帛，故所生之音謂之業聲，以動作業用也。又體文謂之男聲，業聲謂之女聲，男聲剛，女聲柔，梵語男子呼天爲泥嚩、女子呼天爲泥尾，猶國語男子呼天云阿麻，女子呼天云阿㖿也。又曰阿字乃開口第一聲，喉内自然之音隨噓噏而生，故經曰有情及非情阿字第一命，此之謂也。此字兼韵與聲，豎生伊、烏、噎、嗢四音，横生加、沙、多、那、發、麻、藥、洛、話九聲，此一切聲音之源也，故書梵字下筆第一點爲阿，此諸字諸音之種子也，阿一轉生伊，故伊字爲根本之義《大莊嚴經》曰：唱伊字時出諸根本廣大聲，譬之果實之始生根焉。阿音又觸脣而生烏、伊音觸脣而生噎、嗢乃生於烏，此四音皆阿字之所生也。九聲内加、發、話三音並喉音外轉觸牙，故亦謂之牙音：梵音以迦爲作業字《金剛頂經》及《大日經》所説，以其聲始動出於外也。沙、多、那三音並爲舌音，沙音激舌本觸齒頭，故亦謂之齒音，多音觸舌心彈齶，那音以舌頭彈齶，凡那、音、奴、泥、耨五聲塞鼻則不得呼之，故陀羅尼中謂之鼻音。發、麻二音並爲脣音而有輕重之分：發音觸脣内而輕，麻音觸脣外而重。藥、洛、話三音名曰遍口聲又名滿口聲，其聲遍滿口中《字記》曰：『也、囉、羅、嚩、奢、沙、娑、訶、濫、叉十字遍口聲。』，三音内藥音兼舌，洛音捲舌彈齶，其音全在舌，故梵文以羅字《字記》曰：『羅，洛下反，音近洛可反。』爲火大種子。蓋舌屬心臟，心於五行屬火，火以炎上爲性，此自然之符也。話音喉兼脣，比之發音，則在脣内更輕，此其大略也。熙謂漢字入聲之外皆有餘聲，梵語亦有餘聲，連帶調韵，故有短阿、長阿、短伊、長伊等之呼法，有二三音若四五音相合爲一字者，如此方言語無有餘聲，故一字一音，字雖有定體，而有音無義，數字相待爲一義，故如漢字入聲而讀爲平、上、去三聲，以其無餘聲也。蓋當初製母字之時，梵漢兼舉以成章，所以與悉曇相似而不得全同耳。漢土七音之學，沈存中、鄭夾漈亦以爲起自西域《夢溪筆談》曰：『切韵之學本出于西域，漢人訓字止曰讀如某字，未用反切，然古語已有二聲合爲一字者，如不可爲叵、何不爲盍、如是爲爾、而以爲耳、之乎爲諸之類，似西域二合之音，蓋切字之源也。如輭字文從而犬，亦切音也，殆與聲俱生，莫知從來。今切韵之法先類其字，各歸其母，脣音舌音各八、牙音喉音各四、齒音十、半齒半舌音二，凡三十六分爲五音，天下之聲總於是矣。』《通志・七音略》曰：『七音之源起自西域，流入諸夏，梵僧欲以其教傳之天下，故爲此書。』《音韵日月燈》曰：『大唐舍利創字母三十，後温首坐，益以娘、床、幫、滂、微、奉、六母，是爲三十六母，合之爲七音。』然劉熙《釋名》有合脣、開脣、舌腹、舌頭、蹴口等説，則似漢以前已有七音之説。慢聲爲二：鉦之爲丁寧《左傳》『著於丁寧』，注：『丁寧，鉦也。』《廣韵》『丁，中莖切』，丁寧正切鉦字，穀之爲句瀆《春秋》桓十二年『穀邱』，《左傳》作『句瀆之邱』，句瀆正切穀字，銘之爲明旌《禮記・檀弓》『銘，明旌也』，明旌正切銘字是也。急聲爲一，蒺藜之爲茨《詩》『牆有茨』，《傳》『茨，蒺藜也』，蒺藜正切茨字，子居之爲朱《列子》楊朱南之沛，《莊子》楊子居南之沛，子居正切朱字，壽夢之爲乘《左傳》襄十年『會吴子壽夢也』，注：『吴子乘也，十二年，吴子乘卒。』服虔云壽夢發聲，吴蠻夷言多發聲數語共成一言。按夢古音莫登切，壽夢二字合爲乘字，詳見《韵學五書》是也。乃知反切之語漢以上已有之，反切之名蓋始於魏晉之後矣張守節《史記正義・論例》曰：『魏秘書孫炎始作反音。』至契丹《書史會要》曰：『遼太祖耶律氏諱億，字阿保機，小字啜里只，多用漢人教以隸書，半增損之，製契丹之字數千，以代刻木之約。』、女真又曰金完顔希尹，本名谷神，完顔部人。金人初無文字，國執日强，與鄰國交好，乃用契丹字，太祖命希尹撰本國字，希尹乃依倣漢人楷字，因契丹字製度合本國語製女真字，太祖大悦，命頒行之。其後熙宗亦製女真字，與希尹所撰字並行，希尹所撰謂之女真大字，熙宗所撰謂之女真小字、蒙古又曰帝師巴思八，土波國人，有元肇基，朔方俗尚簡，古刻木爲信，猶結繩也，既而頗用北庭字，書之羊革，猶竹簡也，及奄有中夏，爰命巴思八采諸梵文創爲國字。字之母凡四十三，切韵多本梵法，或一母獨成一字，或二三母湊成一字，但只一字具平、上、去三聲而無入聲，入聲輕呼則同平聲矣。凡詔誥宣敕表牋並以書寫，其書右行，其字方古嚴重。《翰墨大全》曰：『至元六年，國朝詔書云：考諸遼、金以及遐方諸國例各有字，今文治寖興而字書方闕，其於一代制度實爲未備。故特命國師八思馬爲蒙古新字，譯寫一切文字，期於順言達事而已。』又曰：『自今以往，凡有璽書頒降，並用蒙古新字，仍以其國字副之。』、畏吾兒回回字母並見《書史會要》、滿洲滿字即《清書正字通》所載十二字頭是也。廖綸璣《十二字頭引》曰：『書分十二字頭，即漢音之四韵，内載千三百餘字，即漢字之六書。或以清書一音止有一字，蓋對未通滿語者言，非所論於滿字也。夫滿字必相連書以成滿語，文意始見，而千變萬化不可窮詰。今滿字内漢音無字者，效佛經二合之法，二字連呼成一音以肖口吻，如搭矣呼慨、戛矣呼改、哈以呼海是也，其字形俱自左旋右，書字者亦自左至右，讀亦如之。』吕種玉《言鯖》曰：『本朝圖書無四聲而有反切，十二字頭後合字皆反切也。今塾中子弟多不講反切，一入館選，習清書不易通曉，不知反切上取字母、下合本韵，隨口念出即得之矣。』《池北偶談》曰：『本朝之文移書疏之制，國書則自後而前，漢書則自前而後，凡宫城榜書，率用清、漢、蒙古三體。』按《草木子》載，元朝行移文字，漢字自前而後，蒙古字自後而前，畏吾兒字則横書之、朝鮮《慵齋叢話》曰：『世宗設諺文廳，命申高靈、成三問等製諺文，初終聲八字、中聲十一字，其字體依梵字爲之；本國及諸國語言文字所不能記者悉通無礙。《洪武正韵》諸字亦皆以諺文書之，遂分五音而别之，曰牙、舌、脣、齒、喉。

脣音有輕重之殊，舌音有正反之别，字亦有全清、次清、全濁、不清不濁之差，雖無知婦人無不瞭然曉之。』按《慵齋叢話》朝鮮成俔所著，世宗莊憲王名祹，明永樂十七年即位，文字各殊，然祖梵音，或一母獨成一字，或二三母揍成一字，所謂半滿二體耳《正字通》曰：『西域以偏旁爲半字、獨體爲文也，以結搆爲滿字，合體爲文也。』《繙譯名義集》曰：『悉曇此云成就所生，《悉曇章》是生字之根本，説之爲半，餘章文字具足，説名爲滿。又十二章悉名爲半，自餘經書記論爲滿類如此，方由三十六字母而生諸字。』如日本五十母字，一字一音，有音無義，雖數音相合而成義，字有定體，載音以導義，故無合字之法。白石《東音譜》、僧文雄《大觀鈔本》於琴譜倣梵文及外國字作合字之法，然而五方之音、七音之轉不得復同，易通而有難者。要之，非製作本旨，是以罕用其説《蓺苑日涉》。下同。

五十母字舊圖

聲	切音	開	開合	合	合開	合
喉	開	ア イセ	ィ イイ	ゥ イユ	ェ イエ	チ イヨ
	合	ウワ	ウイ	ウウ	ウエ	ウオ
牙	開	ヵ キセ	キ キイ	ク キユ	ケ キエ	ュ キヨ
	合	クワ	クヰ	クウ	クヱ	クオ
齒	開	サ シヤ	シ シイ	ヌ シユ	セ シエ	ソ シヨ
	合	ヌワ	ヌヰ	ヌウ	ヌヱ	ヌオ
舌	開	タ チヤ	チ チイ	ッ チユ	テ チエ	ト チヨ
	合	ッワ	ッヰ	ッウ	ッヱ	ッオ
舌	開	ナ ニセ	ニ ニイ	ヌ ニユ	子 ニエ	ノ ニヨ
	合	ヌワ	ヌヰ	ヌウ	ヌヱ	ヌオ
輕脣	開	ハ ヒヤ	ヒ ヒイ	フ ヒユ	ヘ ヒエ	ホ ヒヨ
	合	フワ	フヰ	フウ	フヱ	フオ
重脣	開	マ ミヤ	ミ ミイ	ム ミユ	メ ミエ	モ ミヨ
	合	ムワ	ムヰ	ムウ	ムエ	ムオ
喉	開	セ イセ	ィ イイ	ュ イユ	ェ イエ	ョ イヨ
	合	ユワ	ユヰ	ユウ	ユヱ	ユオ
舌	開	テ リヤ	リ リイ	ル リユ	レ リエ	ロ リヨ
	合	リワ	ルヰ	ルウ	ルヱ	ルオ
喉	開	ワ サヤ	ヰ サイ	ゥ ヰユ	ヱ ヰエ	ォ ヰヨ
	合	ウワ	ウヰ	ウウ	ウヱ	ウオ

ア音瀉齒而生イ，故各行第二位皆瀉齒。ア音觸脣而生ウ，故各行第三位皆觸脣。拗音開合各五十音，其閉口發聲瀉齒者自各行第二位出，以淺喉收。合口發聲觸脣者自各行第三位出，以深喉收。

右五十母字，一字一音謂之直音，每字下分註者乃二合音。右爲開口呼，左爲合口呼，謂之拗音。日本國音反切歸字法，如古靈切經古音コ靈音レイ二合，先就第九行第四位求レノ字，卻歸第二行尋コノ字，便就第四位取クノ字，收聲用反切下字爲韻，乃知音クイ二合，蓋レノ字取其位，コ字取其韵，方戎切風，方音ホウ方府良切，音ヒヨウ三合ヒヨ直音ホ，戎音シユウ三合，シユ即ス字拗，先就第三行第三位求ス字，於第六行尋ホ字，便就第三位取フ字，用反切下字爲收聲，乃知音フウ二合。古牙切笳，古音ユ，牙音ガ，先就第二行第一位求カ字，就第五位尋ユ字卻歸第一位，則カ字就是歸字。凡七音，清濁取反切，上字爲準，收聲取下字爲準，大抵詳於七音，而四聲無一定，漢字反切，第見崖略耳，然而音韵之妙自然契合。

五聲十五韵新譜

五音之法，舊説以脣爲羽，舌爲徵，牙爲角，齒爲商，喉爲宮，然樂家所用五音則隨律命之，本無定音《夢溪筆談》曰：『五音之法亦不一，如樂家所用則隨律命之，本無定音。常以濁爲宮，稍清爲商，最清爲角，清、濁不常爲徵、羽切：；韵家則定以脣、齒、牙、舌、喉爲宮、商、角、徵、羽，其間又有半徵半商者，如來、日二字是也，皆不論清濁。』若舊説則喉音止宮，脣音止徵，其義不協，故諸家有遷就爲之説者《通雅》曰：『《管子》謂五音出於五行，此初配位圖也。王宗道以牙爲宮，温公以四時序配橫圖，以喉爲羽，《韵會》依之，章道常又改其半徵。傳朱子法以河圖生序，脣、舌、腭、齒、喉，爲羽、徵、角、商、宮。』

要之，皆爲漢字所設，方音不得不異焉。從五行生序，以角、徵、宮、商、羽横配發、承、轉、縱、合五聲，而後喉、舌、牙、齒、脣無不各具五音者矣。雖古人所未言，而協之人聲，合其自然，則無不可者。徐景安以上平爲宮，下平爲商，角爲入，徵爲上，羽爲去見《玉海》，《五音正韻》削去平、上、去、入之號，表以宮、商、角、徵、羽之名見米芾《畫史》，方密之以啌、嚨、上、去、入配開、承、轉、縱、合《通雅》曰：『平、上、去、入，以一統三則曰平仄，仄無餘聲，聲皆平也。平中有陰陽：張世南以四聲輕清爲陽，重濁爲陰，周德清以空喉清平爲陰，以堂喉濁平爲陽，智故以啌、嚨定例，便旨論耳。郝京山以四聲後轉一聲爲五，何如此乎！西土謂之清、濁、上、去、入，故曰翁、㚇、公、東、翙五聲也，承、開、轉、縱、合亦五聲也。』，如日本國音四聲無一定，聲從讀變，故不用平、上、去、入之號，横配發、承、轉、縱、合五聲以叶角、徵、宮、商、羽五音。凡聲氣無非風，風在五行爲木，在音爲角，ア惡平聲乃開口第一聲，喉内自然之音，故ア爲角。木生火，火音徵，今ア音觸齒生イ伊，故イ爲徵，風火聲氣之原也，故ア、イ二音爲音韻之父母。火生土，土音宮，土本無音，借火而後生音，今イ音觸脣生ウ烏，故ウ爲宮。土生金，金音商，金本無音，借火而後生音，故イ音亦觸舌生エ噎上聲，故エ爲商。金生水，水音羽，水本無音，激土而後生音，故ウ音抵腭生チ嘔平聲，故チ爲羽。水生木，故チ音又入喉。餘十四音皆仿之。若以發、承、轉、縱、合五聲配之，張牙湧脣謂之角，其音喔喔確確然，今發聲開口呼其音出於喉，故以角配之。齒合脣開謂之徵，其音倚倚戲戲然，今承聲開口齒合、齒合脣開，故以徵配之。合口通音謂之宮，其音雄雄洪洪然，今轉聲合口呼齒開脣合聲升鼻，故以宫配之。開口吡聲謂之商，其聲鏘鏘倉倉然，今縱聲合口之開聲出於臍，觸舌心，故以商配之。齒開脣聚謂之羽，其音詡詡吁吁然，今合聲合口呼聲出於臍，觸腭入喉，故以羽配之五音之解見《續文獻通考》。舊譜唯有喉舌牙齒脣輕重，釋文雄《大觀鈔》以那、儞、奴、泥、耨五字爲半齒半舌音，落、利、縷、列、路五字爲半舌半齒音。然那、儞、奴、泥、耨全屬舌上，落、利、縷、列、路乃係捲舌，且加、基、苦、結、㗸、沙、詩、須、奢、蘇、多、知、追、底、妒、發、非、夫、弊、韈廿字各有輕重清濁之分，音韵大不相同。今考之《韵鑑》諸書，釐爲十五音，曰正喉，曰淺喉，曰深喉，曰牙，曰腭，曰齒，曰舌頭，曰舌上，曰捲舌，曰半齒半舌，曰半舌半齒，曰縱脣，曰縫脣，曰重脣，曰輕脣，凡十五音、七十五字，每字亦各含五聲，都合百七十五音，除重出者三字十五音，得三百六十音，以應期之日，天下之音總於此。阿音聲氣出於臍而脣、舌、腭、齒俱不動，爲諸音之本。阿音瀉齒生伊，觸脣生烏，所謂一生二，二生三，凡物之生，至三極矣，故伊音激舌生噎，烏音激腭入喉生嗢，是二生四，三生五，而歸於一也。凡音無非喉，而阿爲喉之正音，觸脣、舌、腭、齒生伊、烏、噎、嗢四音，其音發於喉而以喉收。凡音無非喉，故始於正喉，終於深喉，阿、伊、烏、噎、嗢五音各横生十四音，故引其聲則每字生阿、伊、烏、噎嗢之韵。假令加阿、沙阿、多阿、那阿、發阿、麻阿、藥阿、落阿、話阿、基伊、詩伊、知伊、儞伊、非伊、彌伊、爲伊、利伊、伊伊之類，餘聲皆歸第一行，餘仿之。凡聲有發送餘收，發聲在字頭，餘收並在字尾。發聲有一音一字者，有二合者，二合音與反切不同，舊譜每字下分註者是也。送聲者送氣聲也，本音不轉以送其氣，不可以混餘聲。餘聲者尾聲也，烏阿之餘聲即本聲。其餘如支開之餘聲爲意，邪哆之餘聲爲耶見《通雅》，凡漢字除入聲之外皆有餘聲，如日本國語一字一音無有餘聲，故以漢字譯每字省除餘聲，但呼其發聲始合本音。今仿梵文之例謂之短呼，又謂之半音。又如追字，知逾伊三音合爲一音，今以追字譯ツ字則三音合，急呼之如入聲便爲ツ音，謂之促呼。《正字通》所載滿字之譯語亦復類之。阿因呼案、納由呼惱、哈矣呼海之類是已，即梵文徙也、呼寫婆、鉡呼盤之類，而皆可爲譯語字及外國語之例耳。七十五字之外有ン字，讀若分合，口以鼻轉，是爲鼻音，即ム姥音之别，唯尾聲有此音。凡元文删先等收聲開口升鼻者爲ン，侵監覃凡等尾閉之音聲將盡而閉之者爲ム，而ン、ム二音不獨有開合之别而已，ム爲輕脣音，ン爲鼻音，東、冬、江、陽、庚諸韵唐音收聲同，真元諸韵國讀皆以ウ烏收，與蕭豪肴尤相似，蓋ンム二音皆ウ之轉聲耳。ウ乃正喉音第三位，喉音觸脣而所生。ン、ム亦脣音第三位ウ音所生，輕脣爲ム，重脣爲ブ，其舛鼻爲ン，故無、武等字唐音ウ引。國讀漢音ブ吳音ム，一轉舛鼻爲ン音。字母四聲無一定，平仄互通，假令發詩二合呼爲平聲則爲端，上聲則爲橋，去聲則爲箸，非讀爲平聲則爲鬧，上聲則爲日，去聲則爲火，故譯語無正音，各從連讀之便而填之可也。故今每字附以四聲，字以便對譯《輟耕録》曰：『真定新軍張萬户興祖平生射虎數十，自是人目之曰殺虎張，後以國言賜名拔突，拔突即拔都，與突字雖異而聲相近，蓋譯語無正音故也。』國讀有平、上、去三聲，而入聲輕呼同平聲矣。大氏漢語以字爲文，梵語以音爲文，日本國語亦猶梵語也。音出於自然，字生於人爲，出於自然者萬國皆同《書史會要》曰：『蒙古字四十二，一字具平、上、去三聲而無入聲，入聲輕呼則同平聲矣。』《通雅》曰：『外域知七音而不知啌、嗆、上、去、入，金尼亦言入中土乃知之，即古韵亦平仄互通者也。』《言鯖》：『日本朝國書無四聲而有反切。』出於人爲者五方各異，蓋自然音之天籟耳。不異乎觳音合二三音而後爲義《中山傳信録》曰：『硫球字母四十七，名伊魯花，有一字可作二三字讀者，有二三字可作一字讀者，或藉以反切，或取以連書，如春色二字琉人呼春爲花魯二音，則合書八、ロ二字即爲春字也，色爲伊、魯二音，則合書イロ二字即爲色字也。若有音無字，則合書二字反切行之，如郫名泊與泊舟之泊並讀作土馬伊，則一字三音矣；郫名喜屋武讀作腔字，則又三字一音矣，國語多類此。』董越《朝鮮賦》註曰：『其國音有二樣，讀書則平聲似去加，以星爲聖、以炬爲燕之類，常語則多類女真，甚至以一字作三四字呼者，如以八爲也得理不之類是也，以一字作二字呼者尤多。』有義而後有字，在古倉史就其方言以製字《字彙》曰：『上古有音無字，中古以字通音，晚近又沿字而失其音。』四聲互相通轉《通雅》曰古人平仄互通，但粗叶耳，詳《攷經傳》、《史漢註疏》、《説文》。沈孫以至藏釋皆屬音穌，但於粗細不審而舌齒常借脣縫常溷耳，此各填其方言或各代之口吻然也。《音學五書》曰：『四聲之論雖起江左，然古人之詩已有遲疾輕重之分，故平多韵平、仄多韵仄；亦有不盡然者。而上或轉爲去，或轉爲平入，或轉平上去，則在歌者之抑揚高下而已，故四聲可以並用。』又曰：『凡上、去、入、之字各有二聲，或三聲或四聲可遞轉而上同，以至於平古，人謂之轉注。其臨文之用或浮或切，在所不拘，不過發言輕重之間，而非有此疆爾界之分也。』故古讀無定音。如諧聲聲義互用，形容之疊仄平語抑揚，無非就聲配字，四聲轉變，亦猶國音耳，如星散、頭獨、口空、頤養、林立、摩娑、末殺之類皆方俗之音。

字從讀變見《水經注》，率有五音見《焦氏筆乘》，從有七音，差有八音，辟有十一音見《丹鉛録》，不賁並有十四音，敦苴並有十七音見《通雅》。方密之以爲凡字皆有陰、陽、平、上、去，五轉，轉一韻即有十聲，但古人未盡借用，今方言未盡呼及也。故曰音有一定之填而字隨填入，非如後世定爲典要也。況古今流變舛訛相承者蓋不鮮矣。考之《説文》，核《説文》：『從木，亥聲，古哀切。』《玉篇》爲革、户骨二切，《廣韻》下革切，樗《説文》：『從木，雩聲，讀若華，乎化切。』《玉篇》胡霸、胡郭二切，《廣韻》丑居切，栘《説文》：『从木，多聲。』《玉篇》余支、成兮二切，《廣韻》弋支切，又《説文》『栘，從禾，多聲』，鉉曰多與移聲不相近，蓋古有此音，簫《説文》：『從竹，肅聲。』《玉篇》先幺切，《廣韻》蘇雕切，又《説文》：『簫從艸，肅聲。』《論語》『蕭墻』，鄭註：『蕭之言肅也，墻謂屏也，君臣相見之禮至屏而加肅敬焉。』《韻輯》嘯、簫、蕭皆息六切，《説文》切引蕭牆，《玉篇》『簫，蘇條切』，《廣韻》蘇彫切、堲古垐。垐，土次聲，疾資切，《玉篇》在刀切，又音唧，《廣韻》子力、子栗二切、餳《説文》：『從食，易聲，同餳，錫，先擊切。』《玉篇》：『徙當切，與錫混。』《廣韻》除盈切之類，不暇枚舉。所謂雙音、傍音、叶音，弱侯以爲轉注之變，其實時有古今，地有南北，清濁輕重，徐疾開合，各隨言話之便而轉移。國人之通信於西土，漢以來已有之，則文字之傳固在周顒、沈約之前，何知日本國音之於古音不大相逕庭乎？凡先秦之書用韻每異乎沈韻，於是後世有叶韻之説。叶之不可叶，於是有五部三聲兩界回互之説。豈知各時之方言各異，執一定之譜欲通其所不通，不亦惑乎？學者輒以唐音正日本國音之轉訛者，何以得其要領乎！且日本國字一音五聲，一轉十聲，字從讀變，不可定以四聲爲界限，猶之五音十二律旋相爲宫焉。今所譯字皆在仿佛間，覽者以意逆之可也。字母皆一字一音，呼如入聲，今所譯字唯用半音，不引餘聲始合本音，如釋書繙譯亦多用半音，温、鬱、鄔、優、難、那、陀、闥、婆、縛、羅、陵、蘭、羅之類，通轉頗廣，可以類推。凡日本國字讀爲濁音，則字旁加二點，ガ、

ギ、グ、ゲ、ゴ是也，次清則用一圈，パ、ピ、プ、ペ、ポ是也。

	開口，發聲出自喉	開合，承聲出自喉，齒合脣開	合口，轉聲升鼻，齒開脣合	合開，縱聲出自臍，觸舌心	合口，收聲出自臍，觸腭入喉	
正喉	角	徵	宮	商	羽	
	阿 ア	伊 イ	烏 ウ	噎 エ	嘔 チ	
	諸音之本，脣舌腭齒俱不動	ア音瀉齒所生	ア音觸脣所生	イ音觸脣所生	ウ音抵腭所生	
牙	加 カ 激腭	基 キ 橫牙間	苦 ク 激腭	結 ケ 橫牙間	呫 コ 激腭	聲激腭而橫出者爲牙音，故牙合無非腭音
腭	伽 ガ	祇 ギ	窶 グ	傑 ゲ	箇 ゴ	重濁，隨鼻
正齒	沙 サ	詩 シ 兼舌頭	須 ス 兼舌頭	奢 セ	蘇 ソ	是爲送氣，聲出自臍，瀉齒又與舌頭通
半齒半舌	楂 ザ	時 ジ	聚 ズ	絕 ゼ	徂 ゾ	重濁，升鼻
舌頭	多 タ 舌點腭	知 チ 瀉齒點正齒	追 ツ 兼正齒升鼻	氐 テ	妬 ト 舌點腭	

半舌半齒	驔　ダ	治　ヂ	鎚　ヅ	唬　デ	度　ド	重濁升鼻 凡國讀漢音屬半舌半齒者，吳音多讀爲舌上
舌上	那　ナ 重濁，與タ通	儞　ニ 重濁，與ジヂ通	奴　ヌ	泥　子 重濁爲テ，輕濁爲子	耨　ノ	清濁隨鼻，ヌノ相通，開爲ノ，合爲メ
縱脣	發　ハ	非　ヒ	夫　フ	弩　ヘ	革業　ホ	縱脣聲在內，輕
	聲氣直出自喉瀉脣	舌抵下腭，聲激上腭，其聲揚	ウフ一音之轉，故國語多通轉，ウ音在內，フ音在外，齒合脣開聲升鼻爲ウ，齒開脣合聲在脣爲フ	舌抵下腭，聲激上腭，直出	齒開吻聚，其聲在喉腭之間	
縫脣	弝　バ	譬　ピ	普　プ	瞥　ポ	樸　ポ	次清 縫脣激發聲在外，重
重脣	爬　バ	避　ビ	蒲　ブ	別　ベ	暴　ボ	重濁 隨鼻
輕脣	麻　マ	彌　ミ	姥　ム	セ　メ	麽　モ	輕濁 隨鼻

バマビミブムベメボモ互相通轉，輕重清濁之分耳。凡國讀漢音屬重脣者吴音多讀爲輕脣		鼻音ン吽除發聲	ム音之別也是爲閏位，唯尾聲用之。ム音齒開脣聚，聲在口内，ン音齒合脣開，聲升鼻，脣舌齒牙俱不動。凡元文寒删先等韵收聲開口升鼻者爲ン音			
淺喉	藥セ	爲ヰ	逾コ	悅ヱ	欲ヨ	喉音外出牙間者爲淺喉，在喉腭間微升鼻者爲深喉
	聲氣出自喉，橫開兼舌	喉音瀉齒爲イ，一轉橫牙爲ヰ	喉音觸脣爲ウ，一轉橫牙爲コ	開口呼比第一行エ字差重，喉音觸舌心爲エ，一轉橫牙爲ヱ	抵腭橫牙，聲在口内	
捲舌	落ヲ	利リ	縷ル	列レ	路ロ	
深喉	話ワ	イ	ウ	ヱ	沃オ	合口呼，微觸脣升鼻，故與縱脣音相通，縱脣重呼，深喉輕呼
	ア音滿口中微升鼻音者爲フ音	比第一行イ字差輕，第一行イ字喉音直出瀉齒在此行者微觸脣升鼻。凡國語在一言中及語終者屬此行，多與ヒ相通，以其觸脣也	比第一行ウ字差重。凡字頭用ウ音者屬第一行，收聲用タ音者屬此行，一轉觸脣則爲フ音，故國書ウフ多通用	比ヤヰユヱヨ之ヱ更重	與第一行キ字相似而有輕重之分。ヲ開口呼，オ合口呼	

饔喜廬文二集卷二

美利加疆域原始

觀於今之美利加，誰不曰未庶先富歟？　抑思其始何如耳。探新地者，義大利人科侖布亞也，義大利不克用而日斯巴尼亞用之。於是英吉利人競闢膏腴，法郎西和蘭、丹、瑞諸國亦食如蠶，而龍斷之心莫英吉利若。生聚二百餘年，其取攜於十三邦者固外府也。掊克一決，倒戈四馳，同仇既盟，遂不可復。可不爲務財鑑乎！　東北濱海諸邦彈丸墨［黑］子而殷富倍，商使然也，内地幅員遼如，半拓於農牧，至於今邦部四十有八。其國都之城曰華盛頓，是舉立國者之姓氏以名之，其都之地曰科侖布亞，是以尋新地者之名名之也。其合衆國曰美利加，是以義大利人美利堅之名名之也，自言探地在科侖布亞以前，而厥跡無徵，科侖布亞名幾爲之掩，名以地著，其亦有幸有不幸乎！　述疆域原始。

原始上

美利加初名新地，剏尋者義大利熱那亞人科侖布也，一云可倫波，一云閣龍。先是布魯士天文家歌白尼言地球東西間不應無土，然第存其說，科侖布好航海術，謂大洋西當有大陸與亞細亞洲接，而家貧航難，歷説無信者。葡萄牙王然其説，欲功出己，不任科侖布，事遂罔效。日斯巴尼亞王后倚澀罷喇知人有聲，乞食往説。會與莫卧兒戰，乃鬻地圖自給，得見。王令大臣與科侖布論，輒被非笑。久之見後，爲先入言蔽，又八年矣，適召科侖布縱論，乃使自驗厥説。兵後費絀，典寶器，給大艦一、小艇二，從者二十九，水手九十，凡百二十人，時明弘治五年也西千四百九十二年八月十二日。啟行於安達盧西亞之巴魯斯港，西駛二十一日，糧殆罄矣。舟人謀投科侖布於海返舟，科侖布覺，自約三日無陸則返，衆漫應之，而水漸淺。一日西十月十二日，舟人曰：『有陸！有陸！』曙，見炊煙出卉木間，遂泊。土人大駭，疑艘爲鳥，颿爲翼也。此地爲南北阿美利加洲間巴哈麻諸島之一，科侖布認爲印度西極海岸，遂稱曰西印度。其泊舟處曰桑撒爾突兒，譯言神護也。獸蹏鳥迹，灌莽叢雜，科侖布跡尋而前，發三舟達古巴海地二島，而一舟損。令舟人土著於此，時弘治六年正月千四百九十三，載土人土産歸。颶風幾覆舟，科侖布書新地産略納筒封投之海，而舟竟得達日斯巴尼亞某港。王及后錫之爵，非笑者大慚，皆意厥地金如瓦礫，争從哥侖布航。至南阿美利加疴勒諾哥，則廣漠也，大失望。譖罔，王后怒，械送日斯巴尼亞，久之赦，再航海。舟破，泊牙[買]加海岸。土人厚遇日斯巴尼亞人，日斯巴尼亞人背科侖布，掠土人糧，繇是閉，科侖布知月將蝕，誑土人曰：『遇我無狀，天將使日月不復照汝儕。』月暗，土人謝罪，僞禱而復，土人以爲神，厚遇如初。後既死，無知科侖布者。

後科侖布一年，義大利舟長阿美利堅人名曰『堅』，以名地則爲『加』，微異揭來新地，自稱科侖布以前得此，箸書記土地風俗物産行世，自是人名厥地曰『阿美利加』。先科侖布一年，英吉利人可法登銜其王命航北阿美利加洲新嶼，寒且瘠，無成而歸。厥子世巴斯陳亦游新地，嗣是洲南諸島隸英吉利，然得新地以證地形如球，實始於科侖布亞。正德年間，葡萄牙人馬基蘭以五舟至日斯巴尼亞南，與土人角，被害格堅扶云舟覆溺死，今依裨治文説，與下文合。舟人立嘉奴爲舟督，取道喜望峰至美利加東境，環地行三年而歸。王錫銀鑄小地球一枚，鐫其國文，譯言『始環地而旋者其嘉奴乎』，志始也。嗣是歐羅巴人西行者，繇美利加而亞細亞，而阿非利加，而歐羅巴，其東行者先阿非利加，而亞細亞，而[阿]美利加，而歐羅巴，凡六七月一周。當馬基蘭初航太平洋時，較大西洋平，遂名之曰『布亞世邊津區』，譯言太平也。日斯巴尼亞人馬蘭慕亞守達里璉率甲士二百前行，衆憊，率强者登大山巔乃見滄溟，即太平洋也，手劍若旗，布告遠近曰：『長屬日斯巴尼亞，侵者拒之！』嘉靖三年千五百二十四，法郎西人得格阿利納新嶼海岸，名新法郎西。越十年，法郎西人加雨占泝桑羅稜索川，得土番一聚落曰蒲比鳌阿，土人禮占，尋與酋隙，遂不服。法郎西人虐使土人，積怨且苦寒，遂去之。日斯巴尼亞遣古巴長德曾的率甲兵六百探金鑛達佛勒里答邦海岸，横行阿拉巴麻、若耳治亞諸地，土人遇之無忤，日斯巴尼亞人虐轉甚，初意得黄金如土，既無一得，恣焚掠，襲取密士昔比河側一部落，土人自火逸，乃行，二三日攀巉巖而進，巨流澎湃，即密士昔比河也，歐羅巴人之得此河始於曾的。土人舟載貨物犒之，曾的鞭求不已，聞河西山中多鑛，渡行數十里，以瘁死。從者欲至墨西哥，道出德格瑟斯平原，至日斯巴尼亞屬部，舟腐，集鐵片釘綴木板而歸。踵科侖布至美利加者夥，然未信土沃，嘉靖四十四年千五百六十五日斯巴尼亞人至佛勒里答墾地營聚落，是爲開合衆國之始。

萬曆七年千五百八十，法郎西人徙居新蘇格蘭，有産不璉者，至加納大之貴壁而紐約，産不璉湖亦因其探湖而名。時美利加北隸法郎西，南隸日斯巴尼亞，土日闢，英吉利遂萌攘志。有臘里者，女王寵臣也，二舟載卒航諾司喀爾勒那，所至土人迎勞。女酋長某享之長島，臘里攜二土人歸，説土沃，女王命臘里徙户數百往居，名其地曰勿爾治尼亞，譯言『貞絜』，寓讚美意也。然臘里撫御無法，小過輒火部落，英吉利人度無成，亦時逸歸，屆者爲土人所殺，而臘里无悔，日董其人建都城曰臘里。糧匱歸，二年復往，則無一英吉利人，遂止，後以反誅。然臘里往來美利加，齎種而歸，歐羅巴之有煙草、馬鈴薯始此。

萬曆三十五年千六百七英吉利船將紐波的始移居長島，率衆航海，遇颶漂至諾藐爾河得一沃土，建市曰占土，初屬土酋布魯克巴，有威。紐波的再至占土，疫起，土人謀襲而憚船將須密土，須密土亦英吉利人，與紐波的謀開新地，航勿爾治尼亞，土人要擊之，密士登岸斬敵三人而陷陂澤，抛刀出羅盤鍼，土人奇之，檻致於克巴所。克巴將撲殺之，克巴女布嘉本達斯年十二，以身蔽密士乃免。密士時時言歐羅巴美，賴達斯力赦歸。占土有警，達斯潛往告之，密士歸占土，民裁四十。未幾，紐波的載民與食至，密士乘巨艦探視遮士畢海港，以物互市，乃作地圖。而紐波的所率國人惰甚，英吉利王改令特納窪督勿爾治尼亞，以九艦載民槖食而至占土，最大一舟遇風後至。先是密士事無巨細身擔之，特納窪曰：『彼安得役我！』克巴視開拓逼己，不復通販，密士往説，出玉弄之。克巴問，答曰：『我王所佩。』克巴請以穀數百易之，又以木易麥，得不飢。火藥倉火，密士以傷歸，土人苦誅求，謀擊之，英吉利人逸。特納窪將大開勿爾治尼亞，説西人運牛豕易煙葉，遂於龍動結會社，議開新地，以婦九十嫁移居者，約娶者納煙，其地錢故少，以煙代之，平物直也，自是勿爾治尼亞生聚日繁。甫嘉本達斯者，被英人掠而責贖之，克巴怒，適有英商落爾布悦達斯而請娶焉，克巴許之，意遂解。其娶歸英也，王居之宫中，榮之也。達斯不堪其寒，欲旋勿爾治尼亞未果，死，子一。

和蘭人通商東印度，而未知美利加西北直接冰海，以爲大西洋航太平洋較近，遣布明遜西北行，不可，乃航新地，繇緬而探勿爾治尼亞，出紐折爾西長島之間，得一海峽，入之，即紐約也。至諾窽爾灣，遜被緋衣登岸，土人驚爲神，設饌享羅拜之，遜出酒，手觴土酋，不敢飲，侍下坐者皆疑毒，一壯者曰：『與其不飲觸怒，孰與飲之！』一啜而頹，少焉起曰陶然入樂地，遂爭飲之。土人自是耆酒，名其地曰『蒲巴但』，譯言醉宴也。又贈日用器，不知用而喜，或飾鉞於頸，或以伸緆布爲煙囊。遜泝諾窽爾灣至亞爾馬紐，與土人結好而歸。明年再航而北，得大河曰布的遜，水凝舟不動，遂死。繼至者器易獸皮，獲利築壘寨，尋築砦於滿巴但，名曰紐安特堤。時萬曆四十二年千六百十四。

紐約之和蘭人性柔，善待土人，不貪奇利，煙商既行，買地必償其金。時滿巴但未開，和蘭人以銀二十四圓得其土，然往來靡定，其挈妻奴居此實始於泰昌元年千六百廿，名新和蘭。而密士又航新地，得緬與馬沙朱色士地，曰新英。時教二：一舊教，曰羅馬加特力，一新教，曰波羅特士旦。新教者流不屑受制於舊，於泰昌元年攜家口航新地，其船名馬伊布盧和留。聞布的遜河岸地可以闢，從流而下，暴風漂至葛布岡突，地屬馬沙朱色士，積雪荊榛，衣凍如鐵，土人來拒，礮卻之。得一埠少沃，名曰玭理謀，然觸瘴累累，壯者建屋，僅蔽風雨。明年春暖，跡炊煙，得聚落。土人佐無於世津登來見，言初爲大部落，二年前疫而蕪，地可闢也。

先是法郎西人航此，土人殺且虜，被虜者曰『天將殛汝而疫行』云，酋長馬沙朱色士初不之信，疫浸起，於是土人蹙額走相告，色士亦懼，遂率土人來謝，且告之悔，厚贈之。會色士疾，土人不知醫藥，輒歌舞符咒，英吉利人投所齎藥而差，色士德之而土人不悅，贈箭百，其笴纏響尾蛇皮，蓋以示意。乃報以彈藥，樹栅築壘，嚴難可侵，而糧缺，土人閉糴，捕魚無網，然戮力闢土者乾魚白水不少懈。如是者三四年，大稔，遷居日衆，至崇禎三年千六百三十人且三百，欲拓玭理謀北方移堅不列癡、波士登等地，其地皆屬馬沙朱色士。數年後，罋麥織氈類以水車代人力，商旅輻湊[輳]，爲一大都會。

有羅查氏名維廉者，撒冷人，爲教師，大異新教，馬沙朱色士人欲逐之，維廉乃去。涉三月餘至納爾臘幹些的買一廣地，名曰拉以登兹，譯言天福也。羅波阿的島在納爾拉幹些的海岸，山水平遠，名平和島，維廉亦購之。有田可墾，其南大塔一，有市曰紐波低，以紐波低所開而名。

先是天啟二年千六百廿二英吉利人進闢紐罕布西耳，明年，治道建屋置商社，英吉利王以其地屬馬沙朱色士，和蘭人亦闢干捏底嘎奪，築堡於哈弗的，與土番通商。崇禎五年千六百三十二，玭理謀人波廉徙居河岸，和蘭人龍斷厥地，不欲他族偪處，見波廉移家舟來，怒駕礮逼之返，而波廉自進，風利，瞬過烏璉德索爾二三里，登岸營居。英吉利人聞玻［波］廉得干捏底嘎奪河岸，建堡河口守之，名塞福落各。

後二年，徙自馬沙朱色士日益衆，翦棘牧畜，而河冰堅凝，牛豕不耐凍。明年波士登民百餘載牛至，於是飲乳充糧，而建哈弗的及伊瑟爾、西布利多等市邑。十一年千六百三十八，新英地人開海灣名曰新灣。十六年千六百四十三，立部落五十。時與法郎西阿蘭陀争土，而土人亦蠢動，於是玭理謀、馬沙朱色士、干捏底嘎奪盟約聲援，名曰新英會盟國。

先是英吉利人巴里底莫欲開新地南部，説王后瑪理發令，從民所好，蠲征税，凡百政令不中制之，賜誓書，人人長得自主權，則開拓可大，功成俾循藩禮，不亦可乎？久之遂名其地曰瑪理蘭。使往未竣而卒，其子須塞爾代之。崇禎七年千六百三十四，率二百餘民泝婆多麥河，即瑪理蘭與勿爾治尼亞界河也，以金易地，開聚落。土人受所贈刀鉞喜，遂蒸黍爲餅報之，勿爾治尼亞土人且爲奔走，聞者踵至。有西列慕爾者，占商館利，塞爾滅之，遂以其父名名之曰瑪理蘭，名其首郡曰巴里底莫。

當英吉利開新灣之年，瑞典人亦航特納窪灣，登岸立寨闢道路，名曰新瑞典，而和蘭人先居新和蘭，剏開特納窪，遇土人無狀，未有成而去，至是豔羨之。當我朝順治十二年千六百五十五以須占佛産多爲將，責瑞典人，戰勝之，奪其土，廢新瑞典名，復名特納窪，以産多爲都督。英吉利王起大軍降之，遂並紐安得堤及新和蘭，封王弟約，名曰紐約。時康熙三年千六百六十四。英吉利人得新地，沿海自緬至佛勒里答皆屬之。

紐折爾西兄弟者，王弟約故舊也，約既得新和蘭，分一部與紐折爾西兄弟，政令從其所爲，名曰紐折爾西。初英吉利人徙勿爾治尼亞，土人不堪，順治元年千六百四十四酋長克巴襲之，被殺，而英吉利人所任藐爾克列苛斂恣掠，衆推巴剛爲將，不能容。康熙十五年千六百七十六與之戰，又不支，遂去占土，民自火之，蓋苦貪若暴，不欲再治，兵燹後僅播雜穀，免凍餓而已。先是順治十年千六百五十三，英吉利人繇勿爾治尼亞至諾司喀爾勒那，闢其土。康熙九年千六百七十新至者闢曳司喀爾勒那，後二年闢查爾士頓，於是法郎西、蘇格蘭、阿爾蘭之民艦至如歸。英吉利之守曳司喀爾勒那者議增税，民以同税偏重争，議乃寢。然所遣督政者大率朘削民膏，恣飽私槖，連黨興訟，殆不堪云。

二十一年千六百八十二英吉利王封船將賓氏於特納窪西地，名曰賓夕佛尼亞，譯言賓氏封野也，先是瑞典人拓此，尋屬英吉利，而邊民數立懋績，錫之金，弗受，願有土，故封之。子曰維廉，奉格厄里教，凡行新教者拷掠之。至是開一埔曰費里地費，爲聯邦第二捕［埔］頭，而法郎西人不欲英吉利獨有厥土也。

有麻利格的者，與如雷同尋密士昔比上流，爲德曾的所未至，沿河而下，土人争犒。至密西根欲傳其教，土人死之獄。羅撒爾亦法郎西人，航新地，泝密士昔比河，得一大瀑布，曰桑翁疏利。築堡互市，下密士昔比河達墨西哥，名其地曰魯西阿納，即法郎西王名也。羅撒爾將修河堤，於是歸國募工，舟至德格瑟斯遇風而損，留者半，以其半陸行至加納大，欲進不果。厥後法郎西人欲成羅撒爾志，遣人數百沿密士昔比岸而上，築堡於那多占。康熙五十八年千七百十八以數百人拓紐阿林，其地近魯西阿納，爲新地西南一大都會。

那多占有土人聚落，法郎西人將奪之，土人憤擊被殲，而英吉利人日益進。雍正十一年千七百三十三，阿爾塞疏里布率民數百達佐巴紐斯川，建一市名佐巴紐斯，既富且庶。當始至時，酋迓勞，贈水牛革，飾以鷲頭鷲皮，曰聊表信也。疏里布恩信無間，土人親之，所至無齟齬，此未議自立前事也。

原始下

乾隆二十三年千七百五十八，華盛頓克大具紐，於是勿爾治尼亞建議院以邊丁精政事學，推爲議長，名其地曰邊丁甫留具，而以華盛頓爲紳董。二十五年千(六)[七]百七十，新地初定，人人意中望大臣新政如望歲，而墨吏無厭，罔爲民計。

先是其王約徙新地者便宜從事，罔或遥制，使得自主自立之權，誓書具在也。嗣王占士欲奪民利，先令燕士路須爲大都督，大會新地人，諭還誓書至再，誓書甫出，一人於燭下奪匿樹罅，未幾占士爲國人所逐，新地亦捕路須放還之。後以布連浮登荼留督軍於此，閲兵而衆不受制，推宇亞泥須於留次者爲部將。方布連浮登荼留宣讀王諭時，衆撾鼓亂其聲，叱之止，尋復撾，聲彌急。督軍者意色惡甚，衆按劍，遂怖不復言。英吉利王令物輸新地者重税額，償兵費也。民皆曰：『英吉利各邦皆有紳董代民參政，而新地則無。』遂不受命。

三十年千七百六十五又下令征印紙，凡借貸、貿易、昏嫁皆納錢請官印紙，自一錢至三十圓，否則罪。勿爾治尼亞民集議院，有顯理者曰：『自主自立之權，爲人君者制之政令，今王暴斂不絕之則魚肉矣！』或責曰是叛也，顯理爭之力，衆同之。印紙船至，衆寸裂之，喪服鳴鐸徇於市，示同死也，而征税如初。

以兵戍波士登，輒掠民，被殺者三。復下令：『向例賣荼納税，繼自今賣者免征而税買者。』民遂相約不用荼，英吉利荼舟三至波士登，諭民買之，不聽。一夜，土人突入艙，擲荼筐數百於海，船長噤不敢問，初以爲土人也，聞稱快聲，乃知罔非新地民易服爲之。

督馬沙朱色士者，計儒也，不戢部卒，民殆不堪，群兒偶戲池冰，兵錐破之，求免被辱，其民訴之，計儒曰：『此其一端，童子亦切齒矣。』三十九年千七百七十四，十三邦議者會於費里地費，顯理決其議，立分兵詳《兵志》。四十年千七百七十五十三邦議者大會於諾司喀爾勒那邦之擲爾魯突，盟約自立，又會於費里地費，推華盛頓爲帥。明年十三邦議建國，號曰『合衆』，申誓約。

其民會費里地費者萬數，嗚鐸大呼，夜則燎火如晝，謂之神火。紐約民蹴英吉利王像棄之，時乾隆四十一年，即西一千七百七十六年七月四日也日本譯其書，『四』上衍『十』字，而譯《聯邦志略》者又以七月四屬之，中國皆誤。此爲美利加自立之始。嗣是歲逢其日則樹旗相賀。

布蘭克林使於法郎西，説厥君臣認美利加爲自立國，申約盟之，巴勒遣援軍數艦，器與糧稱之。克林幼時，其父令學製燭，不屑，而讀書廢眠食，長藉印書業出游。及至費里地費，囊餘一圓金，日食粥，學不少懈。華盛頓擢使，得認自立。是年復會於賓夕佛尼亞邦，公選十三邦紳董：賓夕佛尼亞九，勿爾治尼亞七，紐折爾西五，干捏底嘎奪、瑪理蘭、馬沙朱色士、紐約、叟司喀爾勒那各四，紐罕布西耳、特納窪、諾司喀爾勒那、若耳治亞各三，洛答埃倫二，凡五十五人。布告同仇之意十有六條，大指謂英吉利王之偏與私與貪，與虐與愎，與縱與害詞俚不具載。四十六年千七百八十一年十月十九日，華盛頓復紐約，傳捷書於十三邦，國會民嗚鐸祝之。英吉利乃使議和，美利加國會曰：『和不和在認自立與否。』使往復而議未決。四十八年千七百八十三法郎西説英吉利、美利加兩國各遣使會於巴勒，立盟誓曰：『自今美利加十三邦統一自立，不屬於英吉利西四月十九日。』傳告國中。

美利加合衆國沿革

《瀛環志略》載美利加二十六國，今則爲邦三十有八，爲部十，而科侖布亞則華盛頓都也，爲合衆國國會設也。合衆國何？合涣散之十三邦畔英自立也。此非裂地而封，蕞爾如洛答埃倫，亦不並於大，猶之邾莒可儕齊魯也。十三邦而外，窪蒙已自爲邦，未克與盟，紐約人視之爲屬也，越十三年乃許其請。嗣是或被劫而償，或易銀而獲，而升自部者居多。部何以升？視民多而升也。方爲部時，政事一出國會，遣吏治之，謂之達鼇多里，譯言聚落也。邦亦譯者擬詞，彼人謂之育奈士迭，有頭目總理誼，民聚則酋增，後之視今，損益難可概論矣。述合衆國沿革。

科侖布亞

華盛頓既定合衆國約，遂以科侖布亞爲聯邦會議國政所，自是伯理璽天德居之，名其城曰華盛頓。其西曰卓爾治亞，以華盛頓之名名之也。是瑪理蘭地，其南曰亞力山大，是勿爾治尼亞地。

阿拉巴麻邦

日斯巴尼亞人來阿拉巴麻在明嘉靖二十年千五百四十一，迨大清康熙三十年千六百九十一法人亦至。乾隆二十八年千七百六十三與密士昔比同歸於法，尋屬英。四十八年千七百八十三歸日斯巴尼亞，然與若耳治亞、密士昔比同區，且有佛勒里答之地在於其中。嘉慶七年千八百二始自爲一部，二十五年千八百廿始歸美利加《海國圖志》諸書説同。或曰三年歸美利加。道光元年立邦此與《瀛環志略》説異。

阿剛色斯邦

歐羅巴人至阿剛色斯河口在康熙十二年千六百七十三。嘉慶五年千八百歸日斯巴尼亞，與密蘇鰲同區。二十四年千八百十九，始分爲達鰲多里，不曰士迭而曰達鰲多里，譯言地方也。尋爲部。道光十六年千八百三十六歸美利加，立邦。

嘉里符尼亞邦

明萬曆元年千五百七十三英吉利水師官至其地，詫爲金穴，尋爲日斯巴尼亞人所據，後屬墨西哥。道光二十九年千八百四十九歸美利加爲部，非爲邦也，立邦在咸豐元年千八百五十一。

喀挪拉奪邦

初爲剛色斯［及］那布拉士格二邦、尤達［及］紐墨西哥諸部之地，淘金人趨若鶩，同治元年千八百六十二遂自爲部，魯西阿納亦少分疆於此。光緒二年千八百七十六立邦。

干捏底嘎奪邦

干捏底嘎奪邦，譯言長河也，蓋邦以河名云。先是明天啟間，和蘭人闢岸築堡於哈弗的，與土人互市。崇禎六年千六百三十三，馬沙朱色士人墾地曰赤活，豨犢初孳，不耐冰飲。十二年乃立爲部。紐倫敦則英吉利人所墾也，迨大清康熙元年千六百六十二盡歸於英。乾隆四十一年千七百七十六美利加十三邦畔英自立，此其一也。

特納窪邦

特納窪者，和蘭人名，因以名地者也。先是明萬曆間，瑞典人聞和蘭人拓特納窪弗成而返，遂至其岸，自闢土立塞，名曰新瑞典。大清順治十二年千六百五十五，和蘭人奪之，復名特納窪。康熙四年千六百六十四歸英，乾隆四十一年千七百七十六，美利加十三邦畔英自立，此其一也。

雲龍按：特納窪沿革，或曰明崇禎七年始有綏林人闢其地，或曰順治九年爲和蘭人所奪，或曰英人改名底拉華，皆異說也。《瀛環志略》略謂道光十年始歸合衆國，豈忘其爲十三邦之一耶！

佛勒里答邦

日斯巴尼亞人般士底里晏聞此地有不老泉，遂來闢之，名佛勒里答，時明正德七年也千五百十二。嘉靖四十四年千五百六十五建部落曰歐吳士代。萬曆十二年千五百八十四，英吉利人侵其北境。迨大清乾隆二十八年千七百六十三英吉利人以古巴易之，越二十年復歸日斯巴尼亞。嘉慶二十五年千八百廿美利加因貨船曾被劫於日斯巴尼亞人，以兵詰之，理直，以佛勒里答地償之。僑居他徙，生聚久之。道光十年千八百三十自成一部，二十五年千八百四十五升爲邦。

雲龍按：科侖布之尋新地在明弘治五年千四百九十二，越二十年始有日斯巴尼亞人拓佛勒里答之事，而《海國圖志》云千二百九十二年，宋祥興十五年，吕宋之戈攬麻士乘船西駛始知此地，創立佛羅里達部落，豈非臆説？ 祥興止二年，而云十五何耶？ 又云佛勒里答部千七百六十三年爲英人所奪，注曰明嘉靖六十三年尤謬！

若耳治亞邦

若耳治亞者，英國王名也。 雍正十年千七百三十二，英人聞叟司喀爾勒那、英鼇阿納有日斯巴尼亞新地，於是遣將以兵攜其貧黎百人至此墾邊，負耒日至，遂以國王之名名部。 時瑞典人和蘭人亦趨之，而日斯巴尼亞人之宅佛勒里答者拒之以兵。 乾隆十八年千七百五十三英人始定厥部，四十一年千七百七十六美利加十三邦畔英自立，此其一也。

雲龍按：若耳治亞亦十三邦之一，何《瀛環志略》又謂嘉慶三年歸合衆國耶？

伊利那倚斯邦

初至伊利那倚斯者，法郎西人也，在康熙十三年千六百七十三。 嗣於三十九年千七百墾加士機地，乾隆二十八年千七百六十三英人蠶食之，三十年千七百六十五歸英，然與英鼇阿納同區。 嘉慶十四年千八百九自成一部，二十三年千八百十八歸美利加。 然土人未服，道光十二年千八百三十二略厥地，定之。 十八年千八百三十八立邦。

英鼇阿納邦

康熙三十九年千七百法郎西人拓地於此，謂之英鼇阿納者，譯言印度也，意謂土人地與印度同也。 乾隆二十八年英人獲之，伊利那倚斯分畺自此。 在嘉慶十四年千八百九歸美利加後，於二十一年千八百十六立邦。

愛阿窪邦

初宅此者，法郎西人壽陽達拔久也，在康熙五十七年千七百十八。嘉慶八年千八百三歸美利加，道光二十六年千八百四十六升部爲邦。

剛色斯邦

初屬魯西阿納，尋爲土人巢窟。咸豐四年千八百五十四美利加立部，十一年千八百六十一升邦。

根得基邦

根得基，印甸土人獵地也。明嘉靖二十二年千八百四十三日斯巴尼亞人蠶食其西，迨大清順治十一年千六百五十四英人跡此而眈眈焉。乾隆三十二年千七百六十七，勿爾治尼亞、諾司喀爾勒那、叟斯喀爾勒那之獵狐兔者麕至，於是伐木搆居，聚落一成，炊煙四召。三十三年千七百六十八英人達紐爾斯慕或云單爺利蓬挈孥繈負爲卜宅計，白人之移居始此。初與勿爾治尼亞同區，以兵略地，四十四年千七百七十九自爲一部。四十六年千七百八十一歸美利加。五十七年千八百九十二立邦。

魯西阿納邦

初法郎西人拓地於密士昔比之西隅，原屬魯西阿納者也。康熙十一年千六百七十二營累斯安地，徙居日益滋。乾隆二十七年千七百六十二日斯巴尼亞人侵之，明年法郎西人失厥地，嘉慶五年千八百乃復之。八年千八百三鬻於美利加，凡銀一千四百萬圓，自是落機山以西皆合衆國境。十六年千八百十一立爲一部，十七年千八百十二升邦。

緬邦

初緬爲馬沙朱色士境，明萬曆三十五年千六百七歐羅巴人來。四十一年千六百十三法教士又來，明年英人互市於土人。天啟六年千六百二十六英人自立一鄉於基尼伯河畔，久之爲馬沙朱色士之玭理姆人所併，與干捏底嘎奪、紐罕布西耳、洛答埃侖、窪蒙同名新英。歸美利加後自爲一部。嘉慶二十五年千八百廿緬民請於國政立邦。

雲龍按：《瀛環志略》云與馬沙朱色士合嘉慶二十五年歸合衆國，謬矣！馬沙朱色士非他，是十三邦同盟之一也，豈有既與之合而後四十餘年乃歸美利加者乎？

瑪理蘭邦

英吉利律官曰麻爾底摩率民二百至此墾土，父子相繼，時明萬曆間也。崇禎五年千六百三十二請於英女王瑪理，願居新地南，允之，遂名地曰瑪理蘭：『瑪理』之言后也，『蘭』之言地，猶言王后賜地也。乾隆四十一年千七百七十六美利加十三邦議畔英自立，瑪理蘭其一也。

馬沙朱色士邦

馬沙朱色士，土酋名也，與英人交良厚，因以名邦。先是明萬曆三十年千六百二，歐羅巴人至渤開瀆灣，英人至者三十有二，尋返。四十二年千六百十四或復探此。泰昌元年千六百廿英人觸禁律者以勃士茂爲逋逃藪，闢地居之。崇禎二年千六百廿九來者數千，浸及勿爾治尼亞，土人拒甚，遂拓馬沙朱色士，是爲新英六地之一。乾隆四十一年千七百七十六美利加十三邦議畔英自立，馬沙朱色士其一也。

密西根邦

初爲東隅仙馬里，土人八百居之，餘皆荒蕪。明萬曆二十九年千六百十一法郎西人來，厥土漸拓。迨大清乾隆三十八年千七百七十三英人侵之，明年歸英。道光十五年千八百三十五歸美利加爲部。十七年千八百三十(六)[七]升邦。

梅尼所達邦

『梅尼』之言水，『所達』如言天青也，譯言邦之水如天青然，因以爲名也。先至此地者法郎西人也，在康熙、嘉慶間。後有英人曰瑟克爾格，獲其西北一鎮，曰便比納。美利加立國而後略土人地殆盡，遂立此爲部。咸豐八年千八百五十八升邦。

密士昔比邦

歐羅巴人至此在明嘉靖二十一年千五百四十二。迨大清康熙五十四年千七百十五，法郎西人拓之，與魯西阿納同區，明年立那支士部落礮臺。乾隆二十八年千七百六十三英人割河東地。越二十年，日斯巴尼亞奪河西地，或屬若爾治亞，或屬阿拉巴麻，皆非自爲一部。嘉慶二年千七百九十七歸美利加爲部。二十二年千八百十七升邦。

密蘇鼇邦

法郎西人之至密蘇鼇在康熙三十九年千七百。初與阿剛色斯同區，後歸美利加。嘉慶二十四年千八百十九始自爲部。道光元年千八百廿一升邦。

犂布拉士格邦

咸豐四年千八百五十四以後生聚日新，然土人以不利己也，角之，久乃定。十年千八百六十自成一部。同治六年千八百六十七升邦。

列法達邦

咸豐十一年千八百六十一列法達之地分自尤達。尤達至今猶部也，而列法達規模驟改，於同治三年千八百六十四升邦。

紐罕布西耳邦

英語郡曰『西耳』，舊有郡名『罕』，民居新地，因名此曰『紐罕布西耳』，『紐』之言新也。英人始獲此地在明萬曆四十三年千六百十五，至天啟三年千六百廿三厥土日闢，則麻臣俄尼士之力也，然與馬沙朱色士同區。大清康熙十八年千六百七十九自爲一部，乾隆六年千七百四十一疆界漸理。四十一年千七百七十六美利加十三邦議畔英自立，紐罕布西耳其一也。

紐折爾西邦

明泰昌元年千六百廿和蘭人闢東北境曰新和蘭地。天啟四年千六百廿四丹國人有至此者。崇禎間瑞典人宅於新和蘭地之南，即紐折爾西，地尋歸和蘭，後屬英吉利。或曰和蘭英吉利公地也。大清康熙四十一年千七百二英乃自立一部。乾隆四十一年千七百七十六美利加畔英自立，紐折爾西又十三邦之一也。

紐約邦

紐約爲聯邦最。『約』者前英吉利王弟之名也，『紐』之言新，英人方言輒以『克』爲語助，故亦曰『紐約克』也。先是和蘭國人於明時闢土，謂之新和蘭。嘉靖二十四年千五百四十五義大利人至此，是役於和蘭人也，非有其土。萬曆三十七年千六百九英人亨利活多松拓海灣即今紐約灣尚無紐約名。天啟六年千六百廿六復易島以銀。我大清順治年間英人兵和蘭人，攘其地，於是英吉利王弟約受封，名曰紐約始此。康熙三年千六百六十四置吏治之，略土人地。乾隆十九年千七百五十四英法戰於紐約，礮堡相望。二十八年千七百六十三兵靖，地屬於英。四十一年千七百七十六美利加十三邦畔英自立，紐約其一也。合衆國埠頭莫大於此，至今殷富，爲合衆國第一邦。畔後英人欲復不克，被兵數數亦以此。

諾司喀爾勒那邦

『諾』之言北，與『叟』之言南爲對待也。先是明萬曆十二年歐羅巴人探此，明年至者百人，然未能成聚落。我大清康熙二年千六百六十三英律官有格拉領頓者，偕依爾額蘭威爾里等闢土，曰查爾士頓，蓋以其國王名名之也。臘里所闢與之犬牙相錯，遂合名之曰喀爾勒那。十九年千六百八十英人禄基至此分爲兩部落，置吏。五十八年千七百十九合之爲一，雍正七年千七百廿九分南北爲二，其北部曰諾司喀爾勒那，即臘里所墾。乾隆四十一年千七百七十六美利加十三邦議畔英自立，此其一也。

雲龍按：《海國圖志》謂康熙五十九年南始有人托足，六十年立查士頓，與雲龍所聞異矣。又云乾隆五十五年歸彌利堅，尤謬。

倭海約邦

康熙十八年千六百七十九有法人至此而未開墾，美利加立國此猶野地也。乾隆五十三年千七百八十八，英吉利闢土之人來自西北密西根諸處，由麻里達漸拓之。嘉慶五年千八百置吏，七年千八百二歸美利加立邦。

頞里根邦

美利加立國後，頞里根猶野地也。乾隆五十七年千七百九十二漸拓厥土。嘉慶十六年千八百十一立獸皮公司，商通民集。咸豐八年千八百五十八升部爲邦。

賓夕佛尼亞邦

初闢厥地者，瑞典人也。時明崇禎十一年千六百三十八厥後和蘭人争之。康熙三年千六百六十四屬英，十一千六百七十二年屬和蘭，尋復屬英。二十一年英將威廉賓獲之，『賓』其姓氏，『威廉』其名也，父董水師有大勳勞，錫之金弗受，願得土，乃授券居新地。土曠人稀，復買地於土人，拓爲大部，名曰『賓夕法尼亞』，譯言賓之野地也。乾隆四十一年千七百七十六美利加十三邦畔英自立，此其一也。其議約即在邦之巨邑，曰費納的費牙。

洛答埃倫邦

明崇禎九年千六百三十六馬沙朱色士有羅查威廉者謫居於此，海灣有島，鳩衆闢土。康熙二年千六百六十四剏築部落，名曰洛答埃倫。『埃倫』譯言島也，『洛答埃倫』譯言島部也。乾隆十五年千七百五十至二十八年千七百六十三，英之僑黎與法水戰有功，四十一年千七百七十六美利加十三邦畔英自立，此其最小者也。

雲龍按：或言立邦在乾隆五十五年，非也。

叟司喀爾勒那邦

初與諾司喀爾勒那邦合，尋分詳諾司喀爾勒那邦。格拉領頓之查爾士頓在此邦内。乾隆四十一年千七百七十六美利加十三邦畔英自立，此其一也。

田捏西邦

乾隆十九年千七百五十四英人於田捏西河上成一聚落曰福多羅登，來自喀爾勒那勿爾治尼亞居多。二十五年千七百六十，土人蹙英人於呼度鹿洞，援兵弗克而和。美利加立國後生齒日增，嘉慶元年千七百九十六立邦。

德格瑟斯邦

康熙二十四年千六百八十五法郎西人來，未幾日斯巴尼亞人力争其地，乾隆二十八年千七百六十三獲之。嘉慶二十四年千八百十九，美利加分其東域，道光十六年千八百三十六兩不相屬，畫地自治，尋歸美利加。二十五年千八百四十五立爲邦。

窪蒙邦

窪蒙譯言緑山也，其境有曼司費耳多山，冬不改青，故名。明萬曆元年千五百七十三法郎西人來自加納大，迨大清雍正二年千七百廿四英人來自馬沙朱色士。乾隆二十五年千七百六十又來自紐罕布西耳，輾轉相屬，尋屬紐約。三十六年千七百七十一已自爲邦。四十一年千七百七十六不得與盟於十三邦者，紐約邦人未之許也，偶亦屬英。五十五年千七百九十邦人輸銀三萬圓於紐約，乃允爲聯邦之一。明年立爲邦，是十三邦外之第一邦也。

勿爾治尼亞邦

明萬曆三十四年千六百六英女王占士時英人初闢此地，以女王名名之也，曰占士，尋更名勿爾治尼亞，譯言貞女，以志頌也。天啟三年千六百廿三土人襲之，英人殺土人三百五十，明年略地如初。迨大清乾隆四十一年千七百七十六美利加十三邦畔英自立，此其一也。

威士奪勿爾治尼亞邦

美利加立國此猶荒野也，略地日增，流徙日集，遂成部落。同治二年千八百六十三立邦。

雲龍按：『威士奪』之言西，猶言西勿爾治尼亞也。

威士干遜邦

道光十年千八百三有白人來自密西根。十二年千八百三十二，美利加人以土番爲鄉導，略地於濱河之都模格，草刱部落，或築礮臺以兵戍之，或置公司以商通之。初與愛阿窪合爲一部，尋分。廿八年千八百四十八立邦。

阿里鎖那部

明嘉靖四十五年千五百六十五知此出銀者，日斯巴尼亞人也。美利加立國後略土人地。道光二十八年千八百四十八浸成聚落。同治二年千八百六十三年二月立邦。

打戈達部

初爲梅尼所達西境。咸豐八年千八百四十八梅尼所達爲邦，遂分厥地爲打戈達。土人不服，僑居難可驟集。十一年千八百六十一始爲部。

埃得和部

初爲拏布拉士格邦、打戈達部、華盛頓部屬地。同治二年千八百六十三始畫界自爲一部。

孟大那部

初爲倭海約屬地，同治三年千八百六十四畫界爲部，而地狹甚。十二年千八百七十三益以打戈達西地。

雲龍按：孟大那部今已廣於歪阿明埃得和諸部。

紐墨西哥部

明嘉靖十六年千五百三十七日斯巴尼亞人初闢厥地，居民移自墨西哥居多，故曰紐墨西哥，『紐』之言新也。萬曆九年千五百八十一日斯巴尼亞置吏治之。二十三年以後千五百九十五後生聚日繁。大清道光二十六年千八百四十六歸美利加，咸豐元年千八百五十一立爲部。

尤達部

初屬墨西哥，道光二十八年千八百四十八墨西哥立約歸美利加，立爲部。

華盛頓部

道光二十七年千八百四十七爲頞里根地。咸豐三年千八百五十三畫地，以民凡四千自爲一部。

歪阿明部

同治七年千八百六十八年七月分自喀挪拉奪、打戈達、尤達，而自爲一部。

印甸部

美利加合衆國地初皆印甸人地也，種類散處久矣。新地競拓，聯邦乃成。於是擇地一區在剛色斯邦以南、德格瑟斯以北名曰印甸，俾土人亦有所歸，立約勿擾，凡十有餘族，自分部落。其著者曰知祿基族，初居押利結尼，數十年前賣地聯邦而徙於印甸之東北二隅。當阿剛色斯河之北，約居印甸三分之一。曰吉栗士族，初居若耳治亞、阿拉巴麻，厥後徙此，與西米拏里族爲鄰。曰卓道斯、曰知格亞騷斯二族，合居於加納大之南，分地爲四。卓道斯族得其三，知格亞騷斯居其一。

阿拉士克部

此美利加購自俄羅斯者也。先是乾隆六年千七百四十一，俄羅斯人味塔士布林至此，越三十四年英人窺伺之，末繇入也。咸豐六年千八百五十六美利加人以銀七百二十萬圓易之。大如嘉里符尼亞、喀羅拉奪、德格瑟斯三邦合一之地。

雲龍按：或謂美利加議買在咸豐六年，而歸治在同治六年，爲西一千八百六十七年。

美利加攷工源流

美利加之富，工力居多。鑛工、輪船工、火車工、鐵道工，所攷別詳，不獨造幣工、金工、石工、木工、土工之爲利藪也。織工尤稱無害，以棉者布之屬，以絲者綢綾之屬，以毳者氈毯之屬，其他分鑛者治工，鏤器者雕工，補舊者修工，設色者染工，要不若軍器之工爲三致意云。天工人代，大率借風力、火力、水力爲之，然非課實藝，未易別良工也。凡自成一技，以式貢之官，驗之而了無異人則卻，否則酬金資，獎功牌，給文憑，許享利若干年，他人不得剿襲之，即成書亦然，例剏自英而美利加沿之。光緒二年千八百七十六已給憑五千有奇，善事利器，所由不湮没也夫！原工第一，工例弟二，取材弟三，分制弟四，鋼鐵工弟五，礮工弟六，鎗工弟七，鉛工弟八，金屬器工弟九，釘工弟十，紙幣工弟十一，絲工弟十二，棉工弟十三，毛工弟十四，化學物工弟十五，玻璃工弟十六，農器工弟十七，木廠工弟十八，雜工弟十九，爰就見聞，撮厥大要，述攷工源流兵船水雷之類別詳：

原工第一

當美利加欲自立國時，工議起若蠭若鶩，然織造機器尠甚。所用有二：一則曰充車也，一則曰埽車也。充車者，手織麤布之用，埽車者，以手轉器埽除羊毛之具也。人競用之而器非利，於是采英吉利紡器，置之勿爾治尼亞邦，此其制器之權輿也，時乾隆四十五[一]年，在西紀一千七百七十六年，爲美利加立國之前一年。轉機欲利，於是乎有水車之制。四十六年，即西紀一千七百八十年，馬沙朱色士邦之脖利司道洛仿之立廠，是善於因者也。明年英吉利不欲利於美利加，令禁以製造成法行之合衆國，又禁其國人，凡輸出器物若組就之毳綿絲麻及百凡器械，無論巨細精麤均勿入美利加境，違則罰金二百磅、監一年。厥後增律彌厲：凡工造術不得徙居，是於美利加工大有妨也。於是乎製造之工之器不得不自相發明。五十四年，即西紀一千七百八十九年，政府立護工之法，於是製造之事起。

先是乾隆五十二年，即西紀一千七百八十七年，於馬沙朱色士邦玭理謀剏立綿布工廠，是爲合衆國之弟一。越三年五十五年，西千七百九十，洛答埃倫邦之普拉比田斯有沙米吴司打拉氏者建一工廠，乃益鉅。紡借水力，聲喧壁間，至今廠猶矗立。初有呼沙氏者，生於英吉利乾隆三十三年，西千七百六十八而徙於美利加者也，方年十四，即爲密路哈耳脱工廠役，諳工事，苦英禁，難獲利器，於是潛孳厥術，於乾隆五十四年西千七百八十九營業於紐約。五十七年西千七百九十二，美利加人四奪宜氏剏制埽綿器以去綿實。五十九年以前用別國組織居多，論者倡宜用自績之説，而工廠乃增。嘉慶十四年西千八百九，織綿之工肆已八十有七，紡筒之實數已逾八萬。羅葉耳氏苦心鉤致，獨出機軸，遂歸而立工廠於馬沙朱色士邦之俄耳堂。十九年西千八百十四工成，波士登佛良西司羅葉耳氏於十六年西千八百十一游歷英吉利，欲參秘術而其秘不可得窺。羅葉耳氏所用力臺與英吉利異曲同工，繇巃而精，有條不紊，觀者歎未曾有也。力臺既竣，手梭競易，荒落之市頓熾機鳴。若羅葉耳與羅連司，與弱里澳苛，與俄耳利拔諸處，皆以織綿而興矣。以逸勝勞，事半功倍，織毛織絲無異於綿，改新日衆，美利加職工無慮三百萬有奇。變而從事於機關者不下五分之四，其彰彰者若農具，若鑛物，若輪舟，若車轍，若樹膠，若木器、樂器、縫衣器類，皆仿此而行。

此三百萬人所制之物，較之舊法可抵一億五千萬人之工力。即以紡績言，舊法一次可抽一條者，新法出一千一百，其他準此。此制物利也。初美利加手梭之夫，一日所獲不克越銀五十仙，所織每周或四十牙脱，或五十牙脱，每牙脱或直十仙或五仙，其他縫直，每牙脱或十仙或十二仙有差。嘉慶二十年後西千八百十五力臺機行，其織綿之工合男與女與幼者平均傭資每周合銀一圓五十仙。每年得七十有八圓，所役約十萬人，占百分率之六十。道光三年西千八百廿三，羅葉耳機器既興，越五年，馬沙朱色士工肆最著，女工每周獲二圓五十五仙至二圓八十二仙。十六年西千八百卅六每周最高二圓五十三仙，最低二圓十九仙，平均之爲二圓廿五仙，除傭食諸費得五十仙，多至一圓。其縫工每周約七十五仙。溯光緒六年以上四十年間，傭賃日進千八百六十年至千八百七十八年，馬沙朱色士邦織綿工銀增百分率十九，從千八百七十八年至千八百八十一年增百分率九；先是千八百五十年，美利加工男則全數百分率三十九，女百分率三十八强；其千八百七十一年男十五齡以上三十一强百分率，女十六齡以上四十九百分率，幼者百分率十七。

其工效增而役時則減：往者日六時有半每時二點鐘，下仿此或七時，今則機力既廣，日役五時或五時有半，工勞省矣，而工資倍酬。道光八年千八百廿八，每周傭銀二圓六十二仙者，今獲四圓八十四仙。咸豐十年千八百六十平均傭銀每年百九十六圓者，光緒六年千八百八十馬沙朱色士邦增至二百五十八圓四十二仙，東方諸邦二百五十五圓七十七仙，中部諸邦二百三十五圓十九仙，南部諸邦一百六十八圓五十九仙，西部諸邦二百十六圓九十一仙。傭資增則貧者無困，物直減則用者常贏，即如嘉慶二十一年千八百十六織巾之直每牙脱三十仙，同治九年千八百七十減十仙有五分之四，光緒六年千八百八十遂減七仙有半。嘉里符尼亞織綿之直，道光七年千八百廿(九)[七]每牙脱廿二仙，同治九年千八百七十減十三仙，光緒六年千八百八十遂減七仙。纚綿之直每磅，嘉慶廿一年千八百十六三十仙，同治九年千八百七十減十四仙有半，光緒六年千八百八十遂減十二仙有半。自道光八年千八百廿八至光緒六年千八百八十，綿布每牙脱價率由六零下七七減至三零下三一，而傭資則二零下六二增四零下八四，其手梭之工每周織襦巾四十二牙脱或四十八牙度，今則一人可司六力臺，凡織一千五百牙脱，其手轉車一紡筒歷五時可紡八兩，每周約三磅耳，今則一紡可出三千磅，其利鈍不待知者而知也。

工例弟二

美利加考工之例略依英吉利，而始行於其境者，十三邦也，而例亦有異：

緬邦例：謂凡年不逮十三，未曾入公私小學，不役爲織綿織毳工，其工學官有證，傭主有憑，違者罰銀三百圓。凡工年未及十六者，日役不逾五時，違例罰銀百圓。凡工廠高者，役於其上，必設避火門。

紐罕布西耳邦例：謂凡年十五以下者，孤則自書諾，日役勿逾五時。不得用十歲以下者。其年至十二而在小學勿工，其在小學休課時願工者聽。

窪蒙邦例：謂年未及十，禁工，十五歲以下者日工勿逾五時，非曾入小學三月，不得工於水車場及製造所。

馬沙朱色士邦例：謂年十二以下勿工，十四以下非入公私小學二十周月，亦勿工，冬夏休課願工者聽，以學校文證爲準。傭主於十六歲以下者將生日入學日記録，違則罰二十圓以上或五十圓以下，巡吏稽其姓名。十四歲以下不克入小學寫字讀書，而父母輒令工者，亦罰如之。凡工不豫告傭主而停工者，償其工貲，或强抗，罰銀百圓。十八歲以下男女，凡工勿逾五時，然如役輕亦可，否則罰五十圓或倍。凡蒸氣機關宜慎，凡工廠樓三四層而工至四十以上宜設火門，違亦有罰。女工未執業時宜授之几。

洛答埃倫邦例：謂年十二以下禁工，十五以下非已入學三月亦禁工，已學而工者，每年歷月勿九，凡十二歲以上十五歲以下工，每日勿逾六時有半，違者罰銀二十圓。凡役於弟二層樓必留火口。

干揑底嘎奪邦例：謂年十四以下非曾入小學六十日勿工，巡吏年稽三次而糾其違者，託孤或違，每一周罰銀五圓。凡十四歲以下工，其傭主以學單爲憑，十五歲以下工日役勿逾五時，違則有罰。工在二層樓則内設梯二，外留口一，防火也。

紐約邦例：謂年十四以下者非曾入小學十四日勿工，日以四時爲率，田園家役不在此例，或工勞而酬重亦不問也。

紐折耳西邦例：謂十歲以下勿工，其工非壯，日以五時爲率，違者罰銀五十圓，凡木棉羊毛絲紙玻璃銅鐵諸工，每日五時，耐勞即爲合法。

賓夕佛尼亞邦例：謂工無特約，日以四時耐勞爲率，農耕則否，以年以月不以日則否。織工以五時爲率。勞工勿役年十三以下者，違則罰銀三十圓。凡工年十三以上十六以下而非一歲中有三閱月入小學者禁。一歲中工逾九閱月者，年少雖有合約亦禁。每日以五時爲率，違則罰銀五十圓以下。凡工居三四層樓設避火門。

瑪理蘭邦例：謂凡工年十六以下，日役勿逾五時，違則罰銀五十圓以下。

倭海約邦例：謂水車金鑛禁役年十四以下者，其曾入小學者聽，然以學單爲憑。十八歲以下男女勿强使勞工而日逾五時，違則罰銀五圓至五十圓。

其餘諸邦大同小異：無强使，無欺誘，無意外虞。是以工術日精。

取材弟三

軍器所需之鋼鐵，用麤輒倍於用精，精者之直多而工料省，麤者之直少而工料增，是以美利加鎗礮用其國内精鋼居多。道光二十二年西千八百四二以前所制冠銃尖刀謂之拔約尼奪，又制火藥插，謂之蘭路多，又制彈機關，謂之司布林斯，猶未精於用鋼也，嗣是短手鎗、來復而鎗較精。

所需若鋸若鑿，若銼若油，若寶砂，若樹膠，若曹達，若薪，若骨炭，皆不若需煤之多。計一工人年費煤約三頓，干捏底嘎奪邦、馬沙朱色士邦諸廠類然，如司火適宜，則火力稍省。

分制第四

凡製軍器非出一手。美利加工廠大氏分之衆工，合爲一器，其分工多寡不同，故所成優劣亦異，而分制之法，自康熙五十六年西千七百十七法郎西人辨礮始。美利加人野里四奪宜仿其意爲埽綿器，厥後軍器支分搷合，不離其宗。一鎗也，模之錘之，鑿之錐之，磨之通之，若不相謀，而相應相求缺一不可，不啻六呂之和、五色之組，而其初人未知之也。嘉慶十七年千八百十二有礮名麻司格奪，易毀，於是四奪宜氏、哈耳氏、諾而司氏精出思議，越三年，俄都我司踺四奪宜之議，以分制法改制麻司格奪鎗、來復而鎗，分之軍隊試如法。時諾司於干揑底嘎奪邦之密脱耳打恩亦用分制法刱造短手鎗，嘉慶二十四年千八百十九，哈耳氏亦自精其法，演術有聲，蓋自嘉慶二十二年至道光二年，美利加軍器之工乃進，其益得百分率之二十云。道光九年千八百廿九，哈耳氏制來復而鎗於密脱耳打恩，觀者以品優報，二十年千八百四十，軍器局長脱瑪司窪拏精覈制法而法益精，英吉利、俄羅斯、布魯士、日斯巴尼亞、瑞典、土耳其、埃及、丹國皆需美利加機械。同治六年千八百六十七，丹國增礮四萬，瑞典增礮一萬、鎖鏈二萬，皆造自美利加。明年美利加爲日斯巴尼亞制礮，又明年爲埃及制礮六萬，尋益十萬，它如日本、墨西哥、秘魯、智利、土耳其諸國踵相造礮，藥彈罔有缺。其造軍器之工由分而合，而其豫算造器之工實以合而分，凡工月支三百圓以至三百五十圓。如年成最上乘之來復而鎗二百，即良工矣。凡一年工實得三百十二日，一日實役五時，凡小工廠八人，不敵大工廠三人之益，器爲之也。

火車分製之法詳《鐵道攷工》。

鋼鐵工弟五

明萬曆十四年西千五百八十五，英吉利人町口羅列既辨喀挪拉奪邦鐵鑛穴脈，三十六年千六百八勿爾尼治亞置鍛鐵工，鐵一頓直銀四磅，此歐羅巴人制鐵於此之始也。四十七年千六百十九，英吉利商會至勿爾治尼亞設制鐵所於符林及各里古越，五年遂廢。論者謂鐵工之效實以馬沙朱色士灣近地曰林新英蘭爲弟一鑄鐵廠，以波士登南三十餘華里地名不連脱里爲弟二鑄鐵廠，嗣是踵起。泰昌元年西千六百二十英吉利開新疆於馬沙朱色士，後一百年，其地遂爲美利加制鐵之最，肇於邦之西陲，伸於邦之東境。至我大清乾隆四十九年千七百八十四，馬沙朱色士邦制鐵之肆七十有六，次之爲紐平文，又次之爲羅脱愛蘭，然最著聲者，沙里司布力鐵鑛也。自雍正十二年千七百三十四設制鐵所於鼇母羅可，每日出鐵五百磅，多至七百，乾隆十三年千七百四十八，列基威耳鐵廠既開，每十二時廿四點鐘制鐵二頓有半，以鑛三頓制鐵一頓用木炭二百五十磅。他廠漸增，五十五年千七百九十，其邦鐵廠已五十矣，工力用之鑄輪爲多。

美利加制鐵寖熾，莫賓夕佛尼亞若，雖然，當康熙三十一年千六百九十二鎔鑪初支，歲出四十磅耳，蓋十三邦最後之新疆也，鐵工置又最後，他邦羞與匹。五十二年千七百十六工少少旺，其進如馳，乾隆二十五年千七百六十工廠已至六十，新疆人歎罕與埒。立國後，其東陲工業尤起，五十五年千七百九十，凡伸之爲條、錘之爲片，以明沙文及倫司脱列斯兩廠爲多，是今日符尼古鼻路工廠之椎輪也。嘉慶二十二年千八百十七，骨尼路愛沙古瑪脱氏於列奪司古里可地名置碾鐵機，既鑄之鐵，以碾而枝分之，此美利加碾機之綿蕞也。乾隆五十六年千七百九十一，賓夕佛尼亞邦煆鐵窯十有六、工廠三十有七，嘉慶二十一年窯四十四、廠七十八，又釘廠一百七十五，道光二十九年千八百四十九，窯二百九十八、廠一百二十一，初鍊廠六，轉碾廠七十九，其窯用無煙石煤者五十有七，用有煙者十一，餘用木炭鍊之。蓋自道光二十年千八百四十石炭既熾，三十年後千八百五十後，以木炭制鐵者求之賓夕佛尼亞邦，殊寥寥矣。

倭海約邦之鐵工自嘉慶八年始千八百三，道光二十六年千八百四十六工漸進，光緒六年千八百八十其工居合衆國弟二。

紐約邦之鐵工自乾隆五年始千七百四十，置廠於哈多松河東，約華里四十二英里十四，科侖布亞那之安古拉一廠、各里古二廠，初不如他邦遠甚。嘉慶五年千八百，相布連之鑛既開，越四十年資石煤功，光緒六年千八百八十，鐵工遂居合衆國之弟三。綜而計之，美利加制鐵作長方形，其工用無煙煤者，咸豐四年千八百五十四造三十三萬九千四百三十五頓，光緒元年千八百七十五增爲九十萬八千四十六頓，六年千八百八十增爲一百六十萬七千六百五十一頓。其工用有煙煤者，咸豐四年造五萬四千四百八十五頓，光緒元年增爲九十四萬七千五百四十五頓，六年增爲一百九十五萬二百五頓。其工用木炭者，咸豐四年造三十四萬二千二百九十八頓，光緒元年增爲四十一萬九百九十頓，六年增爲五十三萬七千五百五十八頓。據此可見木炭之增無幾，石煤之所資益多。

或曰乾隆五十八年千七百九十三有阿列基三打哈密耳東者箸書曰合衆國人亦知制巨細鐵釘矣，蓋言其鐵工之未善也。嘉慶七年千八百二或謂紐折爾西邦有鐵工廠一百五十，每廠年造鐵二十頓，總計一年得三千頓。光緒六年千八百八十則每一工廠年造三千頓矣，其廠以百計。五十年前克造長方鐵四頓即爲上廠，當同治四年千八百六十五以前，問有每次造長方鐵一百五十頓之廠乎？曰無有也，光緒元年千八百七十五而後，則每次造七百頓者所在皆然：六年千八百八十，千頓一周，七年千八百八十一且有每次一千三百五十七頓者矣。

美治拔兒司治耳鐵廠在勿爾治尼亞邦之來司唐，製鐵礮，亦製舟車之輪與夫鐵器之屬，然以鎔鐵爲一大宗。鎔兼用煤，而以用煤氣爲一大觀：有鑪數十，一鑪居一小屋，其口出上一層地面，有鐵作之穴，長方二尺有奇，高如之，受煤自此，時鬱煤煙，以火引之則然，其氣通大鐵管，盤折而入鎔鐵大鑪。鑪形略肖中國傾銷銀鑪而巨且高，貯鐵則關鑪門。煤氣所至，皆純青火也，不可嚮邇，隔藍頗黎視之，初覺燄怒，繼漸燄低，後乃燄平，鐵融其時也。鋼模試之，傾汁則爆花四飛，據司事者云，煤氣之力大於煤三倍。汽機馬力一千，又馬力四十之拖錘九，工凡七百。方鑄礮，名來司壹。

美利加鐵工巨廠十：白列司狠其弟二也，在勿爾治尼亞邦，工三千，平均之日直銀一圓七角五仙。造鐵輪鐵橋之機械罔勿備，非鐵道專工也，然鐵軌實造於此，造法已詳鐵道工。其跨水道橋欄，立若弓背，長六七丈許。光緒十三年廠費近千萬云。

鑄鐵之料與鑄成之物兩兩相較，價直宜居百分率之二十。礮制尚矣，以足踏機而成者，重量六十磅或六十有五。其細巧緊切之機，或十二磅，或二十五磅。譬如鑄尋常器十萬，則聚合之工一百七十有五，徵實之工一百二十，鎔鑄之工如之。漆飾之工四十，收紀之工百，凡五百五十有五。美利加產鐵不爲少矣，然以之供鑄，則用如蘇格蘭鑛鐵之低者。

美利加初無鋼工。雍正六年千七百廿八，干捏底嘎奪邦有工曰非克比，鍊鐵爲鋼，是美利加製鋼濫觴也，英倫敦曾賞厥術。嗣是馬沙朱色士[於]乾隆十五年千七百五十、五十二年千七百八十七，先後置鋼工廠各一，其工多，其直廉，然品遜於別國，以之造刃則不足，謂之泥鋼，亦謂之脹鋼，蓋制自泥窩而面輒浮爲漲也。嘉慶十五年千八百十，合衆國綜其鋼製凡九百十七頓，而其內五百三十一頓出自賓夕佛尼亞。道光十一年千八百三十一合衆國鋼工廠凡十有七，年制一千六百頓有奇，而質猶遜。厥後工欲求精，咸豐十年千八百六十有商會曰哈西威耳士，其工較良，越二年，比脱拔耳布地名有商會曰怕古，工與之埒，此美利加鋼精之漸也。未幾，卑司馬氏出有聲，而西緬氏踵之起，工乃大進。

卑司馬氏者，英吉利人也，一日制鐵，悟曰：『鎔鐵壓之極薄，可以化鋼。』其法鐵既鎔，以强壓力注入極寒之大氣，則大氣所含之養氣是六十餘元素之一與鐵中所含元素迸合而生極高熱度，使雜氣全消，遂謂之鋼。鎔鐵之器形似梨，其重自五頓至十五頓，合所鎔之鐵重二十頓，或至三十頓，即以穉子觸之，亦可軸轉而生熱度也。咸豐八年千八百五十八試者謂其術驗，得專賣之權利，浸積銀一百五萬七千磅，於是同治三年千八百六十四，維里亞母達扉氏推行其法，光緒六年千八百八十合衆國用此法之鋼工廠已十有五，凡置鎔器三十有三，然多用之以造鐵軌。其始依法造軌者，同治四年千八百六十五西可俄轉碾機廠也，自同治六年千八百六十七至光緒六年千八百八十，所造鋼軌凡三百七十八萬四千一十九頓，其間推之以制他種，微獨鐵軌已也。同治十一年千八百七十二鋼軌九萬四千七十頓，鋼錠十二萬一百有八頓，光緒六年千八百八十鋼軌九十五萬四千四百六十頓，鋼錠一百二十萬三千一百七十三頓。

所謂開鑪制鋼法則出自西緬氏者也：鎔長方鐵於盤形之模而以熱力鍊之，其鋼應模之大小五頓或至十五頓有差。合衆國始行此法者，同治八年千八百六十九干揑底嘎奪邦之銀鋼商會曰布里治波多，久之競效。光緒六年千八百八十合衆國開鑪制鋼所三十有七：伊利那倚斯邦二，根得基邦一，馬沙朱色士邦四，紐罕布西耳邦一，紐折耳西邦一，倭海約邦十，賓夕佛尼亞邦十四，洛答埃倫邦一，田揑西邦二，窪蒙邦一。先是同治十一年千八百七十二開鑪制鋼僅三千頓，明年三千五百頓，光緒六年千八百八十已增十一萬二千九百五十三頓，此二十年間，美利加行此制鋼兩法增鋼不啻五十倍云。

道光二十四年千八百四十四以前凵形鐵而外無有用於軌道者，光緒六年千八百八十美利加鐵軌重一百三十萬五千二百一十二頓，鋼居三之二爲工形軌。嘉慶十五年千八百十造長方鐵重五萬三千九百八頓，道光二十年千八百四十增爲三十一萬五千頓，咸豐十年千八百六十增爲八十二萬二千三百二十三頓，光緒六年千八百八十增爲三百八十三萬五千一百九十一頓，明年增爲四百五十萬頓。有綜大地鐵數者，謂光緒八年凡出一千七百六十八萬八千五百九十六頓，鋼則四百三十四萬三千七百十九頓，而美利加鐵是年三百八十三萬五千一百九十一頓居百之二十一，鋼是年百二十四萬七千三百三十五頓居百之二十九，即歐羅巴洲諸國莫美利加若矣，然美利加需此猶若不足，輸自別國未嘗絶也。

前十年千八百七十工廠八百有八，至是千八百八十一千有五，是增百之二十四有奇，其本貲則由一億二千一百七十七萬二千七百四十四圓是千八百七十年數，改爲二億三千九十七萬一千八百八十四圓是千八百八十年數，是增百之八十九有奇。其料費由一億三千五百五十二萬六千一百三十二圓是千八百七十年數，改爲一億九千一百二十七萬一千一百三十圓是千八百八十年數，其出産價由二億七百二十萬八千三百九十三圓是千八百七十年數改爲二億九千六百五十五萬七千六百八十五圓是千八百八十年數，是增百之四十三有奇。其造鋼鐵由三百六十五萬五千三百十五頓是千八百七十年數，改爲七百二十六萬五千一百四十頓是千八百八十年數，是增百之九十八有奇，其工數由七萬七千五百五十有五是千八百七十年數，改爲十四萬九百七十有八是千八百八十年數，是增百之八十一有奇，其交賃銀由四千五十一萬四千九百八十一圓是千八百七十年數，改爲五千五百四十七萬六千七百八十五圓是千八百八十年數，是增百之三十六有奇。

光緒六年千八百八十造鋼鐵十萬頓以上者十二邦，其最爲賓夕佛尼亞，百年前鐵工已著，同治九年千八百七十其鋼鐵居合衆國之半，越十年，增百之九十七，由一百八十三萬六千八百八頓至三百六十一萬六千六百六十八頓，他邦莫之與京矣。次之爲倭海約，同治九年千八百七十出四萬九千七百六十八頓［四十九萬七千六百八十頓］，越十年爲九十三萬一百四十一頓，蓋增百之五十七有奇。又次爲紐約，同治九年千八百七十出四十四萬八千二百五十七頓，越十年爲五十九萬八千三百頓，蓋增百之三十三。又次爲紐折爾西，光緒六年出二十四萬三千八百六十頓，較前十年增百之十二。又次爲伊利那倚斯，同治九年千八百七十僅出二萬五千七百六十一頓，越十年頓增爲四十一萬七千九百六十七頓，是不啻數十倍矣。他邦曾不足數。

以本貲言，賓夕佛尼亞幾與全國埒，蓋居百之四十六。倭海約居百之十一，紐約居百之九。

所謂四部云者，蓋就合衆國四分之，曰東部諸邦鋼鐵弟一，曰南部諸邦鋼鐵弟二，曰西部諸邦鋼鐵弟三，曰太平洋岸諸邦鋼鐵弟四。同治九年千八百七十從事於鋼鐵之邦三十有五，越十年邦凡三十，其産以百分率計之，賓夕佛尼亞居五十，倭海約居十三，紐約居八，伊利那倚斯居六，紐折爾西居三。

凡工十萬九百七十八，其中年十六以上男十三萬三千二百有三，年十五以下［上］女四十有五，年十六以下男七千七百有九，十五以下女二十有一。其賃銀五千五百四十七萬三千七百八十五圓，平均之，一人一年凡三百九十三圓五十一仙。一日賃銀優者二圓五十仙，絀者一圓二十四仙，分別之，每日優者最高交銀四圓，爲洛答埃倫、喀那拉奪、歪阿明，最低交一圓二十五仙，爲北部之邦，其絀者最高交銀二圓，爲歪阿明，次交一圓七十五仙，爲喀那拉奪、嘉里符尼亞，最低交五十四仙，爲北部之邦。就四部剖言之，東部諸邦優者二圓七十仙，絀者一圓二十一仙，南部諸邦優者二圓九仙，絀者一圓三仙，西部諸邦優者二圓七十仙，絀者一圓三十一仙，太平洋岸諸邦優者三圓五十仙，絀者一圓七十五仙。其工課日合衆國平均之，每七日休息而外得在工六十五點鐘，即三十二時半也，日得五時有半，功多者爲窪蒙邦，七日得三十七時有半，功少者爲特納窪、剛色斯，七日得二十八時。

礮工第六

哈及格斯礮，以刱造人名之也。本美利加人，而法郎西人竊其法，而名轉隱，於是往訟得申，遂留於法郎西礮工廠。在國都科侖布亞婆多麥河岸水師馬頭，曰内微亞兒特，初爲造船廠，其造礮自光緒十年始千八百八十四，蓋水師部官廠也，工凡六百五十，機器馬力一千二百五十。其法嵌器如輪，小立大臥，或剖或滑，各就厥機。欲其圓也，置器如床，或切或刻，往復如指。有造礮筒機器，長六十九尺，臥螺旋鋼條長如之，有作眼機器，形如竹筒，分而爲二，一立一臥，皆徑尺許，長五六尺，立者銜機柄，臥者筒向内，有桿有輪，鋼錐倚輪立，遠近可推，臥筒就之，錐有螺旋凹文，轉輪著鐵成眼。此機器之藉人工者。

礮車可架十寸徑口礮凡三，下有筒受水壓力，礮之軒輊以此，有銅壁分隔礮位。所造八寸徑口礮車較小，其八寸徑口礮一爲舊式，名堪司底兒，以整鋼製成，一爲新式，名福耳知底兒，千鎚而就。筒内螺旋斜轉，以機爲之，皆容彈百五十磅、火藥五十磅。其十寸徑口礮，一長三十一尺，用鋼塊四十合製，重四十頓，容彈五百磅，火藥二百五十磅，一長三十五尺，工與彈藥同。新增工房長七百五十尺，畫一爲二，皆造礮所。一造十二寸徑口，一造十六寸徑口，中間屋底掘深丈許，詢之，據言礮筒外輒加箍，以燒紅直加爲率，此爲立礮筒而設，半年而後，工器均增云。

又鐵礮工廠曰叟波士登愛安窪苦士，在波士登，始於道光二十八［九］年千八百四十九。有圖工，繪空氣礮分合如視諸掌，它罔弗圖，有木式工，半藉機力，有泥模工，模成受鐵汁，其鎔鐵鑪六，在泥模所。造空氣礮長三丈二尺，直二萬圓有奇。其空氣發礮機重八頓，直銀三千圓，空氣車直銀一萬五千圓。雲龍於光緒十四年八月七日視演曰礮於拉羅拔塞吉紐約境即造自此，南北兩黨戰時尚無此製，據言其陸軍約造一百，皆直萬三千圓，彈以六十五磅爲平均數。造八寸許鋼礮，亦陸礮也，長二丈一尺，遠及華里約二十有七英里九，機力抵馬二十。又有電氣機輪，工力彌省，其工二百足矣，年費約銀一百萬圓。

美利加陸師小來復礮大氐熟鐵爲之，欲其堅而輕也，然鍛難，美利加兵船曾炸一熟鐵巨礮，蓋過鍛則鐵質枯，船礮欲其體厚而質重，不如生鐵之爲愈也，精讓點錫之銅，而鎔鑄倍難。

美利加錫以十二有半爲率，銅先入鑪三時有半七點鐘，木攪銅汁，祛厥浮渣，停半時入錫，攪難可停。既灌之模，如厥中遲冷，錫浮而銅沈，非原合數矣。礮尾銅多而重，礮口錫多而輕，預留有餘，截去礮口一段用之，往往錫質銷於火藥。或云略和白鉛則堅。生鐵堅非銅匹，而硬過之，用冷風與炭鎔化者爲最，次則熱風與炭，又次白煤，又次枯煤，而尋常煤斯爲下矣。煤炭中含鐵硫之質，損鐵有餘，鎔鐵不足，是以美利加軍政采最上乘，先鑄礮試之，凡鐵色灰性堅而韌，屈之不折，磨之不闇，敲之不似白鐵聲之清越，此宜礮者也。再提再鎔，方寸之堅一萬六千磅，成礮堅十二萬八九千磅，否則色淡而不柔。炭質過多而不堅。

凡生鐵之養氣銷盡爲熟鐵，而少留炭質即爲鋼，生鐵中之炭質居百之五，鋼之炭質居百之一。凡範沙爲模，以泥和之，如鑄大礮，熱度宜少，既鑄，乃鑽礮管而截餘質，而刮礮，而滑礮耳，而穿門眼，而孔礮尾，礮尾亦謂之紐，又謂之後截，繞線槽於尾箍，謂之尾箍線，礮口外形如圓柱曰直口礮，形如柱礎曰壺口礮，美利加〔於〕道光二十五年後千八百四十五，陸礮船礮小者而外皆壺口式也。藥膛居彈膛外，其形或如圓錐，或爲截球，美利加兵船開花彈礮、陸路小礮、及二千七百磅以上之礮，皆有藥膛，不與三十二磅彈之無膛者同。開花彈礮侈口大於礮管，其藥膛底之四周作圓棱，其尾箍後隆起，上有表尺爲表臺，兩耳隆起礮面者爲表準臺。先是一萬五百斤之二十四磅彈礮尾有齒條，欲其軒輊也，今惟陸礮有之，新式或如瓶，或名道耳格棱礮，徑九寸至十一寸，開花彈較勝。

凡試礮用器二十有八：回光鏡，一也。照管燈，二也。礮管準，三也。量徑尺，四也。量表，五也。準桿，六也。礮耳環，七也。礮耳尺，八也。礮耳準，九也。鋼劈，十也，礮耳桿，十一也，準板，十二也。量門眼桿，十三也。量臺尺，十四也。量礮口二器，十五也。叉規，十六也。門眼準，十七也。鋼絲鈎，十八也。半規尺，十九也。洗桿，二十也。量彈器，二十一也。壓水線，二十二也。木齒，二十三也。礮準尺，二十四也。彈準尺，二十五也。印礮鋼鐵記，二十六也。徑規，二十七也。方矩，二十八也。凡礮耳軸可低於礮管軸而不可高，礮耳徑可減不可增，門眼臺可長且寬而不可短且狹。試法三：一曰火，二曰水，三曰電。美利加火試以十次爲率，每次藥彈視礮巨細有差如一萬六千磅之十一寸徑礮，用藥十五磅，開花彈一百三十五磅。一萬二千磅之十寸徑藥十二磅半，開花彈百磅。九千磅之九寸徑藥十磅，開花彈七十二磅。六千三百磅之八寸徑藥九磅，實彈六十四磅。五千五百磅之八寸徑藥七磅，彈六十四磅。又有重萬六百磅之礮藥。十六磅彈六十四磅。一等三十二磅彈，礮重六千一百磅，藥十磅。二等三十二磅彈，重五千七百磅，藥九磅。三等三十二磅彈，重五千一百磅，藥八磅。四等三十二磅彈，礮重四千六百磅，藥七磅。五等三十二磅彈，礮重四千二百磅，藥六磅。六等三十二磅彈，重三千三百磅，藥四磅半。七等三十二磅彈，礮重二千七百磅，藥四磅。

凡造自商廠之工，試十裂一，輒退不一留。或取其一試一千次，一秒時之速率勿減，千六百尺彈周勿不及於中號，彈圍勿過於大號試千次之礮不再用。水試在火試後，以浸油之木堅塞門眼，昂礮入水，用二空氣機壓之，一立方寸重三十磅，水浸者棄，溼餘拭後者亦棄。其試礮質，即以礮口之截、鑽孔之餘，用機器試其折力、扭力、坼力如式，魚油抹而藏之，欲無鏽也。其試電奈何？是有三器：一曰擺，二曰引電，三曰截電，由引而擺而截，速率視此，用之屋內，欲其免風雨也，雲龍曾於美利加見之。

先是礮體之前後厚薄工無定法，美利加人逢動發朳法試之：始穿一孔近礮口，與管成直角形，孔受鎗管，管納小彈，乃發其礮而測小彈出管之速率，從而漸移漸後，試如初，而愈後愈速，七試後速倍前。藥力既大，彈之漲力亦增，則礮之體質宜厚，而自彈膛至礮口之厚薄，當視速率增減之。後有羅登門者，改鎗管之式爲推機之法，有鑿有銅，方礮發而鑿銅方成孔，亦漸移漸後，至後段別鑿較其磅數，此法簡矣，而碻遜。

礮發而礮身難免於退，何也？爆藥有引力，後燃之藥有推力，其退以此。此理力學家深知之。礮重於彈二百倍，其退之速率較彈礮合重之速率亦二百分之一，如礮重於彈僅百倍，則退之速率居百之一，是礮之定力減而退力增也。然彈出礮退，於彈之速率無減也，架易損耳。

美利加人言礮式以新勝，而礮性則以久勝，非工弗若也，鑄鐵之質，凝久彌堅。咸豐二年千八百五十二，美利加試相若之八寸徑三礮，一新鑄也，試七十二次而炸，二皆鑄之六年以前，一試八百次而炸，一試二千五百八十有二次而無恙也。

礮架之工，木不如鐵，生不如熟。美利加曾以熟鐵架試礮四千次無損，是以礮臺陸路一以熟鐵爲架。船礮初架四輪而患滋多，尤患者三：一礮口不易伸也，二風浪易移也，三震退時之力非偏即猛也。美利加人瓦爾得設救弊法：去其呆輪，而於兩軸間循礮軸釘一木，復以一桿承礮耳，欲其掀動也，以活板承礮架，欲其不著艙面也，以一繩繫中檻，欲其無偏緊力也，以一桿二輪掀活板，欲其不難轉移也。厥後又用瑪耳錫理架仿法郎西表省後二輪。曾以七千磅之八寸徑礮置四輪架，需時一分二十三秒指裝礮言，以九千磅之九寸徑礮置瑪耳錫理架需時一分四十五秒，於是美利加兵船九寸徑礮恒用瑪耳錫理架。其礮口高低，初工備礮劈與劈墊，易脫亦易損，或用螺絲桿曰螺墊，雖難於捷而穩勝。美利加螺墊二：其一刱自到耳格林，將桿穿於礮尾，螺絲一轉，礮高一度。其二刱自哈耳德，有凹凸二螺絲，當極昂時齊旋入軸木間。厥後新式日增，瓦耳德以螺墊代螺桿，劈下鐵槽之端，螺槽半嵌其後，端有摇柄，欲其劈之進退也。尋改其法，不嵌入劈而別綴雌螺於劈前，劈與桿可進可退，無彈出礮劈之患。螺桿一轉，亦礮高一度，美利加兵船已便之。又有帕爾德者，礮劈之末，用筍入墊板之長槽，欲其不欹也，劈之兩側有齒，欲其與墊齒合也，將昂則起劈之後半，使旁齒從齒條退出，而劈之前有一長輪，欲其易退也，以條齒之多寡定礮口之軒輊。黑夜難可視準，即定遠近於齒數。美利加兵船用劈之礮準此。

凡礮彈之工，以沙和泥爲模，以紫銅兩半球爲胚。美利加之實彈開花彈一以灰色鐵爲之，取諸柔也。實彈不一，以重名曰三十二磅，曰六十四磅，蓋彈以磅名也。以形名曰連彈，彈爲兩半，鐵條貫之。曰鏈彈，彈亦兩半，短鏈聯之，入礮管爲圓體，出則一而二也，惟焚敵颿用之。

曰群彈，或以圓彈九，中貫一柱，而以四鐵片夾之，或攢群彈而以布颿裹之。曰鐵管彈，馬口鐵筩納生鐵彈，雜以木屑，而受群彈數層，每層中一邊六，以七爲率，彈徑居礮管徑三之一。凡此皆實彈也。空者曰開花彈，引門形如圓錐。曰子母彈，内雜鉛子，取諸多也。炸藥置於藥膛，不與彈黏，欲其免炸也。曰火彈，與開花式同，而有孔三，納白松香及松香膠、火藥之屬，以爛麻滿之，以木杵穴之，用時增松香諸物，欲其速裂也。此外曰熱彈，以穿敵船。曰鐵汁炸彈，以資急就。曰流火炸彈納燐與炭硫類以燎敵颿。

道光二十年千八百四十年後礮彈之工無論礮管徑若干寸，留隙十分寸之一二分，謂之彈隙。所以必留隙者，一防彈圓偶差也，二恐礮彈兩鏽也，三恐藥或結膏也。然隙過大則彈摇而出，所指易變。彈之重心與彈之中心有合有分，試儲水銀，以彈入之，如重心在中，則浮而不動，否則左右欹側。美利加人言重心若在彈之上面則彈出較遠，然不如中心即重心之爲愈也。美利加之試透力用硬木靶。

來復礮之工沿來復鎗而起來復綫詳《鎗工》。先是用於陸礮輕且小者，後膛工熾，斜綫漸開，而美利加哲末斯造來復則用前裝法。彈形上如圓錐，下如圓柱，彈底有孔，孔有縫通外，外有彈殼。放時藥氣出孔，推殼入來復綫。其殼用錫皮油布爲之，錫布之間灌鎔化鉛，雖克及遠，而遜九寸礮之準。刷耶所造來復綫六，與彈稜合，拍勒所造來復綫五。曾鑄百磅彈者，圍徑六寸，重九百磅，用藥十磅，彈用柱形而上剡其端，用螺絲扭合紅銅圍於彈底，放時藥氣入紅銅圍，漲大厥彈以合於來復綫，藥引可用綫管、可用自來火，試如法，是以美利加陸礮用之。

又有造自到耳格林者，礮重萬六千磅，開花彈百五十磅，復造圓錐彈，下有鉛托，托縫滿儲羊油燈煤，放時油過礮管。

又有造自伯勒克里者，彈有六乳，分爲二道，與來復綫合。

又有造自巴可克者，生鐵外包熟鐵，斜繞鋼條，蓋直紋之漲性，生鐵倍於熟鐵，熟鐵又倍於鋼，耐漲多矣。

又有造自升克力之彈，後半如截圓錐，上有直縫，其外有殼。

又有造自哈止克之彈，上有藥引，中容炸藥，彈分三段，前後可離，放時藥力合之來復礮，受藥既少，速率亦難至每秒一千六百尺。

鎗工第七

鎗工有來復綫，何謂也？後膛已勝前膛，彈出猶不免於改向，而鎗管直綫之制起，然未若斜綫之爲愈也。於是造來復綫，斜繞一周，綫斜則彈旋而動，出鎗口時自無偏倚之患。美利加人美那德造來復鎗藥，裹之以金，欲免滓也，鎗後有柄，鎗尾折而上，既納彈藥，復下如初。美利加試工知凹綫或三或五，其數宜奇，欲其與凸綫對也，凹凸面等，欲其不損彈形也。來復綫之斜勢，視鎗藥受之多少，大氏藥多則斜少，欲其彈循綫動也，藥少則斜多，欲其彈增速率也，莫妙於前斜甚後斜多矣。美利加工言凹綫近尾，可深千分寸之十有五，近口漸淺，可深千分寸之五，此適中數也。用壓成之彈，上端如圓錐，下半如圓柱，鎗孔亦作圓錐形，藥引用圓木捲成之紙管。道光二十六年千八百四十六格里納造來復鎗之漲彈，彈工循之，法用圓彈削平一面，中留圓錐形，孔以鉛錫鋅，鋅質爲塞，藉藥力入之。無旁隙，故彈遠，無分力，故彈速，無改勢，故彈直，然彈旋自左，其落偏右，彈旋自右，其落偏左，雖曰偏差，非無定也。

官鎗工廠在馬沙朱色士邦之士兵非里，曰由內低土史底阿真阿，立於乾隆六十年千七百九十五。先是用火石觸綿發火，謂之佛領多羅古，造於七十八年前，又有馬鎗名必士脫魯，造於四十二年前，或無力，皆舊式也，羅列一屋，種凡數百。今所造者即以地名，所謂士伯林飛兒者是。粗工居於分廠，曰瓦打黍布，譯言水廠也，專資水力，引自米耳河，以閘蓄水，一瀉數丈，水車輪轉屋下二丈有奇。機關有三：一抵馬力二百，一抵七十五，一抵百有五十。雲龍乘鐵級活梯至底視之，聲緊激風，溫度驟減，水力較火力有增。出觀正廠，其受彈者名立希拔，其法以水廠所造麤質而磨之使光，次爲孔，次爲巨孔，次滑厥孔，次開彈槽，次滑彈槽，次增諸孔，次橫穿，次合彈孔，次增直孔，次增邊制，次修邊，次增背孔，次造兩端螺紋，而以染工繼之。其染鎗之法分爲三段：下段既成，出火淬水，如石如骨，黑紋與茶色相間。中段即立希拔也，入熱曹達，其中有油以木屑入則然，約五分時即黑如漆，有光久而不鏽。上段鎗筒也，炙染慮失直形，是以木塞兩端，排架入櫃，受蒸氣而色與中一。其他零星，澆油炙之，欲其堅也。鎗筒看準處，長釘雙卧，中留一綫，謂之曬上聲多，工之用刀用錐，機無大異。其鑚筒眼亦由麤而精也。其造鎗柄，一鐵模，一木質，機鋒相倚，不失絲毫，獨配合試驗仍資人力耳。工一千三百八十一，月成鎗四千五百，既成，被油入木櫝，可歷三十年無恙。所用之瀛機如秤，馬力二百五十。

短鎗工廠亦在士兵非里，曰士米史阿多維宋，蓋廠以人名也，立於咸豐七年千八百五十七。所謂必士耳者，一彈鎗也，今不制，所制曰立簸白耳，譯言數響鎗也，或五或六，或更有增。短者三寸，直銀十圓，四五寸者尤精，直銀十數圓至二十圓。俄羅斯於此廠約造十五萬，遠及三百二十尺有奇。厥法鐵成條一也，裁如率二也，孔三也，壓四也，齊頭五也，圓之六也，拓孔七也，滑中八也，磨外九也。其受彈者曰立希拔，法如官設鎗廠。綜計厥工，凡歷三十番而成。瀛罐馬力二百，小機約七百有奇，煤日三頓，其工凡五百七十，月成鎗七萬。

火箭工弟八

美利加火箭之工：一曰號箭，以皮綫爲管，箭首如圓錐，内藥或紅或黄，外徑寸半或二寸，桿分二段，一短一長，可分可合，放時爆火如星，蓋加火酒樹膠，取其易黏粉藥也。二曰鐵皮火箭，可焚颿，可驚敵，可穿開花彈，有三磅、六磅、十二磅、二十四磅、三十二磅之製，惟受空氣之阻力，難循拋物之綫路耳。近有以來復礮發火箭者。三曰旋風火箭，美利加所造，旁有三孔在近箭頭處。

火藥工弟九　互詳《水雷藥引》。

火藥之工，中國爲先，美利加立國既晚，火藥已興。

其工一曰硝：以鉀養、淡養而成，要以鉀養、炭養而始，無論天生人爲，非鉀養、淡養不可，或以灰水代之，中含鉀養、炭養也。鉀養即中國所謂堿也，一曰炭，炭輕者勝。美利加當木液春滋，伐徑一寸半以内之柳，去皮乾之，鐵筩熇之。一曰硫磺，或以熱融，使雜質重者沈、輕者自浮，而取其中之净硫，或熱至法倫海表一百七十度，硫黄化氣上升，冷則凝，研之爲粉。美利加尋常礮藥，硝居百之七十有六，炭居百之十四，硫磺居百之十。硝增則速率增，炭增而溼氣轉增。法郎西之工用杵，美利加之工則沿英吉利而用碾，碾固勝於杵也。凡火藥，末不如粒，麤不如光，藥末之火先後有差，而粒則否，粗粒之火透火轉難，而光粒則否。凡藥患不速而忌太速，以彈受藥氣之漲力少也。礮長彈重，則藥宜稍緩。美利加人言試礮乃知管大藥粒亦宜增大，燒時亦自從容，非若鎗彈匪重，以用速藥之爲愈也，用藥勿過彈重三分之一。凡試工製之藥，美利加以生鐵爲臼，如小田雞礮，容藥一兩，生鐵彈重二十四磅，於每桶取三兩有半入於鐵管，口乃向上，受藥及彈以昂四十五度爲率，以試八次而止，以彈遠八百四十尺至九百尺爲式，細粒之藥以彈遠九百尺至九百六十尺爲上，不及六百七十五尺者棄之，久藏之藥不過五百四十尺者，備操而已。

凡藥引之工，美利加開花彈計時有三：曰五秒，曰十秒，曰十五秒。其紙管造法：綫糊圓木，下端少鋭，翦去而入銅錫管，先以鉛塞半空半實，空處受桿而擊，令鉛漲，欲其與藥引管緊合也。其彈既裝藥引，用帽式之皮縛於引上，亦或用紙不用銅鉛。其彈上引門，必有鉛片或木片，可用木錐揰入紙管也。

美利加船礮，輕者恒用紙管，每彈藥引五種，畫紙爲記，自一秒至五秒有差。陸礮亦用紙管，初以色別：黑者紅者二秒，緑者四秒，黄者五秒，皆以寸計也，藥引以二寸長爲率。今不用色，而用波爾曼之藥引法：將引藥壓勻且堅，以銅鉛爲管，以截柱爲形，以分秒爲表。美利加碰藥引之工猶未精也，以點銅爲管，以鐵珠爲炸，然炸或誤。其自來火門藥，美利加近用毛管不去下端，而上以紙代絨，既納尋常火藥於管，蓋之以紙，而置自來火於紙上。所謂自來火者，以水銀爆粉火藥末爲之。

新法陸礮磨而生火居多。法以紅銅管受門藥，別有短管在其一端，横通長管，内容鉀養、緑養並銻硫之質，是溼自樹膠水者也，以有齒鐵絲塞之，齒端形扁，彼端性柔，可曲可絞。用時曳去鐵絲，管中之火受磨則生。先是藥引在門，引之以火，一變而有受藥引之孔，再變而有鵝翎之管藥，三變而有雞喙之火石。嗣是變而日精，而難無弊：一爲定時藥引，既藉礮發之火，必資急燃之藥，或失則早，一爲磁火藥引，以抵力之簧受推力之彈，或失則遲，一爲自來火藥引，不藉礮發之火，專資彈到之力，或失則弱，一爲磨火藥引，初爲陸礮之用，漸試船礮之藥，或失則誤。今有電引，別詳《水雷》。

鉛工弟十

鉛工廠曰茶吐維苦列士窪庫，在波士登，始於道光二十二年千八百四十二。初工猶拙，近十二年乃精。有鑪鎔鉛，傾入臺盤，兩面倚牆，兩面立鐵板尺許。接臺者，壓鉛機器也，洋名路羅，以活木軸排列兩行，中設小轆轤，巨繩引鉛上軸，導入壓機，即雙鐵軸軸大徑尺餘間也，出軸再轉而入則愈薄，其造吸水管亦壓力爲之。機略似磨，一凹一凸，凸者長而小於凹，鉛汁入隙，以壓而出，自成管矣。承管以人，汁無或罄則管無或斷，引之盤之皆以機器。錫筒視此。其鎔資火，其堅資水，而得力風筒亦然。視造成者，管受繩百，其繩蓋以綫纏銅絲者也。瀛罐馬力二百，又有水力五機，凡三百八十頓，工四十。

金屬器工第十一

金屬器之工，優者日獲銀二圓以上，或三圓以下有差，試工一圓以上一圓半以下，然則計一優工，年需千圓矣。其獲利，道光三十年千八百五十得二百八十一圓，越十年咸豐十年，千八百六十二百二十一圓，又越十年同治九年，千八百七十四百七十一圓，又越十年光緒六年，千八百八十三百九十一圓，是有增亦有減。而減少，其刀刃類斧，以獨頭爲次第一、斧，第二、獨頭斧，鑽以螺鑽爲最，餘製不一截石器鑽翦之類。

而劍工，馬沙朱色土有鑄鋼者，長二尺三寸有半，厥刃以鋼二十九兩有半煉之，得百分率之三十五。凡鑄五尺劍，如合造千劍以上，鑄之錘之磨之光之，試於其工。日造十二或至十五。其造小刀用抽頭錐，美利加新法也：司錐之工一，扶錐之工一，造刀日可三千，較之舊法日僅一百五十，相去幾何耶？以錐造巨斧日成四十八，尋常斧一百五十，小斧二百五十。道光八年以前千八百廿八工日成巨斧八耳。斧工之錐，小者直銀八百圓，巨者直千云。三十年千八百五十前銼工以手，今則以機。鋼鐵之直百之二十，加以鋼鐵工之直百之五十。鋸工料直多於銼工，鋼鐵之直百之四十，煤之直百之四，且銼工機械每工僅用半馬力或一馬力足矣，而鋸工之錘鐵以一馬力爲常，包鋼則需二馬力以上。

釘工弟十二

馬沙朱色士邦人於同氏爲釘工最。冬夜不少輟，穉子亦能之，於是邦人若骨布波金自剏切釘機器於乾隆六十年千七百九十五，官假專售之權，爲新英諸邦冠。

紙幣工弟十三

紙幣工曰拔留阿夫奪里日利，譯言户部印紙局也，首造紙幣，其次許貿易印紙，其次海關印紙，所印以鋼板爲精。鋼板機器以熱鵝米多里加落爲最：鎔物鑪煤氣管四，有副管，通空氣也，籠象牙炭，非此末繇堅銅也。印紙幣機有新舊二式：藉工著色，楷板與日本所用同者，舊式也，新式名密里岡，鋼板凡四，旋轉而印，板下有錸，如表内法條，先自著色而出，一工手模白灰摩之，女工鋪紙其上，自就壓機，機有氈平壓厥紙而轉，女工揭紙，周而復始。一印可分四鈔，絲綫隱夾紙内，二行如界絲然。其鈔分印華盛頓以次伯理璽天德相，例無用生人者，亦印女相，自華盛頓妻魯巴始，所印銀一圓之紙幣是也。此外印許貿易紙：淡巴菰始一兩訖九十磅，酒、鼻煙之屬輕重亦有差。郵便所用司丹即人頭紙也，亦印於此。印號數機有數種：一同號連印，一異號迭印，一銷號易印。機器作於若耳治邦之紐阿克居多。然局有工長，名若瑟，善製器。截邊計數半藉工力，烘紙格所以薯汁刷紙幣背，分置木格數層，入蒸氣煖屋立乾，厚紙夾之入水力壓機則平，是機約五十頓。紙幣既成，檢去疵者包如數，入箱車致户部，蓋號而後用之。功次約五十有二，需日凡四十有二。它處瀛罐皆平列，非二三間屋無以容也，此則直置，裁一屋地，抵馬力一百八十，日煤四頓。厥工計日刊鋼板工銀十六圓，次或五圓或一圓有半或八角有五，日工以四時爲率，彼所謂八點鐘也。工千二百，其中女工八百。兹據光緒十三年即西千八百八十七年局册，官禄工資銀三十四萬一千八百有五圓六角，鋼鐵板刊工銀二十九萬九千三百有八圓五角四仙，料直器直銀十四萬九千五百九十九圓有六仙以上七十九萬七百十三圓二十仙，印工銀二千六百四十六圓七角五仙，雜費六百九十九圓九角五仙，凡七十九萬四千四百七十二圓九角。明年九十一萬八千有三十圓，又明年一百十五萬二千五百十五圓，此預計數也。

絲工第十四

往北阿美利加洲地無絲工，有之自明嘉靖十年，即西一千五百三十一年始，其試蠶之邦爲弗爾治尼亞。其吏設賞罰例，曰若有地逾百野格而不植桑十本以上者，罰煙十磅，嗣是賞格有差。順治十四年千六百五十七製生絲直二百磅者賞煙萬磅，製屑絲直千磅者，賞煙五千磅，然絲未旺。歷雍正八年千七百三十一至乾隆二十年千七百五十五，此二十五年間，從喀挪拉奪輸出英吉利生絲僅二百五十一磅，而魯西阿納繼之，而若耳治亞又繼之，絲工寖熾。乾隆十五年千七百五十繭出六千三百磅，越四年千七百五十四，輸出生絲直銀八千八百圓，乾隆二十四年千七百五十九繭一萬磅，三十一年千七百六十六繭二萬磅。計自二十年千七百五十五至三十七年千七百七十二，此二十三年間輸出生絲直銀八千八百二十九磅。若耳治亞邦懸賞勸蠶，凡植桑之地免租，繭出一磅輒賞銀五仙。道光十二年千八百三十二干捏底嘎奪邦令曰：若二歲樹桑百本賞銀一圓，紡絲一磅賞銀五十仙。道光十五年千八百三十五窪蒙邦繭出一磅則賞銀十仙，明年馬沙朱色士邦繭出十磅則賞銀一圓，紐折爾西邦繭出一磅賞銀十六仙。十八年千八百三十八突連登地名賣桑三十萬本，一本直銀四十仙至五十仙，百而根地名農地每一野格桑植四之三費銀千圓，明年賣之獲六千圓矣。十九年千八百三十九賓夕佛尼亞邦報賣桑二十六萬本，直八萬一千二百十八圓七十五仙。

其絲，馬沙朱色士邦於道光十七年千八百三十七生絲出直九百五十二圓，熟絲出直十五萬四百七十七圓，工凡一百五十有六。中國與日本絲之始入美利加也，在道光八年千八百二十八，計自十一年千八百三十一至十六年千八百三十六，輸入生絲三十九萬九千七百七十一圓。其自美利加輸出歐羅巴者，此六年間凡直三十九萬三千有二圓。道光二十四年千八百四十四美利加遂出熟絲三十九萬六千七百九十磅。三十年千八百五十出絲直一百二十萬九千四百二十六圓，綢直一萬七千五十圓，纓直五十八萬三千圓，合計之爲一百八十萬九千四百七十有六圓。咸豐十年千八百六十絲直六百六十萬七千七百七十一圓。越十年千八百七十直一千二百二十一萬六百六十二圓。又越十年千八百八十直三千四百五十一萬九千七百二十三圓。

其生絲輸自亞細亞洲、歐羅巴洲者，道光三十年千八百五十十二萬磅，直銀四十萬一千三百八十五圓，咸豐十年千八百六十二十九萬七千八百七十七磅，直銀一百三十四萬六百七十六圓，同治九年千八百七十五十八萬三千五百八十九磅，直銀三百一萬七千九百五十八圓，光緒六年千八百八十二百五十六萬二千二百三十六磅，直銀一千二百二萬四千六百九十九圓。此未製物絲也。

其工治之絲，道光三十年千八百五十，直銀一千七百六十七萬九千一百三十七圓，咸豐十年千八百六十，直銀三千二百九十六萬一千一百二十圓，同治九年千八百七十，直銀二千三百八十七萬一百四十二圓，光緒六年千八百八十，直銀三千二百十八萬八千六百九十圓。是年別國輸入紐約絲織之物，直銀三千三百三十萬五千四百六十圓析言之，曰綢直千七百六十六萬五千三十八圓，曰緞直二十六萬七千九百二十九圓，曰縐紗直四十四萬三千二百三十八圓，曰下等綢直八千二百有五圓，曰片絨毛布直四十萬八千二百十九圓，曰翦絨直二百四萬四千一百三十九圓，曰絲帶直三百五十六萬三千八百四十八圓，曰繡帶直百五十四萬八百九十二圓，曰披巾直二萬六百七十七圓，曰手套直二十二萬八千三百三十八圓，曰頭布直九萬三千三百三十九圓，曰手巾直六萬四千七十七圓，曰襪直十一萬八千八百三十八圓，曰扭絲直二十三萬九千七十二圓，曰網邊直一百六十四萬六千八百六十八圓，曰絲毛合織巾直十九萬九千八百五十四圓，曰絲綿合織巾直九百四十三圓。

是年美利加治絲之工所成物直凡三千四百五十一萬九千七百二十三圓析言之，曰機扭絲直六百萬七千七百三十五圓，曰縫絲直七十七萬六千一百二十圓，曰絨絲直二十二萬五千二十五圓，曰衣綢直四百一十一萬三千二百五圓，曰緞直一百十萬一千八百七十五圓，曰押膊巾類，直六十萬六千六百七十五圓，曰絲女帽直八十九萬一千九百五十五圓，曰大呢巾直六十二萬七千五百九十五圓，曰手巾直三百八十八萬一千五百九十圓，曰絲帶直六百二萬三千一百圓，曰繡帶直四十三萬七千圓，曰網邊直九十九萬九千六百八十五圓，曰衣緣直四百九十五萬二百七十五圓，曰穗纓及帽飾之類直一百八十六萬六千五百七十五圓，曰馬具軍裝直一百三十九萬二千三百五十五圓，曰車輿窗飾直三萬七千五百一十圓，曰皮被類直五萬九千八百有五圓，曰馬韁絲類直銀五十一萬九千六百四十三圓。

先是道光三十年千八百五十，美利加治絲廠六十有七，凡工一千七百二十有三，其中男五百有三，女千二百二十，本資銀六十七萬八千三百圓，賃銀二十九萬七千四百十六圓，絲料直一百九萬三千八百六十圓，制出物直一百八十萬九千四百七十六圓。咸豐十年千八百六十絲工廠一百三十有九，凡工五千四百三十有五，其中男一千五百八十有五，女三千八百五十，絲料直三百九十萬一千七百七十七圓，制出物直六百六十萬七千七百七十一圓。同治九年千八百七十絲工廠八十有六。

改用機械，廠數減而規模巨矣，蒸氣機四十八，抵馬力一千一百二十二，水車四十五，抵馬力七百八十五，其機編絲之器三十，織絲之器一千二百五十一，手織機一百八十有八，紡筒一萬二千四十，繡機二千四百二十有七，旋機三千三十有八。凡工六千六百四十有九，其中十六歲以上男一千七百三十四，十五歲以上女三千五百二十九，穉工一千三百八十六。本銀六百二十三萬一千一百三十圓，賃銀一百七十四萬二千二百八十六圓，絲料直七百八十一萬七千三百五十七圓，制産直一千二百二十一萬六百六十二圓。光緒六年千八百八十，絲工廠三百八十有二，本銀一千九百一十二萬五千三百圓，機器直五百二十二萬七千五百圓，築造費銀三百八十三萬六千六百圓。十六歲以上男工九千三百七十五，十五歲以上女工一萬六千三百九十六，穉工五千五百六十九。賃銀九百十四萬六千七百有五圓，絲料直二千二百四十六萬七千七百有一圓，制産收銀四千一百三萬三千四十五圓。其工每周云者，七日而除休息一日也，繞生絲者女工銀五圓二十五仙，净生絲者女工銀三圓三十七仙，雙合生絲者女工銀五圓十八仙，績生絲者男工銀五圓五十七仙、女工四圓八十七仙，紐生絲者男工銀五圓九十八仙、女工五圓六十七仙，雙搓輭絲者女工銀四圓，旋轉輭絲者女工銀四圓九十六仙，直紐輭絲者男工銀十圓七十五仙、女工銀七圓六十二仙，捲輭絲者男工銀十二圓十一仙、女工銀七圓七十二仙，手織男工銀十四圓十五仙，力織男工銀十一圓四十三仙、女工銀七圓九十四仙，繡帶機男工銀十四圓七十五仙，編機男工銀十六圓、女工銀五圓四十一仙，結絲女工銀五圓三十仙，總類女工銀五圓二十九仙，成物最後之男工銀十三圓五十仙，出新最初之男工銀二十四圓七十一仙，分類男工銀十一圓六十八仙，染絲男工銀十二圓七十七仙，司機關男工銀十二圓三十三仙，司機械男工銀十二圓四十仙，司織起止男工銀十五圓八十七仙，雜織男工銀八圓七十三仙。

綿工第十五

凡綿四百磅爲一束亦曰一捆。世間歲出成數約一千一百二十萬束，即四十四億八千萬磅也，而美利加殆出其半。此半數中分之爲二：一紡之歐羅巴洲，一紡自美利加，蓋六億二千八百萬磅矣。以十四億人計之，一人需綿三四磅有差，而美利加則一人可用十五磅綿。其國植綿之地約二千五百萬野格，而以南部爲綿最：拏布拉士格邦之山脈東北延向西南，其土受海潮之潤、微雨之浸，喀那拉奪、若耳治亞、阿拉巴麻三邦高地宜綿，大山之西有密士昔比河支流灌漑，自然肥澤也，瑪理蘭邦澤地黑奴從事於綿者有增，落機山雪滙爲巨流奔注邦北，乾地轉溼，土蘊蟲殼，亦綿種易孳之機也。天熱不酷，白黑諸人競營綿事，若袪子，若分束，若取油，力不少輟，此人力也。其惜地力亦非無謂：凡綿五百磅約消澤質五磅許，然綿梗及根有灰汁居百之五，委地而資之以肥，則生機無盡，若耳治亞邦曾試之有驗：凡生一束綿之地依此法沃之，則明年綿倍。咸豐十年千八百六十以後，產綿之業愈變愈通矣，美利加有利無害之端以綿爲最云。

咸豐十年，美利加紡筒五百二十三萬五千，凡綿一束直銀四十圓至五十圓。明年南北兵起，綿減以此，兵止，凡綿一束直增九百圓，未幾復直如初。

其綿工廠，凡七百五十有六，本銀二億八百二十八萬三百四十六圓，紡筒一千六十五萬三千四百三十五，機臺二十二萬五千七百五十九。其工十七萬四千六百五十有九，此內男工年十六以上者四萬九千七百四十有八，年十六以下者一萬五千四十有二，女工年十五以上者八萬四千五百三十有九，年十五以下者一萬三千二百十有三，司機雜工年十六以上者九千九百三十有七，年十六以下者六十有五，吏書年十六以上男二千七十有五，年十六以下十有七，年十五以上女十有九，年十五以下女四，其工貲銀四千二百四萬五百十圓，綿料直銀一億二百二十萬六千三百四十七圓，產直銀一億九千二百九萬一百十圓。

毛工弟十六

光緒六年千八百八十春，美利加織毛之工如恒，夏秋趣工不少輟，而毛殆罄，歐羅巴助工且輸毛，冬工頓寡，工亦莫之爲而爲，豈時使然歟！

其工廠，凡二千六百八十有九，分言之厥類有六：絨工之肆一千九百九十，毛巾工之肆七十六，氈工之肆三十六，地氈工之肆一百九十有五，氈帽工之肆四十有三，手織雜物工之肆三百五十有九。其本銀一億五千九百九萬一千八百六十有九圓，其工十六萬一千五百五十有七，其賃銀四千七百三十八萬九千八十七圓，其料費銀一億六千四百三十七萬一千五百五十一圓，其制產直銀二億六千七百二十五萬二千九百十三圓。就所織毛析言之，羊毛爲最，產自美利加二億二千二百九十九萬一千五百三十一磅，產自別國七千三百二十萬六百九十八磅，此外駱駝毛一百五十八萬三千一百十九磅，山羊毛十五萬九千六百七十八磅，水牛毛六十七萬一千二十七磅，雜毛五百六十六萬四千一百四十二磅，夾綿四千八百萬八百五十七磅，爛絲五千二百十六萬三千九百二十六磅，總計四億有四百四十三萬四千九百七十八磅。

板爹氈工廠在三法蘭昔斯哥，其氈中國所謂毯也，集股本銀百萬圓，中有華商號廣英記元利，司事衛福榮，廣東人，始於咸豐八年西千八百五十八。屋與器銀五十萬圓。其器曰喀脱，譯言櫛臺，凡三十七，曰龍司，譯言楠機臺，凡百六十，曰司冰土而，譯言錘也，亦譯言紗子棍，凡一萬六千，又有護紗床四十，汽罐馬力七百。其餘機器曰所金，譯言揀羊毛，曰司古林，譯言洗羊毛，曰布拉奪法拇，譯言織，曰加田，譯言打毛出沙，曰比金，譯言摘毛，曰司比獰，譯言護紗，曰司比林，譯言紗碌，曰布列新，譯言紡紗，曰維文，譯言楠機，曰土羅文，譯言穿紗上筬，曰費宜新，譯言摺氈，曰拔因田，譯言綑氈邊，曰布林，譯言鈒氈翦氈，曰布列新，譯言擇氈，曰布拉新，譯言埽氈刷氈，曰知田，譯言棘仔，抓溼氈又抓乾氈，曰傅林，譯言碻氈，曰窪新，譯言洗氈，曰打因，譯言染氈晾氈烘氈，曰天的林，譯言曬氈，曰代斯打付，譯言造色，曰拔金，譯言焙毛。

其費大率以歲計：曰阿以而，譯言油也，七千圓。曰司布，譯言胰子類也，萬八千圓。曰因治我，譯言青藍也，三萬二千二百五十圓。曰可而，譯言煤也，三萬圓。曰來脱，譯言燈也，二千二百五十圓。曰拉布利給金，譯言搓擦也，千圓。曰利比亞，譯言修也，六千圓。曰日尼拉而沙希來，譯言雜費也，萬圓。曰我打，譯言水也，七千圓。曰代司打布，譯言染色也，二萬五千圓。曰厚司沙布來，譯言養馬等費也，三千五百圓。凡費銀十四萬一千圓。又毛費六十八萬一千三百七十一圓，合之歲工二十五萬一千圓，凡一百有七萬三千三百七十一圓。光緒十三年千八百八十七，其製物品曰發蘭泥，華評如之，凡二百八十三萬三千邁當，一邁當約華尺三尺有奇，重三千四萬七千磅。曰列低司土列司我土，譯言女飾品，凡六十九萬六千邁當，重二十九萬九千磅。曰密施拉尼牙司，譯言雜絨，凡三十萬邁當，重三十五萬磅。曰布蘭格脱，譯言氈，凡二萬對，重廿萬五千磅。是年約入直銀一百五十萬圓。

工凡七百，華工居多。其織氈與絨與布之法，雲龍往復譯考得其顛末：羊毛忌麤忌長，惟紉細乃克紡之成紗，於可用中以手擇分三等，精造之品其料如上，如有棘子、立雯等刺，則用火燒油開水澆之，於高處用打毛出紗機器碎毛，絞自使爛，有風櫃去其泥沙。有一木筒接此機器，毛從木筩漏落水槽，機行熱水，滌如雪此機器又能碎舊布衫與氈絨成泥，復紡作紗。入瀠房乾之，染色再乾，入紡大條紗之機器，毛從後出而碎，轉前而出，有鐵蓖抓之。毛紗成條，大如茶盅，又一機器承接，略細其紗，又一機器挫紗極細，殆如絲綿，即將紗子棍豎置機床横頭，所謂紡筒也。每護紗床約置四百，紗頭繫筒横插之，機床自走，紗亦自轉自細，鐵鏈盡則停而轉走，自放自纏。如此往復，以紗可入織梳孔爲度。以鐵鏈定紗碌大小，工手穿紗於筬機，安置楠機臺，略如中華織布，而紗碌竭來皆以機，碌綫或盡則更易之。織既成，滌用以熱水，取質净也，抓以棘子，取毛起也，埽以手刷，取光滑也，如織絨則非礪以機器不光。織布之類大同小異。

化學物工第十七

光緒六年千八百八十，美利加化學制物工廠凡一千三百四十有九，建築費銀一千九百有一萬九千一百三十九圓，機械直銀一千五百六十五萬六千四百七十六圓，本銀八千五百三十九萬四千二百十一圓。其工男二萬六千七百七十有六，女一千四百九十有三，穉工一千二百五十有一，工貲銀一千一百八十四萬七百有四圓。用硬煤二十七萬三千一百六十一頓，直銀九十六萬八千四百二十二圓，柔煤三十一萬九千三百九十八頓，直銀九十一萬三千八百八十五圓，料直銀七千七百四十七萬一千八百三十六圓，制物直銀一億一千七百三十七萬七千三百二十四圓。

其制物之品析言之：

其一炭氣十二分，輕氣七，淡氣一，顯深藍色，造八萬五百十八磅，直銀十萬七千二百九十二圓。其二化自硬煤，造三十四萬四千一百一十四磅，直銀九萬九千二百四十二圓。其三硫養，造一千五百五十七萬五千八十八磅，直銀六十一萬八千四百八十五圓。其四硫，色白透光，易結成八角形，曹達及酸氣化合物也，用之五金，其功奇，造三百六十九萬二千四百四十三磅，直銀二十七萬七千二百三十三圓。其五化紅褐色，流動物也，氣臭，海水中用之，造四十萬四千六百九十磅，直銀十一萬四千七百五十二圓。其六燐，造五萬六千二百九十二磅，直銀二萬九千二百七十一圓。其七，萆麻油，造十九萬三千八百二磅，直銀七十二萬七百四十一圓。其八酸燭，與獸脂質同，造一千八百三十六萬三千有六十六磅，直銀二百二十八萬一千六百圓。其九酸胰，蓋酸自油化者，造三千三百有五萬八千四百十一磅，直銀一百七十萬七千九百六十圓。其十硬胰，造三億七千八百七十四萬三千六百二十七磅，直銀一千八百二十九萬九千三百五十圓。其十一輭胰，造三千四百四十九萬四千有一磅，直銀三十五萬八千二百八十圓。其十二流動物也，質自炭氣、輕氣、養氣相合而化，味甘而性黏，造七百十一萬七千八百二十五磅，直銀七十六萬一千四百七十七圓。其十三淡質，造三百有三萬九千七百二十二磅，直銀一百八十三萬四百一十七圓。其十四肥料，造七十二萬七千四百五十三頓，直銀一千九百九十二萬一千四百圓。其十五乾色料，造六千七百四十八萬二千四百一十五磅，直銀四百八萬六千八百二十一圓。其十六白鉛，造一億二千三百四十七萬七千八百九十磅，直銀八百七十七萬六百九十九圓。其十七次鉛，造一千一百三十七萬五千四百六十六磅，直銀七十五萬八千六百八十圓。其十八化自鑛土最重者，造一萬九千百六十五頓，直銀三十七萬一千八百二十九圓。其十九亞鉛化酸，造二千十二萬一千七百六十一磅，直銀七十六萬六千三百三十七圓。其二十炭灰化酸，蓋自炭、輕、養三氣各四分合之而化者也，加珍珠灰，造四百五十七萬一千六百七十一磅，直銀二十三萬二千六百四十三圓。其二十一曹達，造四千二十五萬九千九百三十八磅，直銀八十六萬六千五百六十圓。其二十二硫磺，造一百二十萬磅，直銀二萬一千圓。其二十三硫酸，造三億八百七十六萬五千四百三十二磅，直銀三百六十六萬一千八百七十六圓。其二十四糖之一種，非出於蔗而造自乾葡萄子者也，一億五千一百七十四萬四百磅，直銀四百五十五萬一千二百十二圓。他物直銀四千四百九十二萬七千一百有一圓，綜計直銀一億一千七百三十七萬七千三百二十四圓。

工廠之在紐約一百五十有九，勿爾治尼亞一百有九，波士登一百有六。曹達之用不違枚舉，即如玻璃窗面、硬胰子、紙，非此無以成也，漂布與麵包之類亦必用之。光緒六年千八百八十，美利加所用曹達三億九千八百五十萬磅，而出自其國者四千二十五萬九千九百三十八磅。自然利用之曹達唯一邦而已：列法達邦查車路邑嘉逸之野，距窪脱奥司南方二十四英里，合華里七十有二，其地接太平洋鐵道之綫路，有湖二，相去僅二百二十五牙度，舊爲火山噴口，形圓嶮塘，高至一百五十尺，無罅而水恒湧，湖之巨者面周四百有二野格，深至一百七十尺，中含炭石灰諸氣，有人曰顯理賓拉屯氏，辨之爲曹達炭氣三零二八六、曹達琉一零八四八、曹達緑養七零三七一，是天然曹達也，此地距三法蘭昔斯哥埠市不遠，運行易易耳，歪阿明部亦有之，然運難，故稱便唯此。

十年前美利加肥料頓增，光緒六年千八百八十所造直銀一千九百九十二萬一千四百圓。肥料云者，肥農地物也。其東與中南諸邦部地澤競漁，非資物力，如土瘠何！通國肥料工廠不下二百有八，其工所造有三種焉：一曰燐，蓋化自礦，或化自動物骨也。美利加化燐之地爲南部之喀挪拉奪邦，通國所資，大半出此，是邦礦燐自同治七年千八百六十八始，越十二年千八百八十工廠二十有一，本銀二百有七萬一千三百圓，工三百二十有五，料費銀三十二萬四千六百五十九圓，産直銀一百一十二萬三千八百二十三圓。醫士西波多氏以百分率析南部之燐，得燐酸二十八少則廿五，炭酸五少則二半，硫酸二少則半，石炭四十二少則卅五，養氣鐵四少則一，砂十二少則四，有機物及化合水六，溼氣四少則半，此舉其多數也。初無燐工，有之自同治九年千八百七十始，始制之邦爲紐折爾西。其時一磅直銀一圓二十五仙，越三年同治十二年，西千八百七十三頓減直七十五仙，明年復一圓二十仙，光緒四年千八百七十八減爲五十仙，今則紐約市直六十仙，可不謂廉歟？然別國輸入之燐未遑多讓。二曰油殘，蓋化自製油工廠，所餘之殘膾及屠人所棄之腥氈[膻]也。三曰化合硫，即所謂安母尼亞也，其工列法達邦居多。光緒六年千八百八十其工廠一耳，在漢波耳脱地名停車場西北，約華里一百一十三十七英里叢山之中。采之制之，達於三法蘭昔斯哥即舊金山，歷年有增。先是光緒二年千八百七十八生硫入自別國者九十六萬二千四十九磅，越二年輸入一百七十五萬六千七百四十五磅。硫酸之用難可勝數，若煤油，若綠養氣，若燐，若化合硫，皆資之以成，微獨肥料已也。凡硫酸制自歐羅巴洲者，大抵兼用銅鐵化合之硫，而美利加則用純硫。此肥料工大略也。

美利加曹達初濾木灰，而慮木費不貲，且將不繼，有列布蘭氏者以海木濟陸木之窮，而復發明新製用輭胰子，其工稱便。曹達之始出也，嘉里符尼亞居多，而列法達邦繼之，地噴白如花，與石灰氣、鹽氣、硫氣相融無間，濾土煉之遂成。

始制石灰者，賓夕佛尼亞邦古羅法奪之野孟氏、沙基送氏也。道光二十七年千八百四十七雖有試造者，而工實成於同治元年千八百六十七，蓋自爆藥發明，而後石灰之聲價頓增也。光緒六年千八百八十工廠二十，置於賓夕佛尼亞者十，置於嘉里符尼亞者五，置於馬沙朱色士、密士昔比、紐約、紐折爾西、倭海約者各一。

玻璃工弟十八

美利加初立十三邦，衆志不略於工，玻璃工其一也。明萬曆三十六七年間西千六百八九始立若母司達恩玻璃工廠一，其時歐羅巴洲未曾有也，剏工制罇。繼之者曰阿列加三奪里亞工廠也，迨立於我大清乾隆五十二年千七百八十七，此二工廠圽在勿爾治尼亞邦。明年低窪鼻路氏觀厥工，報曰年制萬磅，工凡五百。嘉慶二十五年千八百廿，其邦工廠曰威耳士波耳可，歲制玻璃直銀二萬圓，本資一萬二千，利八千，料費一萬二千。其工男十四，穉男十二，所制火石玻璃及中虛玻璃二種。賓夕佛尼亞邦玻璃工廠始於康熙二十二年千六百八十三，其後道光十一年千八百三十一工廠四，日鎔八千磅，年制玻璃二千頓，半屬瓶罇飲器，然爲工最，歷今百餘年猶存，此美利加玻璃工廠最久者也。嘉慶十五年以前千八百十工制用薪，嗣是試煤罔有礙，試之者賓夕佛尼亞邦之非脱波耳布工廠也，於工又爲今最。

美利加玻璃工廠，道光十七年千八百三十七凡十有三，制産直銀七十萬圓。咸豐七年千八百五十七增爲三十有三，此内制火石玻璃者九，制窗面色緑及黑者二十有四，綜直銀二百六十三萬一千九百九十圓，工一千九百八十二，工貲銀九十一萬一百十六圓，料費銀二百有七萬八千七百三十四圓四十仙。同治四年千八百六十五工廠制瓶罇與制窗面與火石各十有五，凡四十有五，此八年間增百之三十六矣。光緒六年千八百八十凡工廠五十有一，本銀五百四十八萬一千圓，窰之數八十有五，鎔器之數七百九十有七，凡工六千五十有三，此内年十六以上男四千四百四十二，年十五以上女一百四十有一，穉工一千四百七十，工貲銀二百六十八萬六千四百二十五圓，料費銀二百十三萬九千六百五十八圓，産直銀五百六十六萬八千二百一十二圓，通國所制直銀凡二千一百十五萬四千五百七十一圓。

此百萬圓以上之邦有四：賓夕佛尼亞弟一，直八百七十二萬五百八十四圓，紐折爾西邦弟二，直二百八十一萬一百七十圓，紐約邦弟三，直二百四十二萬七百九十六圓，倭海約邦弟四，直一百五十四萬九千三百二十圓。光緒六年千八百八十通國工廠二百一十有一，本銀一千九百八十四萬四千六百九十九圓，窰數三百四十有八，鎔器數二千九百八十有二，凡工二萬四千一百七十有七，工貲銀九百十四萬四千一百圓，料直銀八百有二萬八千六百二十一圓。

其制玻璃之法不一，視物質之純雜與鑪火之强弱以定配合之損益，而大略可得而言也。凡窗面玻璃，以砂八千磅、鹽餅二千八百磅、炭粉四十磅、信石五十磅爲率，鎔質之鑪，煙筩高八十尺，鑪身徑二十二尺十寸，鑪心徑十八尺十寸，容泥盤十有二：盤長六尺，寬四尺四寸，邊厚二寸，底厚三寸，盤容物料三千八百磅，七日可鑄玻璃四次有半，成約一百有二頓，盤之歷久可三四十日。當泥盤燒紅時，摻料既勻，入之以鏟，以滿爲度，漸鎔漸縮，縮則增之，至再至三，司火者觀色可攬，即以木攬之，或置亞信尼呢舌於盤底，則料滚而起，炭氣外颺，鎔時有差，約費時六。既鎔火力宜猛，非滚透則慮生泡也，以花侖尼所造寒暑表測之，宜三四千度之熱，如是者又二時許三四點鐘，蓋火宜猛不宜久，久則失光轉起絲矣，不後不先。吹工以鐵桿一，長六尺至八尺，徑一寸，中通小孔，挑鎔料少涼，復挑至於三，所挑横徑七八寸，重十磅有奇，置之水内，口含小孔吹之成橢圓形，名爲長筒。置弟二鑪，且燒且吹，筒形增巨其形爲，出筒於鑪，而筒尾猶近於火，再吹則筒尾穿一小孔，復入於鑪，隨轉隨吹，其孔乃巨其形爲，於是用火鐵片畫筒之接桿處使與之離，又以鐵片入筒，直畫一面使之自開，置於涼處數分時即得。一時可造玻璃筒十有八，長五十六寸，寬三十八寸，厚十分寸之一，重約八磅。吹工月銀一百三十圓至二百五十圓，助工七十五圓至八十圓有差。而平玻璃之工繼之：其鑪長圓，中有小平臺，可旋轉也，以泥爲之，厚約四寸或六寸許，面平且滑。鑪之一面有門，中有鐵條二如鐵軌然，其道半居旋臺，半出鑪口，工以鐵架送一玻璃筒置旋臺，機括一撥，旋臺即向弟二鑪口轉去，有工持桿，俟其轉至，即挑筒俾旋臺轉回原處，乃置玻璃筒於旋臺，而以裂縫向上輾轉再四，其筒漸向兩面攤平，以鐵桿横置一木如丁字者推筒就平，乃使旋臺轉向鑪口弟三處，遠火漸即於堅，以叉置架，歷六時許即付裁工。其攤平之工月銀一百三四十圓，其裁之工月銀一百二十圓。凡造大片玻璃法質無大異，鎔亦如之，然彼出於吹，此成於鑄。厥鑄如鐵：所鎔之料運以鐵斗，鑄於鐵臺，其臺四周有邊，邊之高下即以定玻璃之厚薄。邊以鐵條爲之，操縱自如，寬狹因之。臺面宜平，鎔料既傾，以圓鐵桿轉於其上，欲其堅也，少涼置冷熱匱，歷日四五，由熱而涼而冷，取不裂也。磨工繼之，先白砂，次金剛砂。厥要有三：曰平，曰滑，曰光，皆借力於機臺。鑄後漸底於光，凡歷機器三十有六。既光，兩面約減十之四。每易一機，輒易一砂，砂由麤而精，易輒洗其前砂，取不淆也。有瑕則裁之。

凡造瓶罇法，以砂一千五百磅、鉛六百磅、灰鹽炭五百磅、孟根尼士一磅有半、信石亦一磅有半爲率，或以砂一千五百磅、石灰百五十磅、灰鹽炭五百磅、蘇達硝二百磅爲之，亦一法也。鑪與鑄窗玻璃者同，而泥盤微異：此有蓋而彼則無也。盤頂留小口一，取其可入吹管也，料鎔而後以通心鐵桿挑之，巨細不拘一格。如欲爲罇，則吹空心形與罇相仿，而後吹入鐵模，花紋自成。其成冰裂紋者，出模入冷水，俄頃復炙，使裂者自合，瓶亦如之，出模之初非入鑪再炙片時不平滑也。口或不齊，磨以機器，然非熟巧工爲之，非失之厚即失之薄，此常法也。

其特重質，千里鏡之類是也，凡光力隨重力而增，是格致學之定則，光力非轉變則窮，何以視物能大小異耶？玻璃之質彌重，則玻璃之光彌轉，其堅輭質爲之，其輕重則體爲之也。最輕之玻璃出自石灰，最重之玻璃造於鉛類。或區分言之，曰石灰玻璃二零三九六，曰鑄盤玻璃二零四八八，曰窗面玻璃二零七三三，曰瓶罇玻璃二零七三二，曰鉛玻璃，其中尋常者爲火石玻璃二零九，增重者爲眼鏡玻璃三零三。論其擴力亦曰屈伸力，每一方約二千五百磅至九千磅，論其壓力，每一方約六千磅至萬磅。凡欲其堅，非含砂力不可，美利加産砂最良，據美利加書言，同治六年千八百六十七法郎西國博覽會火石玻璃之得最優獎者，是以美利加砂制之云，其産砂處爲馬沙朱色士邦之拔可沙地名、賓夕佛尼亞之鳩尼阿火地名、勿爾治尼亞邦之奥各司大地名、伊利那倚斯邦之法可司地名、密蘇釐邦之克利司地恩西治地名，皆彰彰者。哥古氏辨賓夕佛尼亞之砂爲最。

就美利加玻璃綜言之，厥類有四：曰平盤玻璃鏡類，直八十六萬八千三百有五圓，曰窗面玻璃亦平盤也，直五百有四萬七千三百十三圓，曰火石玻璃鉛石灰吹筒及化學家器直九百五十六萬八千五百二十圓，曰緑色玻璃緑黑、琥珀色罇果瓶及他飲器之類，直五百六十七萬四百三十三圓。此光緒六年千八百八十數也。

農器工弟十九

他工大率聚於通都大邑，獨農器工不必然也，然居肆則同。其在緬邦工四百四十有八，而皆聚於基泥伯，造芟刀、鏟鋤、草叉之屬。其在紐罕布西耳邦工一百七十有八，而半聚於各納夫頓地名、米麗馬沽地名，造芟刀、耙鐮之屬。其在窪蒙邦工四百六十有四，而半聚於納莫愛地名、文多蘇地名、文漢地名，造芟刀、手耙、草叉、制糖器之屬。其在馬沙朱色士邦工九百七十有三，而半聚於脖利司道洛地名，造鏟犁、草刀之屬。其在干捏底嘎奪邦工五百六十有五，而半聚於每得樓賽克地名，造芟刀、刈器、鋤犁之屬。新英邦工廠多依川塘海濱，所造耙類居多，論者謂芟刀之屬用多而工廠不必大，然雨犁風車月鐮，分造則用阻，合制則工增，是以紐約至伊利那倚斯農器之工不少於他器。同治九年千八百七十居百工之六十九，越十年居百工之六十六。

其在紐約邦工千四百六十有二，而半聚於五邑。其在賓夕佛尼亞邦工二千六百十有七，而半聚於三邑。其在英鰲阿納邦工二千四百七十有一，而半聚於二邑。其在伊利那倚斯邦工七千五百三十有六，而半聚於五邑。其在倭海約邦工七千三百，而半聚於五邑。其在密西根邦工二千六十有七，而半聚於二邑。其在梅尼所達邦工一千一百九十有七，而半聚於華盛頓邑。以外諸邦弗逮遠甚，然工聚則同。

問聚工最多之邑則爲倭海約之格納克，工二千三百七十有九，次爲伊利那倚斯之德各拉司，工一千二百九十，次爲倭海約之司達克，工一千二百有十，次爲紐約之嘎由哈，工一千一百三十有六，次爲伊利那倚斯之勾克，工一千九十有六，次爲紐約之而日恩次拉，工九百十有三，次爲英鰲阿納之巴特兜婁謬，工九百有十，次爲威士干逊之馬地遜，工八百四十有二，次爲英鰲阿納之威寅，工七百九十有五，次爲倭海約之門特更巴利，工七百，次爲梅尼所達之華盛頓，工六百有七，次爲伊利那倚斯之爲内北勾而，工五百四十有三。此十數邑工數幾居通國百分之三十五。

其農器，首刈禾，次耙屬耕器、打禾器、蒸氣機關器、馬力器，次犁鐮，次蓺禾器、種樹器、種棉器，次壓蔗氣扇糖器，而嘉里符尼亞工特著者，以耕作擴於他邦也。通國工以年進，以同治九年千八百七十與光緒六年千八百八十比較之，即如壓蔗水車，前出根得基、喀那拉奪，後則非造糖地亦有之，丁香除皮之器，前出三邦，後倍，植玉麥之器，前出七邦，後三倍，植綿器，前出密蘇鼇，後出十四邦，犁，前出三十邦，後出三十六邦，耙，前出二十三邦，後出三十四邦，耕田器，前出二十四邦，後出三十三邦。他器準此，惟打禾器前出二十二邦，凡造二萬四千六十有二，後出二十六邦，凡造一萬九千五百二十九，非數轉減，是合二爲一也，工增而廠則減，是小併於大也。

美利加農器工廠最多之邦有六：曰紐約，三百三十七；曰伊利諾倚斯，二百九十四，曰賓夕佛尼亞，三百八十六，曰倭海約，二百十九，曰密西根，一百六十四，曰英鼇阿納，一百二十四。此外干揑底嘎奪、紐罕布西耳、緬、馬沙朱色士、威士干逊、愛呵窪、梅尼所達、嘉里符尼亞、剛色斯、拏布拉士格十邦，有增無減，根特基、密蘇鼇、紐折爾西、特納窪、頞里根，工廠皆減於同治九年千八百七十而復加於光緒六年千八百八十。前五十年直廉者，新器適用於舊式也：二輪車犁之直十倍於犁，騎耕器之直五十倍於鎁，馬耙之直四十倍於手耙，刈器之直百倍於芟刀，打禾瀛機之直千倍於木棒。雖然，昔五農合作而不足者，今一農獨立而有餘。不第唯是，日省費省，概可知已。即以犁言，色黑性黏之土，密士昔比河沿岸皆然，非鋼犁不可，歲需以五十萬計。西部農用二輪車犁者，不下六萬，光緒六年千八百八十資耕已無慮三萬五千野格矣。新英邦耕用一馬，西部諸邦耕用兩馬，一馬鎁鋤，刀抵五農，一鐵耙輪功勒六犁，以一馬播穀，一日遍十野格矣，以一機刈禾，一日可獲二十野格矣。嘉里符尼亞有二十五馬力打禾之器，一日打麥六千束，尋常之器，半時十束耳，一機器約抵手器十有五，然欲用馬力，其地宜足需六馬力以上，欲用瀛力，其地宜足八馬力以上，非二百野格不克與一蒸氣機關相當其費與收也。昔牛今馬，改變日多，以道光三十年千八百五十與同治九年千八百七十比較之，馬沙朱色士牛四萬六千六百十一，減爲二萬四千四百三十，而馬四萬二千二百十六，增爲四萬七千七百八十六，倭海約牛六萬五千三百八十一，減爲二萬三千六百有六，而馬四十六萬三千三百九十七，增爲六十萬九千七百二十二，伊利那倚斯牛七萬六千一百五十六，減爲一萬九千七百六十六，而馬二十六萬七千六百五十三增爲八十五萬三千七百三十。

美利加農器，鋼鐵一頓大率相當於木質千尺，其工巧機弟一，木工弟二，鎔鑄弟三，磨研弟四，錘煉弟五，以一百工所需本銀平均而比較之，道光三十年千八百五十四萬九千三百六十五圓，咸豐十年千八百六十進之爲七萬七千四百七十六圓，同治九年千八百七十進之爲十三萬七千九百六十四圓，光緒六年千八百八十又進之爲十五萬六千九百二十一圓。不惜勞費，則精可見。

紙工弟二十

造紙之工，木皮、稻根與夫敗絮、陳絹皆可爲之。先將紙料洗之浸之舂之，入鐵磨和水磨之，磨形如鍋，約高六尺、深二尺，中有槽若鋸齒，上懸鐵板與槽合，納紙料於其中而板旋轉，其底心有曲管，紙料過管入旁之大桶，桶底之側亦接以管，入弟二器，其器如床，四周及底皆以銅爲之。水管上懸細鐵絲篩，紙漿漏下，以布承之，使平且勻，而入弟三器，壓以薄銅片，瀝乾則成紙。再入弟四器，接以氈毯，捲上木軸，遞轉而至弟五器，中橫圓鐵筒六具，内蓄蒸氣，紙由各筒纏繞一過則烘燥矣。引至弟六器，以鐵爲高架，架中横疊鐵軸八，其紙由下達上，復纏一過，則磨砑光潔。又至弟七器，架稍低而横長，其中有軸，紙穿此軸，截紙成張，自推按上，二人對坐計數，又二人一包一束，數時而成。日成二千三百斤。七機器皆寬六尺，長共八丈有奇，而傭不須多也。

手印字工弟二十一

印書初藉人工，今印以機，而亦有字，印字之器大率司以女工。歷觀其器無定式，有小而便者，舟車可攜，咄嗟立辦，置之方几，高一尺寬八寸，以鐵爲之，中有機括嵌墨汁、設鐵板，其下列洋文字母二十六，形若碁子。凡印字，其工以紙鋪鐵板上，欲印某字，以手按某字母，即推上一字，配合成文，隨手印之。亦有點圈以備其用，惜不克印華文。

木廠工弟二十二

美利加木廠工多甚，即中國人所置機器之工亦指不勝屈。今就目及者言之。三法蘭昔斯哥埠有木廠工曰大興，立於光緒十年千八百八十四。劈木之器直銀二千五百圓，鋸木之器直銀二千二百圓，造鐵房之器直銀三千五百圓，瀛機抵馬力三十，直銀二千圓，工三十有二，歲費銀一萬四千圓。

雜工弟二十三

美利加時辰表工自道光二十八年千八百四十八始，波士登有低宜送氏，實試爲之，其交易濫觴爲馬沙朱色士之我路堂公司也，嗣是分制與合成之工益精。瑞典國表工四萬，平均之一人年造四十，而美利加則一工年造一百五十，蓋三倍有奇矣。以百分率計工，跳條之工十七有半，齒輪澁鑽之工十五有半，螺釘平鋼遁齒之工十二有半，寶石之工石孔之工雕飾之工各七有半，秤輪之工七，機器之工六有半，晷工六，木鐵記時之工六有半，擊石鍍金之工三有半，發條之工一有半。工有男有女，而女居多。分制之工凡十：切柱置柱一也，穿鍼及螺釘孔二也，切割齒輪三也，磨齒四也，鍍金五也，發條六也，置條七也，寶秤螺八也，配合而行九也，試驗十也。又機械之工八：撞之壓之一也，制銅二也，光之三也，火之四也，印晷五也，鏇蓋雕蓋，六也，整輪與齒，七也，反正相成八也。

其工以重二十頓之鐵撞表輪，日出輪萬。又切輪齒之工半時成輪六千，自轉切齒之機精者直銀四千圓，日切百表之齒。又以機造螺釘之工日出千有二百，最小之螺重十二萬二千四百分一磅之一。鉈輪之工一日得輪三千。發條之工一日磨二百五十。寶石板以金剛鋸制之，以金剛片磨之，一工五時造三百枚，每板重十五萬分一磅之一。寶石以長塊分之，一工日出二百，每板重二十五萬六千三百二十分一磅之一。黄金青銅之螺釘則二人手機合作之，日成四百，其螺竅一工日成二千二百，計秤輪轉機六十六回則竅穿矣。

時辰鐘工十年一計，其數迥殊矣。以百分率較之：道光三十年千八百五十居後十年之八十二，咸豐十年千八百六十居後十年之七十三，同治九年千八百七十居後十年之四十七。取材國内居多，美利加銅與亞鉛之質本良，銅綫、鐵綫用之不竭。厥工大要有二：曰盤工，曰綫工。鐘本可少於表，鐘工亦可少於表。光緒六年千八百八十其國報告書曰：凡表一工歲需本銀一千二百三十圓，鐘則七百五十六圓足矣。美利加始制時辰鐘之地爲干捏底嘎奪邦，一工七日乃爲一鐘。嘉慶二十五年千八百二十一工年成木鐘八十有三。光緒六年千八百八十一工年成青銅鐘五百二十，大鐘則成一百二十有五，稺工居百之十。其以機刱制木鐘者，野理低利氏也，時在嘉慶十二年千八百七。改制青銅鐘者，客文施低侖氏也，時在道光二十年千八百四十。越二年千八百四十二輸之英吉利，而別國且有自謂弗如者。

燒泥工廠曰羅士泰兒窪苦替耳西，在波士登港。其工所造非瓦非磚，略近琉璃。以泥入模燒之，或砌鑪面，或鋪地錦，五色四露，亦雜冰文，厚纔數分，橢圓三角，長短隨形。伯理璽天德之相印於其中，須眉畢見，如畫如影，其他盤盂之屬罔弗具，火鑪水瓶，動與古會。

畫工以油畫爲最，或塗布，或撫紙，或繪木板。近視之若塗鴉而痕輒凸，遠觀之則陰陽深淺遠近高低，極繪影繪聲之能事。論者謂繪赤體難於衣冠，皮色筋骨無絲毫假借，雕鑄視此，此微獨美利加然也，而美利加畫工日益精，且有砌碎磁如畫者，一畫論直數萬金，不以爲異。

磚工製自在監人者無多，其工廠，科侖布亞三十有一，阿剛色斯二，嘉里符尼亞二十有五，喀哪拉奪一，干捏底嘎奪五十有九，特納窪十，若耳治亞四，伊利那倚斯九十有九，英鼇阿納四十有八，愛阿窪四十有三，剛色斯十有七，根得基十有二，魯西阿納十有八，緬十有六，瑪理蘭四十有七，馬沙朱色士二百七十有二，密西根三十有九，梅尼所達八十有一，密士昔比五，密蘇鰲七十有九，拏布拉士格九，紐罕布西耳十有二，紐折爾西六十有九，紐約二百八十，諾司喀爾勒那一，倭海約一百有二，賓夕佛尼亞一百有九，洛答埃倫四十有七，田捏西八，德格瑟斯四，勿爾治尼亞十，威士奪勿爾治尼亞四，威士干遜二十有二，紐墨西哥二，尤達四，凡工廠一千五百九十有一，其工凡二萬六千有二十其中惟洛答埃倫一，其工本銀三百九十九萬七百有六圓，其工支銀凡六百八十八萬八百六十六圓，其磚質之直一千一十二萬三千四百七十八圓，其成磚之直二千五十八萬六千五百五十三圓，此光緒十二年數也千八百八十六。美利加人謂磚曰百麗客，謂方磚曰司夸兒特衣鰲，而長形者多與中國所造同，惟色紅耳。

自來火工似無足數，然美利加工亦不爲少，謂自來火曰黑齒司。嘉里符尼亞廠四，工十有八，干捏底嘎奪廠五，工一百六十有二，特納窪廠一，工二百，伊利那倚司廠二，工六十有七；緬廠三，工百有五，馬沙朱色士廠三，工一百一十有六，密西根廠二，工三百七十有五，紐折爾西廠一，工二十有四，紐約廠八，工三百九十，倭海約廠一，工二百二十有八，頻里根廠一，工四，賓夕佛尼亞廠五，工一百一十有六，威士干遜廠一，工三百七十。其工本銀二百一十一萬四千八百五十圓，其工支銀五十三萬五千九百二十有一圓，其取材之直三百二十九萬八千五百六十有二圓，其成物之直四百六十六萬八千四百四十有六圓。此工女多於男。

樂器工，嘉里符尼亞、干捏底嘎奪、特納窪、伊利那倚司、英鰲阿納、剛色斯、緬、瑪理蘭、馬沙朱色士、梅尼所達、密蘇鼇、紐罕布西耳、紐折爾西、紐約、倭海約、賓夕佛尼亞、田捏西、窪蒙十八邦，凡工廠八十有四，其工五百七十有三，其工本銀六十五萬四千八百五十，其工銀二十九萬三千六十有二，其取材之直三十八萬五千七百七十有八，其成物之直八十五萬三千七百四十有六，此工男倍於女。

美利加鐵道攷工

鐵道不自美利加始也。先是西人運物藉風火力，希臘、羅馬諸國運軍糧改道，埃及修墓塔因築石道，其鐵道權輿歟？義大利踵之，爲雲石道。明萬曆三十年千六百二，英吉利人紐克斯耳開鑛運石炭，以馬曳車，猶木道也。其用鐵軌，自紐加斯助低分孫始，在康熙六[五]年千六百六十六，或曰始於德意志墨地特未低，亦一説也。瀛機亦不自美利加始也。順治十三年千六百五十六西人窩士多侯剏用蒸瀛力爲汲水器，越二十五年，法郎西人比濱遂增厥法。康熙四十九年千七百十，紐加緬、格禮二人踵之，法益進，五十七年千七百十八鑛師查馬禮氏資汲山水，乾隆三十五年千七百七十窩德製之，嘉慶九年，鑛長理查度士里比悉久剏造瀛車鐵道，一時兩點鐘行十英里，約華里三十，車載十頓而製未全。十八年千八百十三英吉利人約耳西提文遜於鑛山諳機關術，明年試瀛關造一車而成，鐵道公司以銀二千五百圓購之存英博物院，道光九年始行之綫路，其試驗者即西提文遜也。明年法郎西人造鐵道車，一時行三十英里，約華里九十，已以精著聲，然美利加火車之速率一時約行華里一百二十有奇，過耶？不及耶？合衆國三十八邦部，雲龍游十之八，而塗遠期近，藉非瀛機之力，幾何不費日且二十倍也？於是輪不得止，屬草與俱：原始弟一，沿革弟二，學業弟三，軌式弟四，計工弟五，分制弟六，較費弟七，損益弟八，税弟九，異常鐵道弟十，新奇車弟十一，車票弟十二，雜説弟十三，補攷弟十四。述《鐵道攷工》。

原始弟一

美利加之修火車鐵道自嘉慶十四年始千八百九。初，美利加人羅拔脱傅耳屯往學於英吉利而歸，僅僅通風力、依水力耳，而道未修。其始修鐵道者，坦木松也，剏於賓夕佛尼亞邦。軌寬四英尺，枕木寬八英尺，而綫路長一英里，約華里三，非其弟一工歟！其造瀛機車自道光七年始千八百二十七。先是合衆國會於乾隆五十六年千七百九十一修勿爾治尼亞、賓夕佛尼亞沿海之道，運物藉蒸瀛力，然水運多，嘉慶十四年後鐵道漸拓，道光五年千八百二十五馬沙朱色士邦人晚霞秋立争戰紀念碑，邦人苦鹽希邦鑿海岸，造鐵道四英里，合華里十二有奇，而曳車以馬。七年千八百二十七，賓夕佛尼亞邦起利害川訖馬治昌煤鑛，修十三英里之鐵道，嗣是鐵道彌增。

沿革弟二

華盛頓都鐵道凡四，皆達自外邦，不自爲道也。

此外，一曰阿拉巴麻邦：方南北黨戰時，鐵道約華里二千四百一十五英八百有五，國會給鐵道局地六百六十萬野格。其道計自英里，今以華里計。同治九年千八百七三千四百七十一里英千一百五十七。十年三千五百八十八里，英千一百九十六。十二年四千八百八十四里，英千六百二十八。十三年五千一百六十六里，英千七百二十二。光緒五年五千四百九十六里，英千八百三十三，光緒八年五千五百六十二里英千八百五十四。本銀凡三千八十六萬九千一百十八圓。工雜罪人。

二曰阿剛色斯邦：方南北黨戰時鐵道裁一百一十四里英三十八，同治七年二百五十八里英八十六。九年五百五十里，英二百五十。十一年一千三百五十里，英四百五十。十三年二千二百十里，英七百，光緒七年二千六百七里英八百六十九。本銀千一百六十萬二千一百三十五圓，約一華里費三千餘圓至四千五百圓英里萬圓至萬五千。

三曰嘉里符尼亞邦鐵道，剏自咸豐九年。光緒七年六千六百三十三里英二千二百十一。

四曰喀挪拉奪邦鐵道：剏自同治九年，明年二千八百七十一里英九百五十七。十一年三千一百三十五里，英一千四十五。十二年三千四百八十里，英一千一百六十。十三年三千六百二十四里，英一千二百八，光緒八年六千八百二十二里英二千二百七十四，寬者三尺，本銀凡一千六百萬圓，費三千五百萬圓。

五曰干捏底嘎奪邦鐵道：剏自道光十八年，於二十二年成五百二十八里英百七十六。咸豐二年一千四百八十八里，英四百九十六。明年官鐵道局漸興。同治元年一千八百九十里，英六百三十。十一年二千五百九十四里，英八百六十八。光緒七年二千八百七十四里英九百五十八。

六曰特納窪邦鐵道：咸豐十一年刱一百二十尺，同治十年成六百里英二百。光緒三年八百一十六里，英二百七十二，光緒八年八百三十四里英二百七十八。本銀凡二百四十五萬一千三百有四圓。

七曰佛勒里畣邦鐵道：同治六年刱四十三尺，光緒元年成一千四百四十里英四百八十。五年一千五百五十七里，英五百十九，光緒八年二千三百七十九里英七百九十三。前一年計本銀凡三百二十三萬五千圓。

八曰若耳治亞邦鐵道：道光二十一年成八百七十三里英二百七十一。咸豐元年二千三百十五里，英七百九十五，咸豐十一年四千二百六十里英千四百二十，南北兵起，其工輒滯。光緒七年本銀三千一百三十八萬，費四千九百六十七萬六千七百二十三圓。

九曰伊利那倚斯邦鐵道：咸豐二年成一千二百三十六里英四百十二。十年八千三百七十里，英二千七百九十。同治四年九千四百五十里，英三千一百五十。九年一萬四千四百六十九里，英四千八百二十三。光緒五年二萬二千七百三十四里，英七千五百七十八，同治八年二萬四千九百七十五里英八千三百二十五。道成之速爲聯邦最，賓夕佛尼亞次之，倭海約又次之。

十曰英鰲阿那邦鐵道：道光二十五年刱九十里英三十，咸豐五年成四千二百一十八里英千四百六。同治四年六千六百五十一里，英二千二百十七，光緒元年八千八百九十二里，英三千九百六十三，四年一萬二千九百里，英四千三百，光緒八年一萬四千二百九十二里英四千七百六十四。前一年千八百八十二計本銀凡一萬萬二千二百四十七萬七千圓。

十一曰愛呵窪邦鐵道：刱自咸豐五年，於同治四年成二千六百七十三里英八百九十一。九年八千有四十九里，英二千六百八十三。光緒二年一萬一千八百一十七里，英三千九百三十九，光緒八年一萬八千三百六十里英六千一百二十。本銀四千六百九十三萬八千圓，費八千九百二十三萬六千六百圓。

十二曰剛色斯邦鐵道：刱自官地，同治四年成一百二十里英四十，國會給地九百三十九萬野格。光緒三年成四千九百六十二里英千六百五十四。其開自民地者同治八年二千七百九十三里，英九百三十一。九年四千五百有三里，英千五百有一。光緒元年六千四百五十里，英二千一百五十。二年六千七百一十四里，英二千二百三十八。三年七千有五十六里，英二千三百五十二。四年七千三百七十一里，英二千四百二十七。五年九千三百有九里，英三千一百有三，光緒八年一萬有八百七十五里英三千六百二十五。本銀六千四百十二萬三千九百圓。

十三曰根得基邦鐵道：道光二十一年千八百四十一八十四里英二十八。咸豐元年二百八十二里，英九十四。十一年一千六百四十七里，英五百四十九。同治九年三千有五十一里，英千十七。光緒三年四千五百一十八里英千五百有六。此民修也。六年立官鐵道公司，越二年千八百八十二，合計本銀二千七百七十八萬八千圓。

十四曰魯西阿那邦鐵道：同治七年成一千有五里英三百三十五。九年一千三百五十里，英四百五十。光緒四年一千五百三十七里，英四百六十六。五年一千三百九十八里，英五百四十四。光緒七年二千有四里英六百六十八。

十五曰緬邦鐵道：道光二十一年剏三十六里英十二。咸豐元年七百七十九里，英二百九十三。十一年一千四百一十六里，英四百七十二。同治十年二千六百一十三里，英八百七十一。十二年二千七百一十五里，英九百有五。十三年二千八百七十一里，英九百五十七。光緒三年二千九百六十七里，英九百八十九。光緒七年三千有三十六里英千有十二，皆民修也。前一年千八百八十本銀千七百七十七萬七千四百三十七圓。

十六曰瑪理蘭邦鐵道：道光二十一年七百七十七里英二百五十九。同治十年二千四百六十里，英八百二十。十三年二千七百里，英九百。光緒元年二千七百八十七里，英九百二十九。三年二千八百三十二里，英九百四十四。四年二千八百五十六里，英九百五十二。五年二千八百九十八里，英九百六十六，光緒七年三千二十一里英千有七，前一年千八百八十計費銀四千一百五十五萬三千六十二圓。

十七曰馬沙朱色士邦鐵道：剏自道光十五年千八百三十五，同治六年成一千二百有三里英千四百有一。十年四千八百一十八里，英千六百有六。十二年五千二百六十五里，英千七百五十五。光緒二年五千五百一十一里，英千八百三十七。五年五千六百一十里，英千八百七十。光緒八年五千八百八十九里英千九百六十二，本銀九千二百六十二萬圓。

十八曰密西根邦鐵道：道光二十一年四百一十四里英百三十八。三十年一千有二十六里，英三百四十二。十年二千三百二十八里，英七百七十六。光緒七年一萬一千七百八十四里英三千九百二十八。國給地四百七十一萬二千四百八十野格，費一萬萬三千六百萬圓，自是西商便之。

十九曰梅尼所達邦鐵道：自同治元年始三年至八年歲增三百里，英百。九年二千三百八十五里，英七百九十五。光緒元年五千八百七十里，英千九百九十。光緒八年一萬一百七十九里英三千三百九十三。前一年西千八百八十一本銀一萬萬三千六十九萬六千三百九十圓，費一萬萬九千四百六十二萬四千八百三十四圓。

二十曰密士昔比邦鐵道：道光二十四年刱七十八里英二十六。咸豐四年六百六十里，英二百二十。同治三年二千五百八十六里，英八百六十三。十二年二千八百七十里，英九百九十。光緒元年三千有五十四里，英千有十八。二年三千有七十二里，英千有八十四。四年三千四百一十八里，英千一百二十六。光緒七年三千三百七十八里英千一百四十。

二十一曰密蘇鼇邦鐵道：咸豐六年四百三十二里英百四十四。十年二千四百五十一里，英八百十七。同治五年至十二年，平均歲增七百五十里，英二百五十。十三年八千六百四十里，英二千八百八十。光緒二年九千四百三十八里，英三千一百四十六。四年九千八百六十八里，英三千二百八十六。五年一萬一千二百二十里，英三千七百四十。光緒八年一萬二千九百三十三里英四千二百十一。前一年計本銀九千二百七十八萬二千一百八十圓，費二萬萬二千七百八十二萬二千七百六十一圓。

二十二曰拏布拉士格邦鐵道：同治四年三百六十六里英百二十二。五六兩年五百四十里，英百八十。九年六百九十六里，英二百三十二。光緒元年三千八百五十一里，英千一百六十七。光緒八年三千五百有一里英二千二百五十八。前二年計本銀千四百八十三萬，費三千萬。

二十三曰列法達邦鐵道：同治六年九十里英三十。七年一千二百有六里，英四百有二。九年一千七百八十八里，英五百九十六。光緒二年一千八百八十一里，英六百二十七。光緒五年二千一百八十里英七百二十。六年本銀一千六百萬圓，費一千四百四十二萬七千六百二十九圓。

二十四曰紐罕布西耳邦鐵道：道光二十四年二百七十六里英九十三。三十年一千四百有一里，英四百六十七。咸豐十年一千九百八十三里，英六百六十一。同治六年二千有一里，英六百六十七。九年二千二百有八里，英七百三十六。十三年二千八百有二里，英九百三十四。光緒三年二千八百九十二里，英九百六十四。光緒七年三千有五十七里英千有十九，本銀一千八百五十萬八千三百二十二圓。

二十五曰紐折爾西邦鐵道：道光二十一年五百四十里英百八十。咸豐元年九百有九里，英三百有三。十一年一千七百六十一里，英五百八十七。同治十年三千三百七十五里，英千一百二十五。光緒八年五千二百五十九里英千七百五十三，本銀八千二百五萬五千七百圓，費銀一萬萬五千四百七十四萬四千四百八十九圓。

二十六曰紐約邦鐵道：道光十一年五十六里英十七。二十五年二千一百五十七里，英七百十九。咸豐五年七千三百三十二里，英二千四百四十四。同治四年八千三百有七里，英二千九百六十九。九年一萬一千七百八十四里，英三千九百二十八。光緒元年一萬六千二百六十九里，英五千四百二十三。二年一萬六千五百七十五里，英五千五百二十五。三年一萬七千一百六十五里，英五千七百二十五。四年一萬七千六百三十一里，英五千八百七十七。五年一萬八千一十二里，英六千有四。光緒七年一萬八千一百六十八里英六千五十六。剏修至光緒六年，凡費二萬萬七千九百七十一萬三千八百有六圓。

二十七曰諾司喀爾勒那邦鐵道：道光二十一年二百四十三里英八十一。咸豐元年八百四十九里，英二百八十三。十一年二千八百一十一里，英九百三十七。十年三千五百七十里，英千一百九十。光緒八年四千八百五十七里英千六百十九，本銀二千一十二萬五千二百圓，費二千三百八十萬七千圓。

二十八曰倭海約邦鐵道：道光二十一年一百有八里英三十六。二十六年二百五十二里，英八十四。咸豐元年一千七百一十六里，英五百七十三。三年四千一百五十五里，英千三百八十五。同治十年一萬一千二百二十三里，英三千七百四十一。光緒八年一萬九千九百二十九里英六千六百四十三，本銀二萬萬五千九十三萬圓，費四萬九千五十萬圓。

二十九曰頞里根邦鐵道：光緒七年一千五百六十里英五百二十。

三十曰賓夕佛尼亞邦，鐵道之多爲美利加弟二，凡産煤與石油處皆有之，剏自道光六年，在費納的費牙與必自博之間。費納的費牙之渠與鐵道同時修治：渠八百七十九里英二百九十二，鐵道三百七十八里英百二十六，共費千八百六十一萬五千六百六十三圓，工竣在道光十一年千八百三十一。同治四年一萬一千一百八十四里英三千七百二十八。九年一萬三千九百六十八里，英四千六百五十六。光緒五年一萬八千二百有四里英六千六十八。光緒七年一萬八千六百八十一里英六千二百二十七。前一年計本銀三萬萬一千三百十二萬八百六十五圓，費四萬萬二千一十萬圓，今聞是邦本銀增至六萬萬，爲公司最。

三十一曰洛答埃倫邦鐵道，刱自道光二十一年，一百五十里英五十。咸豐元年二百有四里，英六十八。十一年三百二十四里，英百有八。同治十年三百九十里，英百三十。光緒七年六百三十里英二百一十，本銀四百五十九萬六千四百三十七圓，費五百八十五萬五千有二十五圓。

三十二曰叟司喀爾勒那邦鐵道：同治六年三千有二十一里英千有七。九年三千四百一十七里，英千一百三十九。光緒五年四千二百七十二里，英千四百二十四。光緒八年四千四百四十六里英千四百八十二。前二年計本銀千六百五十萬五千一百七圓，費三千四十二萬四千六百六十五圓。

三十三曰田捏西邦鐵道：咸豐五年一千三百三十八里英四百四十六。十年三千七百五十九里，英千二百五十三。同治四年三千八百八十八里，英千二百九十六。九年四千四百七十六里，英千四百九十二。光緒八年四千九百一十九里英千九百七十三。前一年計本銀一千七百五十萬三千六百五十六圓，費四千六百六十萬六千七百四十一圓。

三十四曰德格瑟斯邦鐵道：咸豐四年九十六里英三十二。同治四年一千三百九十五里，英四百六十五。十一年三千二百三十四里，英千七十八。光緒元年五千有五十八里，英千六百八十六。五年八千六百七十里，英二千五百九十。光緒八年一萬六千有三十二里英五千三百四十四。本銀三千八百九十二萬一千二百五十四圓，費一萬萬二百十七萬八千一百四十三圓。

三十五曰窪蒙邦鐵道：刱自道光二十九年，無多，同治六年一千七百六十一里英五百八十七。十年二千有二十五里，英六百七十五。光緒元年二千四百三十里，英八百十。光緒七年二千七百二十七里英九百有九，本銀千九百十六萬六千圓，費三千六百三十五萬圓。

三十六曰匈爾治尼亞邦鐵道：咸豐十一年四千一百三十七里英千三百七十九。同治十一年四千五百有六里，英千五百有二十。三年四千八百二十四里，英千六百有八。光緒四年四千九百三十八里，英千六百四十六。五年五千有一十六里，英千六百七十二。光緒七年五千六百三十七里英千八百七十九。前一年計本銀四千九百七十七萬七千五百六十圓，費一萬萬七百四十八萬二千五百四十六圓。

三十七曰威士奪匈爾治尼亞邦鐵道，光緒七年二千一百一十二里英七百有四。

三十八曰威士工遜邦鐵道：咸豐四年六十里英二十。五年五百六十一里，英百八十七。十年二千七百一十五里，英九百有五。同治四年三千里英千。同治九年四千五百七十五里英千五百二十五。光緒元年七千六百九十五里。英二千五百六十五。光緒八年一萬有三百二十三里英三千四百四十一，本銀七千八十四萬圓，費一萬萬五千二百五十萬圓。

三十九曰阿里瑣那部，光緒三年前無鐵道，四年刱九十里英三十。五年四百五十六里，英百五十二。六年五百九十四里，英百九十八。七年一千一百四十里英三百八十。

四十曰打戈達部鐵道：修自同治九年，一百九十五里英六十五。十一年七百有五里，英二百三十五。光緒三年八百七十里，英二百九十。四年九百六十里，英三百二十。五年一千二百里，英四百。光緒八年四千九百一十四里英千六百三十八。

四十一曰埃得和部：光緒七年成鐵道九百六十里英三百二十。九年二百四十九里英八十三。

四十二曰紐墨西哥部鐵道：光緒五年剏二十四里英八。六年三百五十四里英百十八。七年一千九百七十四里英六百五十八。

四十三曰尤達部鐵道：光緒七年二千一百三十里英七百十。

四十四曰華盛頓部鐵道：光緒七年八百二十八里英二百七十六。

四十五曰歪阿明部鐵道：光緒七年一千四百一十六里英四百七十二。

四十六曰印甸部，有鐵道二，光緒七年成八百二十五里英二百七十五。

營業弟三

美利加之營業以鐵道爲大端，與英法各國大同小異：一曰分局，便停車也。二曰埠頭，宜上下也。三曰廳房，棲乘客也。四曰水穽，供瀛鑪也。五曰煤廠，易取求也。六曰電報，備非常也。七曰稅關，稽偷漏也。八曰司計，職車票也。九曰車棧，備增減也。十曰貨棧，藏載物也。十一曰標誌，嚴亂趨也。創造既竣，視埠頭之衰旺而經理之。於是以司站理庶事，以司數稽出入，以司票謹收發，以司棧慎蓋藏，以司報通消息，以司路治道途。就站之等弟、定役之名數，大站正職之外有二副，小站一人可兼數事。輪車既行，以管輪制疾徐，以管票察等次，以管貨辨載物，以守道瞭險阻，而復繫分站於總站，有總司以糺庶職，有會議所以制總司。凡人，未用必試，既用必察，役二三年依次擢之，役二十五年終身廩之。凡掌財，入有票，出有箣，而斂散之權分，恐利權專也。凡會計，月有要，歲有會，而出納之數合，恐盈虧隱也。凡入數或因地之遠近，或視時之久暫，或核創造之難易，或度客貨之多寡，或約用度之繁簡，未齓取十之五，兵丁取四之一，它物別有定則。

軌式弟四

初，鐵軌凹，軌凹則輪凸，或形如工字，取上下易用也。雖然，軌承輪久，不無變形，難可如式。後改凸，上平，下旋螺釘於枕木，既簡且堅。衡枕於道，實以碎石，欲其氣疏以達而難朽也。

計工弟五

鐵道一英里需工之數，美利加四百五十足矣，而法郎西二千三百十二，英吉利一千七百七十七，瑞典一千三百六十，瑞西一千七百二十五，日爾曼二千，比利時二千三百二十，丁抹二千三百三十，那威二千七百三十，和蘭三千，澳大利三千一百三十，日斯巴尼亞三千八百，義大利五千三百六十，俄羅斯四千五百，羅馬六千，土耳其三萬一千，均未有廉於美利加者。美利加工業商貨，隨地取攜皆便也。

工視天時，冷則難精，亦視地利，險則難速，亦視物力，而美利加物力獨便，亦視工師技倆，以測量始，以試驗止，然皆視司事，首公，次明，次勤，次熟，而巧則又其次也。

分制弟六

瀛車既行，其修車法合之則工費，分之則工省。道光十二年千八百三十二，美利加人伯耳土文氏立分制法於澳路土愛安才徒廠名，既精且固，無舛無滯，别國競就造之，非伯耳土文之力不逮此。所造半時一點鐘行四十英里，合華里一百二十，可載重三十頓連車身計，厥後工益精。同治八年千八百六十九所造瀛輪客車可載二十八頓，貨車可載三十頓，如行平地可載千頓。光緒六年千八百八十車直較前十年減四之三，藉非分制，未易臻此。其工以百分率計之，起造之工二十有八，鎔鑄之工十有七，機關之工二十有二，錘鐵之工十，鑊櫃之工十有四，司書雜職居百之九。璧合則美，舉衆則易，此之謂矣。

較費弟七

美利加鐵道之費以一英里計。據光緒八年報告，新英邦人稠，軌道之廣者其費五萬圓，狹者減五之二，西南邦人稀，費二萬圓。其國人可苦滿氏箸書言美利加鐵道，威土工遜之最費者五萬七千八百六十圓，其次費一萬五千二百四十四圓。據前數年平均數曰五萬二千九百七十二圓，較法郎西之十九萬四千八十六圓省十四萬三千九百有奇，較英吉利之十九萬圓省十三萬七千有奇，較比利時之十萬六千九百八十圓省五萬四千有奇，較澳大利之九萬六千六百八十圓省四萬三千有奇，較德意志之九萬二千四百四十六圓省三萬九千五百有奇。今聞美利加公司平均新數，每一英里銀三萬圓足矣，是一華里費銀一萬圓。

損益弟八

美利加人馬格禮精鐵道術，言修費視所司有差：民修用五百抵官修五百萬金之功，論者韙之。雖然，鐵道官道也，宜歸商業而官轄，税如額。

美利加人我路拔魯多冰苦，爲路倚司維里及那西維兒副司事，言鐵道費大略有二：一有定，若橋梁、枕木、車場、綫路、運費工食。一無定：軌輪之磨而失與夫重量速力，非推測不知也。就繕費論，賓夕佛尼亞公司乘客居三之一、運物居三之二，野里公司乘客居五之二，運物居五之三。譬如車身重二十頓，列車一即爲二百頓，此無償重量也，一車之客平均四十，十車即爲四百，多多益善，此爲有償重量；卧室車美室車自重約三十頓，就本計利，不如準費計利之爲愈也。譬之一英里入四千圓或一萬圓，而費多則不足，或四千圓或一千五百圓，而費少則有餘。

税弟九

美利加火車，合衆國政府無税，鐵道公司僅收銀行票於政府而已，印紙税無幾。光緒九年千八百八十三，國庫既充，郵便税减，而印紙税亦廢。初南北兵起，帑絀，其募兵資鐵道公司力，客物費因之增納二分五釐於官，尋改三分，後且五分。同治十二年千八百七十二減爲二分五釐，後免，然諸邦課税有差。如馬沙朱色士邦鐵道公司每年於西五月朔按票銀納税，其公司私有之地與屋與綫路計直税之，倭海約邦鐵道公司，物産與不毛之地税並視直，密西根邦鐵道，英里歲入四千圓以上税三分，四千圓税二分，卧室車美室車税三分，鐵道外地或一人之地皆税如常例，威士干逊邦，一英里歲入三千圓以上税四分，三千圓以下税三分，一千五百圓以上税二分，以下按五圓合直以税，梅尼所達邦與前二邦略同，而亦有異：剏立公司後三年，按所入數税一分，四年至七年税二分，後税三分。

異常鐵道弟十

山水工難，城市直昂。其鐵道最高者出海面一萬有八百五十二尺，在田花里澳我蘭低地名麻沙耳帕司，最長者曰加奈治安太平洋鐵道，自貴别克達太平洋，此指公司之道言。其一綫路之長則在阿奇送地名、所比克地名、三打費地名，約長華里二萬四千里英八千里，山麓岡頂鑿之，如逾六丈，輒穴其腹爲隧道。美利加以馬沙朱色士傳紗可爲最：東西四英里四分之三，合華里十二有奇，軌道左右石灰彌隙，巖漏導之中道，入溝伏流，水復出隧。費絀中止，其國助力，至同治四年千八百六十[四]乃成，費銀一千四百萬圓。

石山一帶，或架木翳道，如隧實非隧也。車道忌雪，山凹路曲，藉板障道側，其險要則非板屋無以通雪中之道也。

遇谷填之，如近百尺，則以鐵爲梁，下臨深且險者梁不資柱，挽以鐵絲如網。美利加最長者，紐約之波基布希橋剏造於同治九年西一千八百七十，水長時橋身出水面一百一十九尺，中高處出水面一百三十五尺。鐵繩大者四，每繩以鋼綫五千四百三十四交合而成，徑十尺有半，量力克勝一萬二千頓，兩薹足相距一千五百九十五尺，每繇橋首至橋薹，長五百三十尺。其地兩屬：屬紐約長一千五百六十二尺有半，屬布碌崙長九百七十一尺，凡長五千九百八十八尺有半，寬八十五尺。鐵道之橋莫逾於此。

新奇車弟十一

火車不一：曰客車，力小而捷，其捷之最，每一分時可達三華里有奇九十三分走九十二英里。其式動輪大徑二尺有奇，大輪一轉，小輪數周，而曲柄短，取諸速也，然柄短難以任重，逾六萬磅則滯。費納的費牙之列田鐵道，八輪客車直八千五百圓，有卧室者長七十尺，寬十一尺，榻三十，晝推鉤自起，夜下榻相對，張帷懸牌，直一萬五千圓至一萬九千圓。分等凡三：中、下之直有差，下等五六十圓。曰貨車，曲柄長則力巨，動輪小則行遲。輪徑一尺有奇，一時行華里一百八十英六十，載近三萬石不滯也。曰兼挽車，亦客亦貨，凡運欲速繇此，謂之快車，一時行華里三百一十有奇。之三者輪或四或六，或八或十二，美利加八輪者多，而動輪惟二。動輪或先後錯置，瀛筒之壓力亦形式迭更。客車一貫可二十有奇，貨車三十有奇。

瀛機自行車改自街市鐵道馬車，剏之者三法蘭昔斯哥之士丹福也，費銀一百五十萬圓。漸擴漸增，公司今六。其車道里數，企九十九英三十[三]，哈那逸二十二英七，沙得三十三英十

[二]，吉耳四十，馬根如之，黑以斯亦如之皆英十二，凡二百七十四里英八十三，此光緒十四年數也。十五年有增。此外希嘎骨、波士登皆沿之而修。其法，軌與火車略同，軌條之間地面嵌鐵條二，相去寸許，其下穴道，一鐵鏈流轉其中，而滊機則在公司屋，車首一人司鉗，以鉗銜鏈即行，高低自如，不亞火輪，脱鉗則停。其磨車之法初拙，今法彌捷，省於馬車多矣。

登山之車，紐約白山諸處有之，險道則輪齒嚙軌，昂降無滯。

電力車之造於華盛頓都，自光緒十四年始。先是德意志剏車，專借電力，方美利加設博覽會於波士登時，已有於波士登繪圖議造者，未果，近年乃如議行，華盛頓都踵之，從紐育埃粉牛弟七街口達埃登根，軌二。其間逐段立鐵柱，上横鐵條，左右各繫鐵繩。曰繩者，細鐵絲紐成也。繩各引一車，揭來相讓罔有阻。電氣房則一也，磨擦生電之機器凡二，一抵馬力百，一抵百六十。車行無多，僅用其一，日需煤直銀五圓耳，工二，需八圓，日費銀圓十有二，可不謂廉歟！華盛頓車十有四，一等直四千圓，窗列重層，下層四圍鐵絲編格。二等直一千二百圓，亦勝駕馬街車。始闢車道於此者，沙無送也，故華盛頓公司名沙無送哈司打。雲龍訪其司事都路司低兒，據言科侖布亞華盛頓都電力車道議修十三里有奇英四里，今成四之三。通國已議道一千三百里有奇英四百餘，公司大小七十有奇，波士登爲最，紐約亦有之，三法蘭昔斯哥尚未之有，諏諮至再，出説一紙此紙鄭汝騤助譯譯之，大恉謂電力車如通行天下，利何如之！夫電燈勝於他火，十年前人未之信，後由發光之力推及機器，而浸施之車，嚮慮其費，今知價廉，繼慮冰雪阻車，今則試行無礙。然傳引之力不一，或借皮帶，或用空氣壓力，如街車之鐵纜可致遠矣，然耗力大，惟電力則否，鐵綫所達，電克隨之，電能生力遞引夫人而知之矣，即以平常電鐘觀，氣通電攝鐵之捲綫，引動輭鐵所繫之鐘鎚，鐵震其鐘自鳴，此傳電小驗也。大之則電信印字機、傳音器，不外此理。電機之動力始生於精錡之化養氣精錡質似白鉛，借他力動之亦克生電，此機之電度於彼機，則彼機亦行，但彼機轉動之方向與此機反，此電引綱領也。價廉利倍，莫善於此。電火亦能化金，製器者之消寒熟物輒資於電，匪第光力然也。街車之用電力，人見其動，知必有力。

問何以能竭來自如？此理良不易答。蓋電學有相生功用，爲物甚奇，喻言不易。凡所謂氣者，其勢推移向前居多，電氣初無向前之勢，而惟有震動高下之勢，無已，盍觀以水激輪乎？水性就下，電氣豈無所就，而與水異，藉捷徑以還其原，莫電若矣。試於電機動時斷度電之線，則氣自無從運行，再將綫端連於鐵柱，或人持其端立於溼地，電氣立復，然則何所之乎？曰入於地。地爲注水之池，亦爲蓄電之藪。電從人過能殺人，從鐵柱過無損，何也？曰鐵柱無阻，而人有也。或以白金嫩絲接於電綫，始紅繼白，而終則化，蓋白金不善引電也，此所謂電氣有還原而入於地之性也。既有此性，而光與力因之以生。然燈從電母生電之機曰電母：引一綫牽接它燈，其弓形燈從電母引至上段炭精，復從下段炭精引至次燈，如是而三而四而至於末，仍回電機。其燈之炭精先則上下相摩，電氣一到，有機括令其相離十六分寸之一或八分寸之一，電氣躍過此隙，與空氣相激而生大熱，熱聚於炭則光發，其發光之力之强弱，視燈之多寡、線之長短，弓形燈氣小而力强且急，白光燈氣稍大而力緩，若求其熱不顧其光，則氣大矣。生電機之理與此大同小異，但電綫巨細有差，接綫之法亦異耳。生電之機大要有二：一爲硬攝鐵，一爲輭攝鐵，硬者不動而輭者動，非皆纏鐵綫電之氣，不生多力不加猛也。輭鐵形如筒，轉於硬鐵之上，使陰陽電端互相配合，筒之鐵綫直纏之，使與攝鐵之紋曲尺相對，鐵綫宜分數段，每段兩端輒接銅片，筒之兩側置銅埽二，其筒動則埽與銅片相摩，既激筒身之攝力，透入鐵綫，引於銅埽，達於硬攝鐵之捲綫，而從電引發出，方氣透輭硬攝鐵時，兩鐵吸引之力更相激動，愈增愈烈，蓋摇動電機須用如是之力也。電機有母子之分，子電藉母電所生之氣以動，兩機造法相髣髴，惟鐵綫巨細異耳。子機孤摇亦克生電，惟藉母電之機運動之，則輭鐵筒轉與母電之機相背，與皮帶牽引無異，力大以此。此理甚奥，非深於電學者難可與語。譬如有通管一，兩端各置風車，北車動則風由管以達彼車，兩車皆動而方向相背，風磨之藉風旋轉亦然，此理仍不足以盡子母電機之理，略近焉耳。欲考子電機推街車之理，莫若舉道旁所懸電綫以解之：此等電綫一則接連電氣局之母電機與車下之子電機，一則接連軌道之鐵條，其綫懸於木桿高約二十尺，其與子電機相連則用一輪，輪以鋼横鐵柱，附黏於綫，電氣由綫而達於子電機，子電機受電而運於軌道，軌道之電仍還之子電機而循環不絶。然電綫抵拒之力固視綫之巨細，亦視綫之長短，故電氣局宜設車道適中之地，如道十里則電氣運至盡頭，其遠不過五里，車行則從桿上鐵綫吸取電氣。其電氣之多少視車之急徐輕重，此則半由御者定奪，半由一小電機限制。凡電氣由綫達機，先過一禦電之器，使其氣由漸而進電機，車行由緩而速，免猝動也，車行漸速則不復限制之，法新且精。其驗先以力動電機、而生電氣、而生電力、而行街車，然不可謂創造之技已至其極也。初電機法煩形拙，以今較昔，不過四分之一耳，厥費隨減而電力轉勝，此後精益求精，安知不瀛車皆易電車，或即於車中造電自行如瀛機然，不必沿途設局，庶其便乎！

車票弟十二

車票日本謂之切手大約十九。一曰路加魯格多，譯言綫路通行票也，可以隨意句留。二曰里密低奪知格多，譯言限時票也，價無加減，用之百里以上。三曰野密可累生知格多，譯言下等票也日本謂之移住民切手，它分上、下，此則耑乘貧民。波士登三法蘭昔斯哥之間、阿馬波等處皆有之。四曰低比司知格多，剏自美利加人低比司，故名日本人謂之組合綫路切手譯言零星合票也，由近而遠，所乘車截票記號其上有漆票寸許。五曰是路知格多，譯言諸公司沿綫通行票也，尋常限時下等皆有之，出票公司之名在下。六曰西送知格多，譯言四季票也，往復許用三月，較之買一月票價省：如買一月需六圓，買二月需十一圓，買三月止需十五圓。然美利加波士登我耳拔尼公司有六月十二圓者，此就我耳多可路尼公司常例，云未滿十八歲者半價，女價減四之一，蓋女工多朝夜往復，故減於男，其人姓名遞用皆列號，每月日曜而外，平均以廿六日爲率。票之下方印二十六字，每乘車一次即點一字，點盡而止，禁轉送人，物必自攜。七曰士苦路知格多，譯言學童票也，例如四季票，而字點分十行二十周。八曰密累治知格多，譯言里數票也，分千里五百里二種，列號每紙區畫二十，如行二十里即裂收一紙，許三人以下同用，而禁轉貸，里數以盡爲度。千里票價銀二十五圓，即一里合銀二角五仙也，五百里票銀十三圓七角五仙即一里二角七仙五有奇。九曰多理夫知格多，譯言游歷票也，此有數種：綫路通行票、四季票、零星合票，乘車之數或五或十，或五十或百，票片隨數而增。十曰可怕多納希夫知格多，譯言同用票也，此四季票之一種，二人以下同時用，直如四季。十一曰阿女阿路知格多，譯言一年票也，册紙六葉，一月一紙。十二曰野苦士可生知格多，譯言回游票也。十三曰拉文多脱立夫知格多，譯言往復票也，較綫路通行票減直幾分。十四曰累路奪士多理多知格多，譯言鐵道驛車合票也，越月合計，抵支厥數。十五曰昆打苦多士知格多，譯言車掌票也。美利加鐵道支綫紛如，未遑購票，客購自車，一月一計，接車相通，可以往來、停車升降，罔或有滯。十六曰士多具字知格多，譯言道上滯留票也。客留中途數日而必一票者，價少廉耳，票注年月日。十七曰西送知格多誰司阿沙路多，譯言四季零星合票也。諸公司通用之。十八曰野苦司朵拉拔萬支知格多，譯言小運物票也，百斤以下不取資，百斤以上計里收直。十九曰土路文可羅姆可知格多，譯言上等車室票也。其直五十里以内每人銀約五角，百里以内七角五仙，漸增仿此，夜卧之值不在其内。

雜説第十三

車前之燈或油或電。

其以空氣齒止機械刱自美利加人，其名曰維司多金哈司。

美利加客車前後均用鎖鑰。

大車聯絡有線，前後一貫。以線端之小鐘爲行止之相應。

富者輒居近郊，朝暮揭來市廛，如紐約至費納的費牙，約華里二百七十有奇，車行一時有餘而至，蓋一時速率四十二英里，約華里一百二十有六。營業既便，而避暑亦復相沿，厥利日增矣。

補攷第十四

鐵軌之工，雲龍曾於勿爾治尼亞之白司列狠鐵廠攷之，須臾而成，誠哉其妙造自然矣！先是以鑛質入分析鑪，凡六，並徑二丈有奇，高四五丈，煙筒大如中國圓桉，盤旋而上，出煤焰尺許有聲。其汁分管而瀉，其鐵之未純者雜入鎔鑪，一工轉厥樞紐，則汁自瀉入鼓形之净鐵器中，器可上下轉回，外鐵内泥，凡六，皆徑五六尺，長倍之，頂多鐵孔，以泥補之，底接空氣，筒架於樓半，斜向上，以鐵煙筒附鐵皮，如無底襪罩之而受其焰。空氣一入，孔泥四穿，鐵之雜氣争孔而噴，略似中國之煙火之花筒也。鐵花亂出，飛焰二丈，移六分時，焰漸斂，光漸明，即鐵漸净矣。以土作模，徑二尺餘，高四五尺，以機引净鐵器，就模傾汁，又有花吐，如蘭如梅。汁方就範即出於模，截鐵爲二，猶通紅也。置滚鐵器，有活方架，徑六七尺，横鐵軸五六，軸圍三尺有奇，軸隙有鐵爪撑出，可左可右，架軒則爪藏，架輊則爪出。承架有一立器，其孔四五，第一孔大如鐵，以次漸小，孔後方架鐵軸如前，紅鐵上軸，爪限其界。架揚軸轉，紅鐵自入弟一孔，而至後架，揚爪移之，自出弟二孔而至前架，再揚再入，往復不少停。鐵成軌範，以三丈爲率，自就量丈尺而受其截。截之者鋼輪也，截兩端各數寸如率，其聲鏗然，司機者二三人耳。是時鐵紅未褪。近彎形機，二工揚機，則成弓形，機伏則鐵軌已置格上。磨之刮之乃藉人力，釘眼之屬，則仍就機爲之。鐵軌一條直銀七圓。據言光緒十三年千八百八十七，造軌之鐵十六萬頓，其鐵日鎔七百頓，用煤非用煤氣也。瀛機三，馬力八千，機輪大者徑三十二尺，又瀛機六，其輪皆雙，各抵馬力六百五十。

鐵軌不如鋼軌，説詳《鋼鐵工》。

火車工廠在士兵非里，曰窪送客昆帕宜，立於嘉慶十五年千八百十。有圖工，有模工，若鋸若截，若鏤若光若鑿，皆以瀛機爲之，抵馬力一百五十。又有水壓機，抵馬力十五。工千。所用之木，來自墨西哥古巴居多，名麻哈媽宜，香且堅，用花紋薄板以蓋木面。其造鐵輪，既成而鐵猶紅，亟入沙窩三四日，熱乃褪盡，否則速冷而堅遜之，其沙窩十數如竈也。方爲賴各宜地名造車一，直銀五千圓，又爲葡萄牙國造車二，直倍之，長五十三尺。

美利加輪船攷工

航海兵船始於義大利，蓋即宋時維尼司國折奴阿國也，用颿不用輪。其用輪自嘉慶八年美利加人始，越四年乃成於紐約，用明輪不用暗輪，暗輪亦曰螺輪，自道光十二年澳人勒賽始也。其用演算法自乾隆間瑞典人綽潑門始。其造船用鐵，自道光元年英吉利人始，生鐵甲以德國工爲最，熟鐵甲英、法、德、俄皆有之，鋼面鐵甲則刱於英人，而美利加將作之程，善因亦善刱也。述輪船攷工。

原始弟一

美利加既立國之三十二年，當我大清嘉慶十二年千八百七，有扶路屯者作蒸氣輪船曰苦拉孟多，此美利加適用之弟一舟也。先是明萬曆六年千五百七十八英吉利潘氏刱舟側設輪之式，崇禎三年千六百三十，有脱比多蘭西者試以風力抗潮進舟之法，類此輩出，五年千六百三十二有蘇麻司苦連奪，十年千六百三十七有法良西司林，十三年千六百四十有葉多窪脱法奪，迨我康熙六年千六百六十七有窪西司打侯，十年千六百七十一有蘇麻司奪可脱，二十一年千六百八十二又有於加散刱作一舟，輪置其側，以馬牽之。雍正八年千七百三十，醫士絨阿連揣吸水進軸之策，又有學納散厚兒者參用蒸瀛輪進舟之術，然虛擬之，未實用之。

乾隆三十九年千七百七十四，法郎西有澳基倫伯試航海術於施因河舟，久而有得，而用蒸瀛機器則自乾隆四十七年千七百八十二的熱夫羅人名造舟於沙澳宜河始。其舟長一百四十尺。厥法傳入美利加，於是有賓夕佛尼亞邦之絨費治人名、勿爾治尼亞邦之日母司蘭西出而變易之。五十一年千七百八十六絨費治作一輕舸，置徑三寸之通心圓柱，明年得官許十四年專售之利此依賓夕佛尼亞、特納窪、紐約、勿爾治尼亞四邦之例，遂作第二舟，置徑十二寸通心圓柱，兩側之檝各六，前六檝即水，則後六離之，機器一轉，則舟進十一尺，每半時行華里十二有奇四英里餘，勿爾治尼亞波林登往來之旅人便之。五十四年千七百八十九後造舟一，用徑十八寸通心圓柱。明年法又變，每半時行華里二十二里英七里半是舟檝居軸後。五十六年千七百九十一，美利加專售之權許於絨費治、日母司蘭西二人，嘉慶二年千七百九十七干捏底嘎奪邦之斯達人名與之，七年千八百二根得基邦之維司多人名與之，十四年千八百九科侖布亞之宋頓人名與之，紐約邦之扶連治又人名與之，十五年千八百十紐折爾西之斯低文人名、勿爾治尼亞邦之勃路頓人名並與之。十六年千八百十一勿爾治尼亞邦之莫利送人名、紐約邦之扶路頓人名並與之。

先是嘉慶元年千七百九十六，絨費治歸自歐羅巴洲，剏造一舟於可列苦多塘，置螺形輪，所謂布路北拉者是也，然而未精：其罐容十嘎倫至十二嘎倫，每一嘎倫約中國五斤許，罐有厚蓋，其圓柱以木爲之，外作桶形，有箍，行至再四，蒸瀛易盡。思索未已，以疾輟，而猶新造一式：長三丈許，雙輪夾舟，尋佚。絨費治以瀛力動機器，而日母司蘭西則以瀛力導水力也，當乾隆四十九年千七百八十四，其置機桿法謂之施金波路，成小舟於勿爾治尼亞邦之拔格列。伯理璽天德見之喜，賜文憑，然法亦未精。越四年復成一舟，用醫士亞人等之術導水入舟，放之於軸，取抵力也，謂此理曰列治司堂斯。後因絨費治得專售之權，遂游英吉利倫敦，於西母司水上試各種新機。所著書一名《用蒸瀛簡明法》，一名《説瀛機進船法》。厥法爲識不一：曰A，船之小部分也，曰S，船之脊骨也，曰B，船之大方管也，水繇此管放之於軸，CC，即門也，水自此入於大管之CCC，亦門也，水入DD之篋中，即因F之吸水盤也，吸水盤爲G桿所升而上，實與盤篋通也，其下之圓柱筒連於其篋，E即大管之門也，近DD篋之機器一動，空氣既通E門，而水即過CC門，入篋，FH爲瀛機之上方圓柱也，FG爲下方圓柱，H桿也，螺釘結於G桿I者，管中大部分也，管通柱上，水過此管，下吸水盤，其連合處爲K，瀛力既入F吸水盤，然後蒸瀛退於冷氣箭内爲N。此言瀛機大略也。

雖然，日母司蘭西所造美利加之輪船，僅用機器，而猶未用瀛力也。乾隆五十四年千七百八十九有拏山列多者，於馬沙朱色士邦置機與輪，强壓瀛力運動之。五十五年千七百九十有沙米吴耳摩列者，用蒸瀛動輪於干捏底嘎奪河，明年有維良倫司多利脱者試輪於沙拔那河，五十七年千七百九十二有夜利牙澳絨司背者，試鳥足形輪，馭船於羅多愛良布路冰司。嘉慶三年千七百九十八有路西維耳者，紐約人也，九年千八百四有絨斯低文者，紐折爾西人也，有澳里拔野王司者，勿爾治尼亞人也，嘗試輪船於特納窪河，自名之曰葉羅苦多路安費勃里司，按絨司低文所造之瀛輪於罐内分爲數枚，謂之施苦書那耳勃以拉，蓋螺器二重也，每半時行華里二十有三英里七，此機器尚存紐折爾西邦之哈勃津。道光二十四年千八百四十四易置一船，每半時行華里二十有四英里八。

扶路頓者，絨費治同時人也，學於英吉利大學維司多，而又嘗遇窪脱，窮究其術，窪脱者，諳機器學者也，厥後勃立治澳達聘扶路頓爲工師，越一年，斯堂法布又招之。嘉慶二年千七百九十七，美利加出使法郎西之理文斯屯欲攜扶路頓歸紐約，扶路頓遂造一機器，圓柱筒徑二十四寸，罐三十尺、深七尺、寬八尺，於十一年千八百六運至紐約，明年作船置機，半時行華里十五英里五，此爲美利加弟一大輪船也。厥後絨斯低文造舟如之，設輪於側，然因理文斯屯有專售之憑，遂移船於特納窪河，轉航外洋，此爲美利加輪船行外洋之始也。自是航海日新，論者輒歸功於扶路頓云。所造輪船十有二，一曰苦拉孟多，二曰可阿扶尼夫屯，皆嘉慶十二年造千八百七，三曰拉里壹是，十三年造千八百八，四曰帕拉崑是，十六年造千八百十一，五曰昌田，六曰法牙夫來，皆十七年造千八百十二，七曰立智猛，八曰華盛頓，九曰那蘇，皆十八年造千八百十三，十曰維司比阿司，十一曰扶路頓，十二曰日西，皆十九年造千八百十四。

程工弟二

雲龍游美利加船廠。凡造一船，先視厥圖：有旁面圖，兩面無殊，例以一面，有直剖圖，自首至尾，有横剖圖，視脅廣狹，有平剖圖，上視下也，有反剖圖，觀厥底也，有水淺圖，或直或横或平，循尺寸也。

未圖先算，曰重心，取重力所積之中心也。船之重心既得，次就船測壓水力，次就不變之船重心而測隨壓水力而變之活重心，次就活重心之壓水力與船重心之中綫而得其交點之擺心。然船形有銳有鈍，重心即有異有同，以竿長準之，而非作曲綫圖不可。以直綫爲竿長表，以橫線爲側度表，即以曲綫爲船側度數，以曲綫界内各直綫爲船側度時竿長數。

何以言頓力也？曰以水之浮力受船之壓力。造船之工量以淡水，則受載略增，亦不甚差也。河海之水有差，河水受壓一立方邁當重一千頓，海水受壓一立方邁當較多二十六頓。

先是鐵船患鏽患蟲，又患吸鐵鍼差，又患冷氣與空氣觸結受溼。美利加今不患此，謂塗紅粉則無鏽，謂油且洗則無蠔，謂鐵吸可回，木襯可漆，則無一害。

美利加船工以緬邦爲最，歲造無慮三五百艘，近海且多木也，其作工亦日精。工之大要一曰輪，有暗有明，而暗勝，即螺輪也。二曰瀛機，有平卧法，瀛筒不高於水綫，兵船宜之，欲避礮也。又有倒置法，瀛筒在上，曲拐在下，商船便之，均磨力也。其湯氣有滿含、加熱二法。三曰水管，先是鍋鑪用煙管，今則水管居多，蓋煙行火櫃，不若水管列若干行，其行管六，以上三管納氣而與氣櫃接，以下三管受水而與水箱連，近有盤管而上者。四曰水錶，玻璃爲之，以測鍋水高度。五曰氣表，鍋鑪能容若干漲力，測罔有差。六曰水銀風雨表，試壓水力以此。七曰鍋鑪殼，此受大漲力，鋼鐵宜厚，然過厚則釘難密切，既虞氣洩，復易熱減也。鍋鑪方不如圓，新出者勝。八曰柱，有中有邊，或貫橫梁，或受曲拐，一氣相承，飛輪應之。九曰外軸，内方而外圓，方入内樞，圓入外樞。十曰柁，熟鐵爲之。十一曰桅，有正有斜，取瞭遠也。十二曰繩梯，舟人下上如飛。十三曰破風三角颿，二木斜置繫繩成三角形，依句四股三法也，布颿三角，銅環附之，便操縱也，風逆則張颿以破風，否則斂之。十四曰通風管，其口或單或雙，雙者兼吸新吸舊之用。十五曰鐵甲，生鐵不如熟鐵，熟鐵不如鋼面，凡鋼含炭質過少則柔而易穿，過多又剛而易脆，以萬分之五十二爲率，耐礮擊則無過少之失，耐牽力則無過多之失，是在驗之者。十六曰角條，其鋼板以冷摺爲良。十七曰鋼釘，其帽成个字形，以受三十頓力者爲最，鋼長八寸，牽長十之二，此驗例也。十八曰螺釘，蟲喙有成螺形者，刺木石罔有阻，螺釘象此爲之，船有撞嘴者尤資乎此。十九曰龍骨，木船夾之以此，鐵甲船改用空心者，尋易立板，後又以平式爲適用云。二十曰轆轤，美利加人所謂普壘者是，置此於船以起重物。輪船之工之分合不外乎是。

增造弟三

嘉慶二十五年千八百二十，美利加既有輪船七十一，凡載頓數一萬四千二百有七零五三，其中五十二船頓數一萬五百六十有四零四三，造自其國大西洋沿岸及新英邦，又四船，頓數九百二十有一零八四，又一巨者，頓數二百九十九，於昌夫連湖造之，又其一，頓數二百十八零八四，於莫比列造之，此造較早而名較著者也。道光十年千八百三十於西方諸水造輪船二百九十有六，頓數五萬一千五百有六零六五。是時大西洋濱及新英諸邦有一百十三船，頓數三萬二千六百六十七零八八，又北方五大湖輪船十一，頓數二千二百有八零六四。二十年千八百四十，通國有輪船一千五百二十八，頓數二十六萬六千七百有七零二。

弟一部新英諸邦之造蒸汽輪船，自嘉慶二十二年千八百十七始。其船名馬沙朱色士，造自勿爾治尼亞邦，於波士登灣開輪航海，尋輟，改道航南於諸司喀爾勒那邦海濱，不利。是年紐倫敦亦造一船，名伊可爾鶩之意，頓數八十零五二，凡六閲月。揭來南達替多及紐别奪法脱之間。道光三年千八百二十三，紐約一船名帕天德，駁於波多蘭，此紐約未之有也。

時西方諸河，火輪百艘矣，大西洋沿岸亦有七十艘。明年輪船名緬者，至背路法司多，於是格宜别可航海公司買帕天德船以行波士登、拔司之間，買緬船以行拔司東港。此二埠間有港七：一曰布司卑，二曰澳斯黑多，三曰昌田，四曰别法斯多，五曰施治維苦，六曰可蘭别列，七曰陸别可。而時或四航於先奪絨司及紐布蘭司維可。

按：帕天德船造自馬沙朱色士邦美士法吐，頓數九十八零三三，時道光元年千八百二十一，無颶風甲板，西人所謂哈列廣帖固者是。客室列下，式如扶路頓，巨輪半出於甲板，緬船則一桅半船式也，有横檣而底骨二，成頓數一百有五，其值約銀一萬三千圓，自波士登至波多蘭歷八時有半。道光三年千八百二十三造一船名窪打比列，明年行格宜别可河，六年千八百二十六公司售於治司列多，是船於前二年千八百二十四造自紐約，頓數一百有七，馬力六十，男室二，女室一，以黑硬木名麻哈可尼及楓木爲之。越二年轉售南邦。九年千八百二十九有西窪都波打者，買船曰干捏底嘎奪，蓋嘉慶二十一年千八百十六造自紐約者也，頓數三百五十，前後二檣，方颿曲一牙脱中國二尺四寸五分，機器擬扶路頓式，所謂桿輪者也。道光十二年千八百三十二，波多蘭地名之苦羅司亦購維多里船於紐約，明年又購昌西路里文斯頓，是船亦造自紐約，在嘉慶二十一年千八百十六，頓數四百九十四，厥後修之增長，而頓數及速率均增。圓柱之筒徑五十六寸，煙筒六尺，三檣、三斜桅、一連斜桅，其前檣有颿，方形。道光十四年千八百三十四西窪都波打又購之，明年移厥機器於新船，名波多蘭，頓數四百，檣一，煙筒二，硬煤火力自此船之行波士登始。波士登盤谷航海公司之設在前二年千八百三十三。盤谷船造自紐約，馭盤谷、波士登間，頓數四百，前後二檣，機器方形，而無我金比姆，所謂我金比姆者，譯言走桿也。不用煤而用木，一航約燒二十五束。其本銀集自波士登人。道光二十二年千八百四十二盤轂輪船徙馭歐羅巴洲地中海矣。

先是道光十五年千八百三十五，船長西窪都波打有船名散達期基，走盤谷、波士登間，同航者因低本田司船也。二十二年千八百四十二東部鐵道成矣，波多蘭車軌四通，於是乎舟輪利減，起波多蘭訖波士登，一人之直酬銀半圓耳。其故有二：一因輪機猶未造極，一因航路未盡周流也。是年船長散法多移葉苦司布列斯船於波多蘭、卑宜布司可多河之間，越三年又移茶打我鼓及阿多米拉二船於王達比路多長島灘，而波多蘭斯治母帕格多公司乃即設於道光二十四年千八百四十四，造一船於波多蘭，曰言治宜拉爾窪連，揭來波士登、波多蘭之間。明年又一船成，曰昆孟士布理布列，又購一船於紐約，曰絨馬沙路，其輪皆附船側，或謂之側輪船也。二十五年千八百四十五散法多遂開航路，曰散法多路，繼拓新路於紐約勿爾治尼亞間，與英吉利拔布魯之航路通矣。雖然，快颿船自道光二十年千八百四十而後由五百頓增至四倍，側輪頓數莫與之敵。

咸豐二年，波士登勿爾治尼亞輪船公司頓數僅以千計，瑪昌多米那司多良司波低生公司設於瑪理蘭邦，而其本亦出自波士登人，有側輪二艘，一名熱西布維多宜，一名維良仁金斯。咸豐九年千八百五十九增船二，一名斯波田，一名低法土。同治三年千八百六十四尼布堂航路之船曰尼布堂、曰宜立司、曰可羅各司、曰美治司、曰施里司、曰土列斯，揭來紐約、布路比田司之間。先是澳格阿美詩人名、大將會脱宜人名二人有輪船曰熱西勃立、曰拔司城、曰西列司、曰沙而勃、曰養脱低、曰麻列散法多、曰黑兒、曰密牙密，厥後損益有差。

光緒六年，弟一部輪船凡二十有六，頓數約三千二百八十有七。

弟二部湖宅北方。嘉慶十七年前千八百十二兵事未起，恩達利澳湖風颿如梭織，二十一年千八百十六沙格多港造側輪船名恩達利澳，明年船成航湖，是弟二部輪船弟一艘也，頓數二百三十一有百之五十七，圓柱筒徑三十四寸。越二年，紐約邦勃拉苦路苦造弟二船，曰澳可音列我達，頓數三百四十有二，機器則下方壓而狹者也，未幾毀於紐約拔費路，是年又於沙格多港造蘇費牙船，頓數四十九又百分之七十，又一船曰扶倫低奈可，馭於加納大之湖，至嘉慶二十五年千八百二十僅四艘耳。時西方諸河有七十一艘，頓數一萬四千二百七有百分之五十三，弗如遠矣。

道光十年千八百三十，北方湖上輪船凡八：一曰朱比里澳，三百四十六頓百分之三十八，道光二年千八百二十二造自拔費路。二曰瑪沙澳田，四十八頓百分之六十三，道光三年千八百二十三造自沙格多港。三曰珀澳宜牙，一百二十四頓百分之六十七，道光五年千八百二十五造自拔費路。四曰納可拉，一百五十六頓百分之九十二。五曰狠里苦列，三百一頓，俱道光六年千八百二十六造。六曰煙達布來司，二百一十九頓。七曰維良邊，二百一十五頓。其八則一小輪也，九十四頓。綜計一千五百五頓有百分之十三。問飛輪減色之故，則因湖無避風處。

咸豐五年千八百五十五，領憑之輪船一百二十有八，凡六萬八千八十有九頓，未領憑者一百一十有五，凡二萬一千二百五十有二頓。道光二十一年千八百四十一造輪船於澳司可，曰王達理牙，是湖上作追進輪船之始也，亦謂之後輪，一百三十八頓。明年又造澳司維可船，一百五十一頓。二十三年千八百四十三後輪船凡七：一曰哈古拉司，二百七十二頓，二曰散送，二百五十頓，三曰葉米各蘭脱，二百七十五頓，四曰拉新，五曰紐約，六曰西可鵜，均一百五十頓，七曰印低本田司，二百六十頓。明年造船曰波打，三百一十頓。又明年造船三，曰西拉可司，曰布林司頓，曰費尼苦司。道光三十年千八百五十綜計後輪已五十艘矣，凡一萬六千四百二十七頓，然猶少於側輪。又有船名施而屯散送，道光十二年千八百三十二兵戈之際駛至希嘎骨，頓數約二百四，蓋造自道光九年云千八百二十九。

弟三、弟四、弟六諸部在倭海約河密士昔比河一帶。乾隆四十三年千七百七十八以前，商船尠至倭海約河，法郎西之兵與兵器輒資平底艦往還河上，比多墩人徙往根得基，乘亦如之。船長維林馭巨平底船二，載土物至紐阿林貿易兵器，且攜兵五十而歸比多。土人知利，乃輸北物於南，得印度物，於是密士昔比河舟行不絶。嘉慶二十二年千八百十七往紐阿林舟有一千五百，其中平底者五百，易物無算。前六年千八百十一扶路頓理文斯屯於比多拔苦造船名阿林，越一年至紐阿林，是火輪馭密士昔比河之始也。河流箭馳，初航凜之。後十年，造自比多拔苦之輪船已三十艘，凡五千六百九十八頓有百分之七十八。嘉慶二十年千八百十五路以司維里亦造輪船矣。道光五年千八百二十[五]成三十五艘，約六千三十二頓有百分之二十六。自嘉慶二十二年千八百十七至道光七年千八百二十七造自新西那治者五十有二，凡九千三百六頓有百分之六十一：曰維司打，曰倚可路，曰黑骨拉，曰狠達送，曰新西那治，皆其彰彰者。

就嘉慶二十五年千八百二十諸部輪船計之，七十一艘，凡一萬四千二百七頓有百分之五十三，又造自太平洋岸五十二艘，凡一萬五百六十四頓有百分之四十三此内有新英邦船。自紐阿林至路以司維里，運費計重一磅酬銀一仙有半至二仙有差。

弟五、弟八兩部爲合衆國之中央與南太平洋沿岸諸邦。輪舟之行此者一曰母司蘭西也，二絨費治也，三葉王司也，四扶路頓也，五司低文也。嘉慶十七年千八百十二始造一船於勿爾治尼亞，名曰廣田，五十三頓有百分之三十。又造船四：曰勿爾治尼亞，二百四十頓有百分之二十六，曰布理司多路，一百一頓有百分之五十三，曰伊骨路，二百六十一頓有百分之四十九，曰特納窪，二百六頓有百分之八十六。明年千八百十三造替沙比苦船於拔治莫耳，一百八十三頓有百分之二十三。嘉慶二十一年千八百十六造由濃船於華盛頓都，六十三頓有百分之六十九。

先是乾隆五十五年千七百九十，絨費治造一船於特納窪河，朅來不下華里九千英里三千，然未航海。嘉慶二十四年千八百十九沙拔那輪船來自紐約，是航大西洋之始。西[東]駛二十五日而至英吉利，是輪船航大西洋之始。此二十五日，機行十八日，飄行七日，復往俄羅斯都而旋沙拔那，凡五十三日，聞者多之。厥後航大西洋過哈達拉司岬而失，此美利加輪船遇險之始，此地當墨西哥灣衝流，風力激浪輒高。弟二航海之船名羅拔多扶路頓，七百三頓有百分之三十。嘉慶二十四年千八百十九開輪由紐約而差列司頓，而紐阿林，而夏灣拏，九日爲率，歷三年機無一舛，然利不償費，於是售之巴西國爲之兵艦。又郵船曰叟沙那，道光二十六年千八百四十七往還紐約差列司頓間。

弟七部墨西哥灣岸諸邦紐阿林與夫德格瑟斯、阿拉巴麻、佛勒里盦是也。船一百二十有六，凡四萬一千六百十頓有百分之六十七，本銀三百二十七萬二千八百，傭一千九百一十有九，工銀一百有一萬六千八百圓。

弟九部太平洋濱。道光二十八年千八百四十八，一船曰嘉里符尼亞，駛之紐約，明年旋三法蘭昔斯哥，而同至一船曰頞里根。是年有海河航路公司之設，一小輪鐵船名珀澳尼牙，行自波士登陸路而入沙沽納勉多河。

弟十部密士昔比河。道光十一年阿美利加獸皮公司於比多拔造一輪船曰葉路司屯，其輪側，其客室與機罐皆居甲板船長名背宜多。弟一航由比列寨往先多路以司，明年至由濃寨。又造一船曰阿西宜勃倚，越年火於哈多河上。十數年間，此公司專航澳麻哈之上流，或溯密蘇鼇河而至波布拉河口，蓋載北地獸皮也。道光三十年千八百五十，葉路帕蘇亦至密路古河口，然大率以由濃寨爲航路。嗣是船增，七日一行。咸豐九年千八百五十九造治比窪船，南北兵起千八百六十一，礮臺在密蘇鼇河岸居多，蘭達耳其一也。學古司西治之上流，輪船增至十二，然同治七年千八百六十八鐵道一通，船機減矣。

美利加兵制

兵不在多，雲龍於游美利加益信。美利加地之廣狹於中國未甚懸絶，而額兵陸軍不過二萬六千八百有奇，海軍兵數居陸兵十之一耳。綜而計之不逾三萬，而民盡知兵，不惟寓兵於農，且寓兵於工商。無事則飽騰己力，有事則臂指相聯，而論者則謂之久將無知兵民矣。然而墨西哥之戰，南北黨之交惡，資民兵力居多，非其明效歟！民有知方之勇，國罕坐食之兵，富强之道，獨通商、惠工、訓農云爾哉？述兵制。

原兵弟一

乾隆三十九年千七百七十四，美利加十三邦議長會於賓夕佛尼亞邦之費納的費牙，而刱定分兵之議者顯理也。編兵爲伍，結伍爲團，無論農工商賈，無事自業，有事同仇，呼吸相應，雖一分時亦不容緩，謂之分兵，是爲民兵之綿蕞；明年復會於此，議募鄉兵，擁華盛頓爲元帥，是爲營官之權輿。嗣是定例：男子年十八以上，自備器械衣甲，訓練如期，期外歸就本業，年至四十乃聽其退，所謂人盡爲兵，非歟？

正兵無幾。當乾隆四十二年千七百七十七，英吉利兵在新地者，以一萬九千進費納的費牙，以一萬五百進紐約，以三千戍洛答埃倫，無慮三萬三千，而美利加兵僅一萬五千，於是國會有增兵之議。

國例弟八條：國中兵餉事總歸議院，伯理璽天德統領水陸，控馭内外。乾隆五十四年千七百八十九議院定參贊戎政之職以左右之，然例時時更易。明年，議院謂營兵一千二百一十有六足彈壓矣。五十六年千七百九十一增兵九百。五十七年千七百九十二，議院欲以民兵濟正兵之不足，於是聯邦民壯藉爲留兵，有三兆二十四萬五千人，備調發也。嘉慶元年而後千七百九十六年後正兵二三萬耳。咸豐十一年千八百六十一南北交惡，北兵戍者不過一萬四千，於是伯理璽天德調民兵七萬五千人，更代之期以三閱月爲率，尋增四萬二千，期以三年是西五月三日事，而民罔或違；議院籌餉半年，足敷五十萬兵之食議於西七月二十二日，尋籌餉倍之議於西七月二十五日，而兵形不足。同治二年千八百六十三議院允增兵三十萬，明年又允增兵五十萬，凡兵二百六十七萬八百七十有四，而南兵不過民兵四十萬耳。兵解，行伍歸業，議院議留三萬分戍要隘以爲額兵，是之謂正兵。陸兵更代五年爲期。同治十二年戍兵之處十有一，而置四營長領之餘詳下《總數》。

工兵不列行伍，以之測地繪圖，與夫營造之事。

凡戰場豎黃旗，其下護疾與傷，雖敵不害。

凡降旗色白，然招敵議事亦用之。如同治元年千八百六十二，美利加北軍帶田雞礮船之波爾特欲降非里巴、查克森二堡，令武官給斯特持一白旗示相商意。

凡遇敵船，先發一礮，彈過船首而不中厥船，意爲不服則攻，此軍禮也。即如波爾特既降非里巴、查克森二堡，進攻敵軍米知里米師，一礮先施，其船自去其旗，示服也。

凡降者必貢厥劍。如同治三年千八百六十四，南軍田捏西船官占斯登至法拉嘎德水師，獻厥劍，其水師將波嘎那傷，不自來，遂代獻之，亦例也。

武學弟二

陸軍學校，以紐約邦威士奪簸因奪爲最，距紐約五十英里，約華里一百五十。其生考自兵部，歲以六月爲期。自六月朔至八月二十五日，視其身材，凡十七歲至二十二者，身長不逮五尺者不選，有疾不選，有婦不選，入學而娶則去。其考以算學、英文學、地理學〔及〕美利加史學爲宗。其學分類十有二：一曰步兵學、礮兵學、騎隊學、鎗礮術、軍監、軍律、刀法、劍法、體操。二曰算學，三曰英語，四曰法語，五曰日斯巴尼亞語，六曰畫學，七曰化學、物理學、鑛學、地質學，八曰天然理學、人事理學，九曰兵器學，十曰史學、地理、道德學，十一曰萬國公法、軍法，十二曰土木學、戰陣學。其學年以四爲率：

弟一年居四等生。辰初至午初學算，未正至申正學英文，以九月爲始，課至明年正月爲止，凡休息之弟六日免英文學。又自正月至六月，凡休息之弟二日、弟四日學法文，以未正至申正爲率，凡休息之弟一日、弟三日、弟五日學劍法、體操，以巳初三十分至午初三十分爲率。

弟二年居三等生。辰初至午初課算學，午初至未初課化學，未正至申正課畫學、騎學，其畫與騎各課半年，餘則日課焉。

弟三年居二等生。辰初至午初課天然理學、人事理學即格致學，午初至未初課化學，尋易以化學、鑛學、地質，未正至申正課畫，申正至酉正課騎。

弟四年居一等生。辰正至午初課土木學，此有定也。又有無定之課：凡午初至未初課日斯巴尼亞語，每歷七日改課騎學，凡未正至申正課法律，每歷七日改課兵器學。四年既滿，武職斯膺。

其校四等之生各居其一：一等生四十有四，二等生五十有一，三等生六十有七，四等生九十有三。其師以武官爲之，約數五百，此光緒十四年數也，時當西一千八百八十八年。其生年費銀五百元，衣食書籍皆給自官。其他學校雖不及此，而所課略同。

海軍學校剏於其國海軍長若日班古羅夫多，時道光二十五年千八百四十五年十月，其校在瑪理蘭邦安内波列斯即其邦治。學以五年爲期：弟一、弟五兩年學於學校，其間三年學於兵艦。三十年千八百五十改名美利加海軍學校，以三年爲期。咸豐十一年千八百六十一南北兵起，移校於紐巴奪。同治四年千八百六十五復其舊。十二年千八百七十三改學課六年爲期，弟五、弟六兩年課之海船，欲其練膽識也。歲以五、六兩月集而試之，以進退其優劣。學校之地初僅九野格耳，後少少擴，有圖，凡四十葉。其合衆國海軍學生凡一百七十有四，卒業者六十有九。

總數弟三

領合衆國陸軍弟一等武職一人，駐科侖布亞華盛頓都城。其二等三人，一駐紐約，一駐伊利那倚斯邦之希嘎骨，一駐嘉里符尼亞邦之三法蘭昔斯哥。其三等六人，一駐華盛頓都城，一駐梅尼所達邦，一駐剛色士邦，一駐拏布拉士格邦，一駐德格瑟斯邦，一駐阿里瑣那部。以次六七等有差。其步隊二十有五，有兵九千三百七十有五，有弁八百七十有五。其馬隊十，有兵一萬九百四十有九，有弁四百三十有五。其礮隊五，有兵二千四百九十，有弁二百三十。此外巡兵六百，旗兵工兵各四百，備兵八百三十有六，兵學生三百一十，綜而計之，凡正兵二萬二千七百六十有四，餘兵巡兵以次及兵學生二千五百四十有六，武弁一千五百四十，合之陸軍大臣以次諸官凡二萬六千八百有奇，歲用三千九百九十二萬四千七百七十有三。海軍官二千四十有奇，兵七千五百有奇，礮一千二百有奇，歲用一千二百九十一萬六千六百三十有九，今且議增云。

兵器弟四 互詳《攷工》

美利加步兵初用伊利那倚斯邦之士兵非里所造滑膛鎗，鎗首著刀；馬兵初用果爾特人名所造蓮房手鎗及短滑膛鎗、短螺絲鎗。陸路礮兵初用六磅至十二磅彈子之滑膛礮，十二磅至二十四磅開花彈之輕礮，水陸礮兵初用十寸八寸徑之科侖布亞礮，十二磅至三十二磅之實彈礮、八寸徑之開花彈輕礮、十三寸至十五寸徑之田雞礮、七寸徑之布魯刻斯礮。水陸之礮尠螺絲者，今則新法日增。

加托乃鎗，光緒十二年前無之千八百七十六年始造。下爲三叉鐵架，架上平列二鎗筒，筒面有口插銅管，高八寸許，寬二寸，厚六分，内儲彈藥，架旁有小輪。以手轉彈入自銅管達於鎗膛，隨入隨發，每一分時可四百響據言直銀六百圓。又有平列四鎗筒者，厥法如前，每鎗連彈三千據言直銀千二百圓。

八響至十二響短鎗造自士兵非里等廠，俄羅斯亦定製若干，直廉而捷詳《攷工》。

雙筒鎗造自紐約，光緒前無此。筒下復有筒，故名。其下一筒受藥彈十六，發一彈則一彈轉入上筒，連發罔有或停，無置彈不及之虞據言直銀四十

又有來復鎗。

格得林登連環礮，十筒連爲一束，架於車上，每一分時發八百響，武至一千。其置彈藥法如加托乃鎗。大者口徑八寸，彈重八磅，遠及七英里，約華里二十有一，每一分時可響三百據言直銀八百。

空氣礮。雲龍游紐約之拉里拔色苦曾親見之。同治二年千八百六十三造自干捏底嘎奪邦之文特亨姆邑名，一譯奴五，長二丈有奇，膛徑一尺三寸，重四十四頓，彈一百二十磅據言直二萬九千。礮架用空氣壓力，旋轉自如據言直一萬三千。其入空氣機車，一管承蒸氣，兩管入空氣據言直銀千三百圓。

臼礮造自馬沙朱色士邦之波士登。重四十頓，彈一百五十磅，藥六十五磅。雲龍目擊礮首揚六十度許，連發其二，彈著海潮，躍數十尺。又有哈及格斯礮詳《攷工》。

陸路鋼礮，藥三磅有半，遠及四英里，約華里十二。

美利加礮製如一百磅生鐵，前門拍勒得造者，其口徑一百六十三密里，其身長三千九百六十二密里，其身重四千四百啟羅，其鐵彈重四十五有四啟羅，其炸藥四有五啟羅，其穿甲一百三十二密里。又如八十磅後門之礮，其口徑身長同前，其身重四千六百十啟羅，其鐵彈重三十六啟羅，其穿鐵甲一百有七密里。

佩刀長，其鞘亦鐵。

劍或鋼或鏤金。

水雷地雷之屬別詳。

雜識弟五 隨聞隨録，非盡今數，故曰《雜識》。

科侖布亞國都有兵部、水師部。其海軍練習場在阿那格斯，地大二十七野格，南隅有兵器局，地大四十五野格。有海軍觀象臺，地大二十一野格。又有海軍養疾院。

阿拉巴麻邦，陸軍兵千。

阿剛色斯邦，武弁八百有五，兵一萬三千五十有七，戰事集兵七萬三千。

嘉里符尼亞邦，陸兵步兵隊二十四，鎗隊八，馬隊三，礮隊一。海軍戍沙場布陸灣，距三法蘭昔斯哥灣二十八英里，約華里八十有四。

喀那拉奪邦，陸軍步兵隊二，馬隊二，又有土兵隊一在甸博，二百二十三人。

干捏底嘎奪邦，陸軍步兵礮兵二千七百三十有一，武官百八十有三，餉一萬三千六百有奇。

特納窪邦，陸軍兵一百二十有四。

佛勒里答邦，備兵二萬七千四百六十有三，海軍碇泊場在西島若耳治亞邦。

軍區一千一百三十有六。

伊利那倚斯邦，陸軍兵七千一百九十，武官五百三十有九。

英鼇阿納邦，立兵器局。

愛呵窪邦，陸軍步兵馬兵礮兵凡三千九百十有五，武官三百三十有五。

根得基邦，陸軍步兵隊十二，馬隊二，礮隊一，凡兵七百二十有一，武官四十有九。

魯西阿納邦，陸軍步兵隊三，礮隊十，凡兵二千二百九十七，武官一百七十有一。

緬邦，南北戰時出馬步兵七萬一百有七，陸軍步兵隊二，礮兵隊一，歲餉約銀八千。

瑪理蘭邦，陸軍步兵隊六，馬兵隊五，凡官兵一千二百五十有八。

馬沙朱色士邦，咸豐七年千八百五十七陸軍餉需七萬，光緒年間歲費十三萬五千。步兵隊六十，馬兵隊三，礮兵隊三，每隊巨礮四。凡官三百十有二，兵三千八百五十有四。南北兵起，出兵十四萬六千七百三十，費餉三千萬。

密西根邦，南北兵起，出兵三萬七千三百六十有八，其額兵隊三十。

梅尼所達邦，有正兵有餘兵。

密士昔比邦，陸軍步兵隊十，礮兵隊十。凡兵以十八歲至四十五歲爲率。

密蘇鼇邦，陸軍兵隊三十五，凡官兵一千九百三十。

拏布拉士格邦，陸軍步兵隊十一，礮兵隊一，凡官兵五百九十有八。

列法達邦，陸軍兵隊九，凡官兵六百四十有一。

紐罕布西耳邦，陸軍步兵隊三十，礮兵隊一。馬兵隊二，凡兵一千七百二十有四，又備兵四萬三千六百九十有八，蓋近民兵云。

紐折爾西邦，陸軍步兵隊四十七，礮兵隊一。凡官兵三千五十有八，歲餉八萬二千二百四十有五。又備兵二十四萬八千四百五十有一，多於紐罕布西耳五倍。

紐約邦，乾隆十九年千七百五十四英法之戰，此其戰場，有陸軍學校。

諾斯喀爾勒那邦，陸軍白人隊十二，雜人隊十一。

倭海約邦，陸軍步兵隊九，馬兵隊三，礮兵隊十，凡官兵八千七百三十有七，歲餉五萬。

賓夕佛尼亞邦，陸軍官八百十有一，兵八千六百四十有二。南北兵起，出北兵無算。

洛答埃倫邦，步兵隊二十三，馬兵隊三，礮兵隊二，礮十二，凡官兵二千四十二，歲餉三萬。又備兵四萬二千四百七十七。

叟司喀爾勒那邦，南北兵起，其兵助南軍，初與聯邦略同，光緒七年千八百八十一改變兵制，分爲三營，每營一官，微似中國都司職。

田捏西邦，英美戰時出兵二千，今則民兵居多。

窪蒙邦，陸軍步兵隊十，礮兵隊一，歲餉三千三百。

威士奪匆爾治尼亞邦，陸軍步兵隊十五，馬兵隊一，礮兵隊一，礮四。

威士干遜邦，陸軍兵隊三十二，歲餉萬。

附識弟六

印甸土人善騎又善射，其兵可述者有二族焉：一曰卓道斯，二曰知格亞騷斯，凡男皆兵也，間亦充聯邦之兵。厥地四分，卓道斯族居四之一，知格亞騷斯族居四之三，每分督兵者三十有二，别有一酋總轄諸軍，如將軍然。